Christoph Bauer

Jetzt stillen wir unseren Hunger

Eine Rekursion

S. Fischer

Dies ist ein Roman, ein Werk reiner Fiktion.
Figuren und Handlung sind frei erfunden.

Gesetzt aus der Caslon-Antiqua im S. Fischer Verlag
auf Apple Macintosh/QuarkXPress 4.04
Druck und Bindung: Clausen & Bosse, Leck
Printed in Germany
ISBN 3-10-004910-1

Denken und Gehen, Sinnen und Schreiten,
Dichten und Laufen waren verwandt miteinander.

Robert Walser

FÜR MASCHA

Heft I

Als ich mir heute die Schuhe schnürte und mich für meinen täglichen zweistündigen Spaziergang fertig machte, gab es nicht den geringsten Hinweis darauf, daß ich schon auf halber Strecke eine Begegnung machen würde, von der ich jetzt in der Nacht, da ich diese Notizen mache, denke, daß sie mein gleichförmiges und in seiner Ereignislosigkeit zufriedenes Leben auf die angenehmste Weise erschüttert hat, und diese Erschütterung ist womöglich nur ein zartes erstes Zittern, verglichen mit dem Beben, das ihr, wie ich hoffe, ja mir jetzt in diesem Moment wie nichts wünsche, noch folgen wird. Es gab nicht den geringsten Hinweis auf irgendwelche außergewöhnlichen Vorkommnisse, keine Vorahnung, keine Unruhe, noch irgendeine Erwartung, und friedlich brummten meine Gedanken vor sich hin. Wie jeden Tag war ich während meiner Spaziergangsvorbereitungen damit beschäftigt, einen Gedanken auszuwählen, der ergiebig genug wäre, mich für einen zweistündigen Spaziergang zu beschäftigen, und es wollte mir erst nichts Rechtes einfallen, bis ich schließlich auf die Frage stieß, ob denn solche Spaziergangsgedanken überhaupt sinnvoll und von irgendeinem Nutzen seien. Könnte ich denn nicht auch, ganz gegen meine Gewohnheit, ohne einen solchen zweistündigen Gedanken spazierengehen, kann man überhaupt spazierengehen, ohne dabei über etwas nachzudenken, ohne irgend etwas zu denken, das ist die Frage, dachte ich und beschloß, darüber nun zwei Stunden lang spazierengehend nachzudenken.

Meine Spaziergänge beanspruchen keine nennenswerte Aufmerksamkeit seitens meiner Wahrnehmungsorgane, ich gehe stets die gleiche Runde. Zwar gehe ich mit offenen Augen, aber ich könnte genausogut mit geschlossenen Augen gehen, jeder Baum auf dieser Strecke ist mir persönlich bekannt, jedes Haus, jede Brücke, von denen ich zwei in meinen Rundgang aufgenommen habe, die erste hinüber zum jenseitigen Ufer des Landwehrkanals, die zweite wieder herüber zum diesseitigen Ufer, die Schiffe auf dem Kanal kenne ich alle, obwohl ich mich nicht für sie interessiere, Autos, Hunde, Tauben und die meisten Leute, die meinen Weg kreuzen, interessieren mich genausowenig, nein, zu sehen gibt es da für mich nichts mehr, nichts stört meine Gedanken. Mein Gehör benutze ich während meiner Spaziergänge nebenbei. Wenn ich zum Beispiel eine Straße in Laufrichtung schräg überqueren will, stelle ich zunächst mit dem straßenseitigen Ohr beiläufig fest, ob sich ein Auto von hinten nähert, und nähert sich eines, dann verschiebe ich meinen Plan, die Straße zu überqueren, und gehe weiter geradeaus, ich spare mir auf diese Weise eine Körperdrehung und einen Blick zurück in die Richtung, aus der ich gekommen bin, ich weiß ja, wie alles da aussieht, und das Auto brauche ich auch nicht zu sehen, zumindest nicht von vorne, es interessiert mich nämlich nicht. Es passiert nur selten, daß ich von einem mir bekannten Menschen angehalten und in meinem Nachdenken und Gehen unterbrochen werde. Natürlich kenne ich viele Menschen hier, mehr als mein halbes Leben habe ich in diesem Viertel verbracht, aber die meisten mir bekannten Menschen, denen ich begegne, begnügen sich mit einem schlichten Gruß und gehen ihrer Wege, und wenn ich manchmal doch stehenbleibe mit einem auf ein kurzes Schwätzchen, dann stört das meinen Gedankenfluß nicht entscheidend, ich unterbreche mich einfach kurz, halte das Schwätzchen, gehe dann weiter und nehme den Faden wieder auf, wie auch gestern, als Nepomuk mich ansprach, der auf der Admiralbrücke stand und mir erzählte, daß er zwei Stunden zuvor im Zoo von einer Ziege gebissen worden war. Ich ließ mir diesen Zwischenfall von Nepomuk berichten, dann verabschiedete ich mich, nahm den Faden wieder auf und ging weiter meinen Weg. Nepomuks Bericht hatte sich auf angenehme Weise in meinen Spaziergangsgedanken von diesem, dem gestrigen Tag eingefügt, denn ich dachte gestern über Tiere nach, ein Zufall wahrscheinlich. Nepomuk war gestern in den Zoo gegangen und hatte sich dort aus mir unbekannten Gründen zum sogenannten Kinderzoo verfügt, dahin, wo Kinder irgendwelche vermeintlich harmlosen Tiere füttern und anfassen dürfen. Das Futter muß aus einem der dort aufgestellten Automaten gekauft werden. Vor einem der Gehege stand eine Gruppe adrett gekleideter amerikanischer Kinder. Da beschloß Nepomuk, aus Rache für Vietnam, wie er mir sagte, an einem der Automaten Futter zu kaufen, in das Gehege zu gehen und die Kinder aufzufordern, ihm zu folgen. Sein Plan war, die Kinder dazu zu animieren, die Ziegen zu streicheln, denn nichts stinkt schlimmer als eine Kameruner Bergziege, so er, da hilft kein Händewaschen, der Gestank dringt tief unter die Haut, und man trägt ihn wochenlang mit sich herum. Nepomuk betrat also mit seinem Futter das Gehege, näherte sich einer der Ziegen und lud die amerikanischen Kinder mit entsprechenden Gesten ein, ihm zu folgen. Die Kinder rührten sich nicht von der Stelle. Nepomuk, neben der Kameruner Bergziege stehend, winkte den Kindern, er rief und lockte, zeigte erst auf das Futter in seiner Hand, dann auf die Ziege, rief und winkte und lockte, zeigte auf das Futter in seiner Hand, dann auf die Ziege, Futter, Ziege, Futter, Ziege, immer wieder, da biß ihn die Ziege plötzlich kräftig ins Bein. Er schrie auf, warf das Futter weg und verließ fluchend das Gehege. Die amerikanischen Kinder amüsierten sich laut. Wenn ich diese Begebenheit auch nicht direkt in meinem aktuellen Gedankengang verwerten konnte, ich dachte zwar über Tiere nach, sogar über bissige Tiere, aber nicht über Ziegen, sondern über Hunde, so fühlte ich mich durch Nepomuks Bericht doch auch nicht gestört, nein, ich hörte mit Interesse zu, verabschiedete mich dann von ihm, nahm den Faden wieder auf und ging weiter meinen Weg.

Ich kann auf meinen Spaziergängen die schwierigsten und verzwicktesten Gedanken denken, ohne von äußeren Einflüssen unterbrochen und gestört zu werden. Ich spaziere vor mich hin, meine körperliche Person mit ihren Beinen und Füßen auf ihrem Weg, mein Geist mit seinem Denken in seinen Gedanken. Manche meiner Gedanken handeln von hochkomplizierten philosophischen oder psychologischen oder biologischen oder musikalischen und sprachlichen Gegenständen und Phänomenen, manche davon sind so kompliziert, daß labilere Denker, als ich einer bin, darüber den Verstand verlieren und unweigerlich noch vor der Heimkehr von ihrem Spaziergang auf der Straße aufgegriffen und in eine Irrenanstalt eingewiesen werden würden. Andere meiner Gedanken wieder sind eher leichte Kost, wie etwa der Spaziergangsgedanke, den ich vor gut drei Monaten einmal dachte und der darum kreiste, wie ich dem Elektrohändler aus der Markthalle die grobe Unverschämtheit, die er sich mir gegenüber herausgenommen hatte, am wirkungsvollsten heimzahlen könnte. Ich hatte darüber sehr gründlich nachgedacht, und es vergingen keine sechs Wochen, bis der Elektrohändler infolge der Maßnahmen, die ich im Ergebnis meiner zweistündigen Überlegungen beschlossen und dann unverzüglich eingeleitet hatte, seinen schäbigen Markthallenstand schließen und die Stadt verlassen mußte, jedenfalls ist er verschwunden. In zwei Stunden läßt sich erstaunlich viel im Geist abhandeln, und wenn man, wie ich, eine gewisse Übung darin hat, kann man schnell entscheiden, ob ein Gedanke, den zu denken man erwägt, in einen Zweistundenspaziergang paßt oder nicht. Manche Gedanken sind zu schwer und zu langwierig für einen Zweistundenspaziergang, man wäre noch nicht halb mit ihnen fertig, wenn man wieder nach Hause kommt, und man müßte den Gedanken zu Hause weiter denken und würde von diesem schwierigen Gedanken von seinen anderen Vorhaben und Aufgaben abgehalten werden, so lang, bis man ihn endlich bis zur Erschöpfung fertig gedacht hat, und der Tag wäre einem verdorben. Andere Gedanken sind zu leicht und so schnell zu Ende gedacht, daß man schon auf halber Strecke mit ihnen durch ist und dann ohne Thema dasteht und sich schnell ein neues Thema aus dem Ärmel schütteln oder aus dem Hut zaubern oder verärgert umdrehen muß und sich auf diese Weise den ganzen Tag verdirbt. Natürlich habe ich mir im Lauf der Jahre ein gewisses Repertoire an Notfallgedanken zusammengestellt, für den Fall, daß sich ein zunächst auf zwei Stunden veranschlagter Gedanke als zu leichtgewichtig herausstellt, und ich schon auf dem ersten der vier Friedhöfe, die in meiner täglichen Runde vorkommen, mit ihm fertig bin, oder auch, daß ein auf den ersten Blick interessanter Gedanke mich zu langweilen beginnt, bevor ich ihn nur halbwegs richtig gedacht habe, aber das passiert mir äußerst selten und immer seltener, ich kenne meinen Geschmack recht gut und täusche mich daher praktisch nie in der Auswahl meiner Gedanken. Meine Notfallgedanken gleichen sich alle untereinander in ihrer Eigenart, daß sie zwar Stoff für zwei Stunden Spaziergang bieten, nach diesen zwei Stunden aber auf frustrierende Weise wieder an ihren Ausgangspunkt zurückkehren und sich dem Denker darstellen, als hätte er sie gar nicht gedacht. Es handelt sich ausnahmslos um Probleme, die dringend nach einer Lösung verlangen, für die ich aber keine Lösung finde, auch nicht nach wiederholten zweistündigen Betrachtungen. Mein bevorzugter Notfallgedanke, den ich manchmal auch ohne Not und ganz absichtlich zum Gegenstand meines Spaziergangs mache, wie ich es auch gestern gemacht habe, bevor ich Nepomuk auf der Brücke begegnet bin, ist die Frage, wie man es anstellen könnte, eine große Zahl, sagen wir zwei- oder dreihundert, in meiner Nachbarschaft ansässiger Hunde an einem Tag zu vergiften, ohne dabei andere Kreaturen, im Dreck spielende Kinder etwa, einer Gefahr auszusetzen. Ich habe schon zahlreiche Methoden erwogen, mußte aber alle schon nach kurzer Prüfung wieder verwerfen, keine erfüllte die gestellten Anforderungen an Sicherheit und Effizienz. Ich dachte daran, das wohlpräparierte und hundegerechte Gift in den für Hunde reservierten Arealen der Parks auszulegen, mußte diesen Gedanken aber sofort wieder aufgeben, weil ich die Frage nicht beantworten kann, wie man vermeidet, daß auch Mäuse von den tödlichen Häppchen naschen, und Mäuse möchte ich nicht auf dem Gewissen haben, Mäuse mag ich nämlich, im Gegensatz zu Hunden, die mir hier die Straßen zuscheißen, mich mit ihrem Gebell erschrecken, mich bedrohen und gelegentlich beißen. Tauben sollen von mir aus von dem Gift etwas abhaben, sie sind herzlich eingeladen, aber andere Tiere nicht, und natürlich auch keine Kinder, wie gesagt, das ist klar. Gegen den Park als Ort des Anschlags spricht auch der Umstand, daß längst nicht alle Hundebesitzer ihre Scheusale dorthin ausführen, im Gegenteil, die meisten laufen mit der größten Selbstverständlichkeit auf den Straßen herum, und die Hunde im Park sind ja auch nicht Gegenstand meiner Überlegungen, ich gehe nämlich nie in den Park in meiner Nachbarschaft, in den ich ohne weiteres gehen könnte, grenzt er doch an meine tägliche Runde, ich gehe aber nicht in diesen Park, weil er furchtbar häßlich und langweilig und dazu noch mit den unangenehmsten Leuten mitsamt ihren schrecklichen Kötern bevölkert ist. Nein, es geht um die Hunde, die in meiner Nachbarschaft die Straßen zuscheißen und die Menschen anfallen, und ich unterbreche meine Überlegungen bezüglich einer geeigneten Vergiftungs- oder Vernichtungsmethode gerne mit frivolen Phantasien über die öffentliche Wirkung einer solchen Tat. Ich stelle mir die Schlagzeilen in diesen gräßlichen Revolverblättern vor, die die Hundebesitzer alle lesen, *Wieder 300 Hunde grausam vergiftet!*, *Wer ist der wahnsinnige Hundemörder?*, *Polizei tappt im Dunkeln – Hundemörder schlägt wieder zu!*, *Der Hundemörder wütet weiter – schon 5000 Opfer!*, und Panik würde unter den Hundebesitzern ausbrechen, sie würden Bürgerwehren bilden und astronomische Belohnungen zur Ergreifung meiner Person, die sie nicht kennen, ausloben, und alles würde ihnen nichts nützen, schon bald würde ich meinen Vernichtungsfeldzug auf benachbarte Stadtteile ausdehnen, und binnen Jahresfrist wären die innerstädtischen Bezirke weitgehend hundefrei. Der geheimnisvolle Hundemörder würde unter den freundlichen und friedlichen Menschen, also unter denen, die keine Hunde haben, zum Held, ja zur Kultfigur und Legende werden, sie würden sich T-Shirts mit aufgedruckten Lobpreisungen an den Hundemörder anziehen, sie würden Lieder auf ihn dichten und Danksagungen in großen Lettern an die Wände malen, die städtische Straßenreinigung würde ihn, heimlich zwar und inoffiziell, zu ihrem Ehrenvorsitzenden erklären, Kindergärten würden Kinderbilder, die den Hundemörder bei der Arbeit zeigen, in ihre Fenster hängen. Hundezüchter, die anfangs von meinem Treiben noch profitiert hatten, weil unbelehrbare Hundebesitzer ihren toten durch einen neuen, noch lebendigen Köter ersetzt haben, bis jeder schließlich die Sinnlosigkeit einer solchen Ausgabe eingesehen hat, die meisten der neu gekauften Hunde haben ja keine drei Tage gehalten, die Hundezüchter also schalten ganzseitige Anzeigen in den Tageszeitungen und bitten mich darin flehentlich, von meinem Tun abzulassen, würde ich doch ihre Existenz gefährden, aber ich ließe mich nicht beirren und würde unbarmherzig weiter allen innerstädtischen Hunden nachstellen, so lang, bis ich auf meinen Spaziergängen nicht mehr alle fünf Schritte den Weg auf Hundehaufen kontrollieren müßte und ich nicht mehr durch plötzliches Gebell erschreckt und nicht mehr gebissen würde. Ach ja, seufze ich dann immer, das wäre paradiesisch, also denk weiter nach, du mußt einen Weg finden. Und am Schluß, wenn ich also nach zwei Stunden wieder an meinem Haus ankomme, muß ich mir niedergeschlagen eingestehen, daß ich an diesem Problem wieder einmal, zum hundertsten Mal gescheitert bin, ich verstehe ja noch nicht einmal etwas von Giften, und all die anderen genannten und auch die hier erst gar nicht aufgezählten Fragen, Kinder, Mäuse, undsoweiter, bleiben unbeantwortet, so auch gestern, am Tag als Nepomuk im Zoo von einer Kameruner Bergziege gebissen wurde.

Heute aber hatte ich mir vorgenommen, über die Sinnhaftigkeit und den Nutzen meiner Gedankenspaziergänge und meiner Spaziergangsgedanken nachzudenken, ein kühnes Projekt, dachte ich erst, ich mache mein Denken beim Spaziergang selbst zum Gegenstand meines Denkens beim Spaziergang, ich werde sozusagen den Metaspaziergangsgedanken denken, alle Achtung. Aber kaum war ich aus der Haustür, beschlich mich ein ungutes Gefühl bei dem Gedanken, den ich gerade anfangen wollte zu denken. Was, fragte ich mich, wenn ich am Ende dieses Gedankens in zwei Stunden, wenn ich also wieder hier daheim ankomme und alles gründlich zu Ende durchdacht habe, zu dem Schluß komme, daß meine Gedanken oder meine Spaziergänge oder beides und ihre Verschmelzung zu Gedankenspaziergängen und Spaziergangsgedanken sinnlos und nutzlos und also künftig überflüssig sind? Das wäre eine Katastrophe. Ich genieße meinen täglichen zweistündigen in Gedanken versunkenen Spaziergang nämlich sehr, er ist mir eine liebe Gewohnheit, mehr noch, er ist ein unverzichtbarer Bestandteil meines Tagesablaufs, ich weiß doch, welch verheerende Wirkung ein mißlungener oder abgebrochener oder gar abgesagter Spaziergang auf mich hat, wenn sich etwa ein Gedanke als zu lang oder zu kurz oder als langweilig und unbrauchbar herausstellt, oder wenn ein Hund mich gebissen hat und ich mich zur Notaufnahme ins Krankenhaus schleppen muß (es ist kein Zufall, daß mich mein täglicher Weg an einem Krankenhaus vorbeiführt), oder wenn ein apokalyptischer Hagelsturm tobt, oder wenn mir ein angeblich unaufschiebbarer Termin zu meiner Spaziergangszeit, nachmittags, aufgezwungen wird, dann ist mir der Rest des Tages gründlich verdorben, ich bin böse und giftig und zu nichts zu gebrauchen, sage alle abendlichen und nächtlichen Termine ab und betrinke mich still in meiner Stube, lese nichts, schreibe nichts, höre nichts, sitze nur grummelnd wie ein angeschossener Teufel auf einem Stuhl an meinem Tisch, stoße bösartige Verwünschungen aus, brenne absichtlich mit einer Zigarette Löcher ins Tischtuch, mein einziges, ich gehe nicht ans Telefon und nicht an die Tür, und wenn es klingelt, sage ich nur Arschloch oder dumme Sau, und ich bin mir selbst ein unausstehlicher Gesellschafter, den ich am liebsten seiner schlechten Laune überlassen würde, da in seiner verqualmten, muffigen Bude, aber ich kann ja nicht so einfach weg von mir. Klar ist also, daß ich meinen täglichen Spaziergang mit meinen Gedanken brauche wie den morgendlichen Kaffee und das abendliche Bier, und es ist grober Leichtsinn gewesen, ausgerechnet diese Lebensnotwendigkeit einer solch gefährlichen Untersuchung auszusetzen, an deren Ende und Schluß womöglich die Feststellung der Sinnlosigkeit und Nutzlosigkeit gemacht werden muß, dachte ich noch in der Bergmannstraße, und dazu ist es auch einfallslos, ja, es ist der Gipfel der Einfallslosigkeit, schalt ich mich, nur, weil mir kein vernünftiger Gedanke einfällt, einfach mein Denken selbst und mein Spazierengehen zum Gegenstand meines Denkens und Spazierengehens zu machen, und es ist lächerlich, schimpfte ich ganz unnachsichtig weiter mit mir, daß ich diese Einfallslosigkeit und Denkfaulheit, und nichts anderes liegt hier vor, zum kühnen Projekt und Metaspaziergangsgedanken hochstilisiert habe, lächerlich, eine grobe Fahrlässigkeit habe ich begangen, und nun sieh mal zu, sagte ich mit strenger Distanz zu mir, wie du da wieder rauskommst. Ich versuchte mich zu beruhigen und sagte zu mir, Moment mal, wenn dein tägliches nachdenkliches Spazierengehen so existentiell für dein Wohlbefinden ist, dann haben wir die Nützlichkeit ja schon bewiesen. Das ist billiger Unsinn, erwiderte ich mir, nur weil mir der Entzug des nachdenklichen Spazierengehens so großen Verdruß bereiten würde, ist es noch lange nicht nützlich, wie es ja auch keinen Beweis für die Nützlichkeit meines morgendlichen Kaffees oder des abendlichen Biers gibt oder zum Beispiel der vielen Zigaretten, die ich jeden Tag und jede Nacht rauche, wenn man mir meine Zigaretten wegnähme, wäre ich auch zum Davonlaufen schlecht gelaunt, aber das allein spricht noch nicht für die Nützlichkeit des Rauchens, wie die Mediziner bewiesen haben, und angenommen, so fuhr ich mit mir fort, meine Gedankenspaziergänge erwiesen sich als unnütze und sinnlose Angewohnheit aus der Klasse des Rauchens und Biertrinkens, und ich müßte sie infolgedessen meinen Lastern zurechnen und nicht meinen Tugenden, wie ich es bislang doch stets und ohne den geringsten Zweifel, ohne auch nur den Anflug eines Zweifels und ganz selbstverständlich immer getan habe, könnte ich dann noch unbeschwert und erleichtert und erfrischt von so einem dann also lasterhaften gedankenversunkenen Spaziergang heimkommen und gut gelaunt meinen Tag fortsetzen? Gut, meine anderen Laster, die schon aufgezählten wie die noch geheimgehaltenen, verderben mir nicht die Laune, aber sie erheitern mich auch nicht, dachte ich (sieht man einmal von der erheiternden Wirkung des Alkohols ab, warf eine mir wohlbekannte innere Stimme ein, ich erinnere mich), sie erfrischen und beleben mich nicht, dachte ich (sieht man einmal von der belebenden Wirkung des morgendlichen Kaffees ab, wieder die gleiche Stimme), und schon mußte ich mich korrigieren und zugeben, daß mich manche meiner Laster, Bier und Kaffee zum Beispiel, durchaus erheitern, erfrischen und beleben, und ich war zunächst erleichtert und faßte neuen Mut für die Untersuchung, die ich mir für den heutigen Spaziergang vorgenommen hatte. Ich kenne übrigens alle meine Laster, sagte ich mir mit einem anzüglichen inneren Grinsen, ich kann vor mir in dieser Hinsicht nichts geheimhalten, aber ich ignorierte diesen scherzhaften Zwischenruf und wandte mich wieder der Frage zu, wie es um Sinn und Nutzen meiner nachdenklichen Spaziergänge bestellt sei. Ich warf mich mutig in die Untersuchung und fragte mich mit der mir eigenen methodischen Genauigkeit zuerst, ob es denn denkbar sei, spazierenzugehen, ohne zu denken, ohne auch nur den geringsten Gedanken zu denken. Es war von vornherein ausgeschlossen, daß ich diese Frage praktisch versuchte zu beantworten, also zu versuchen, ein Stück meines Weges zu gehen, ohne zu denken, daran war nicht zu denken, und ich mußte es erst gar nicht versuchen, denn ich denke unablässig, ob ich nun spazierengehe oder nicht, egal was ich tue und in welchem Zustand mein Geist und mein Körper sich befinden, irgend etwas denke ich immer, und ich kann mich nicht erinnern, irgendwann einmal seit ich denken kann, nichts gedacht zu haben. Die Art meines Denkens hängt von äußeren Umständen ab, wie etwa von der Tageszeit oder dem Ort, an dem ich mich befinde, vom Wetter weniger, und natürlich von meinem inneren Zustand, ob ich zum Beispiel traurig oder fröhlich bin oder nichts von beidem, ob und wie viele Biere ich getrunken habe, ob Leute um mich herum sind oder ich allein bin, ob mein Körper sich im Ruhezustand befindet oder in Bewegung, das ist entscheidend, daher die große Bedeutung meiner Denkspaziergänge, aber ganz ohne Gedanken bin ich nie, es sei denn in Situationen, über die ich nichts weiß und daher keine Auskunft über sie geben kann, wie etwa im Tiefschlaf. Ich mußte die Frage, ob es möglich sei, ohne Gedanken spazierenzugehen, also theoretisch und losgelöst von meiner Person angehen, ich selbst würde niemals ohne Gedanken spazierengehen können, das stand fest, aber meine Frage war ja prinzipiell und allgemein formuliert, ob es überhaupt irgendwem möglich sein könnte, ohne Gedanken spazierenzugehen. An diesem Punkt meiner Überlegungen mußte ich feststellen, daß die Sache mich zu langweilen begann: Was interessieren mich Leute, die ohne zu denken spazierengehen können und das am Ende vielleicht sogar auch tun? Ich will eigentlich nicht wissen, ob es solche Leute gibt, und wenn es solche Leute gibt, würde ich sie, glaube ich, dachte ich, nicht kennenlernen wollen. Ich konnte da, ich hatte ja gerade erst das Haus verlassen, nicht ahnen, daß ich schon in kaum einer halben Stunde einem solchen Menschen begegnen und, noch weniger, daß ich an diesem Menschen, der in einer tiefen Lebensverzweiflung sein Denken aufgegeben hatte und nur um Haaresbreite der Selbstauslöschung entkommen war, erst Interesse und dann schnell großen Gefallen finden würde.

Ich erreichte nach drei Minuten, in denen ich das Vorstehende gehend gedacht hatte, den ersten Friedhof auf meiner Runde, wie jeden Tag, und unterbrach meine Überlegungen kurz für die Feststellung, daß es geschneit hatte, es war der erste Schnee in diesem Jahr, es ist November. Es gehört zu meinen Gewohnheiten, daß ich stets beim ersten Schnee eines Jahres schnurstracks zum Grab von Adolph Menzel gehe und der vor dem Grabstein aufgestellten Adolph-Menzel-Büste einen Schneeball ins Gesicht knalle, ich werfe nicht einfach, nein, ich knalle der Menzelbüste den Schneeball mit voller Wucht ins so griesgrämig dreinschauende Gesicht, daß es nur so spritzt. Die Menzelbüste ist keinesfalls überlebensgroß, vielleicht sogar etwas kleiner, als der wirkliche Menzelkopf und die wirkliche Menzelbrust waren, aber wer will das schon wissen, und ich halte aus Gründen der Fairness immer einen Abstand von wenigstens fünf Metern, ich meine, es wäre nicht in Ordnung, dem wehrlosen Menzel aus nächster Nähe einen nassen Schneeball ins griesgrämige Gesicht zu pfeffern, und unter diesen Umständen ist es nicht leicht, Menzels Gesicht auf Anhieb voll zu erwischen. Ich bin aber ein sehr guter Werfer und ich habe ja auch eine gewisse Übung, gerade was Adolph Menzel betrifft, und so brauche ich selten mehr als drei Versuche, um Menzel seine allwinterliche Abreibung zu verpassen, und ich würde auch nicht eher weggehen, bevor ich nicht einen Volltreffer gelandet hätte, Fairnessabstand hin oder her. Mehrmals schon bin ich von anderen Friedhofbesuchern, meist alten Frauen, wegen meines, in ihren Augen ungebührlichen Betragens gerügt worden, wenn sie mich bei meiner privaten Schneeballschlacht mit Adolph Menzel überrascht haben, aber das beeindruckt mich nicht, ich sage dann immer, daß es sich hier um eine Privatangelegenheit und bei dem Griesgram um meinen Opa handele, und mit dem könne ich schließlich machen, was ich wolle, und jetzt sollten sie sich trollen, wobei ich drohend einen fetten nassen Schneeball in meiner Hand hüpfen lasse. Nachdem ich schon viele Jahre immer beim ersten Schnee Menzels Grab einen Besuch abgestattet hatte, erfuhr ich eines Tages von meiner Mutter, daß Adolph Menzel ein Maler war. Sie wollte mich zum gemeinsamen Besuch einer Adolph-Menzel-Ausstellung überreden, was ich aber entschieden ablehnte, ich sagte ihr, ich möchte keine Bilder von diesem Griesgram sehen. Ich ging also heute wie jedes Jahr beim ersten Schnee zu Menzels Grab, kratzte eine für einen fetten nassen Schneeball ausreichende Menge des nur sehr spärlich gefallenen Schnees zusammen, maß mit meinen Augen den Fairnessabstand, auf den Menzel einen Anspruch hat, zog mit meinem rechten Fuß an dieser Stelle eine Linie, nahm einen kurzen Anlauf und schleuderte den schweren, nassen Schneeball mit aller Kraft in Menzels Richtung. Ich traf auf

Anhieb. Der Schneeball zerplatzte genau auf Menzels Nase, daß es nur so spritzte. Ein guter Teil des Schneeballs blieb in Menzels Gesicht kleben und troff dann träge auf Menzels Brust. Hut ab, sagte ich zu mir, der erste Wurf und gleich ins Schwarze, wenn das mal kein gutes Zeichen ist, und ging weiter meinen Weg.

Wenn es jemanden gibt, der ohne zu denken spazierengehen oder sonst etwas tun kann, dachte ich, nachdem ich mit Menzel fertig war, könnte ein solch sonderlicher Mensch gar keine Auskunft darüber geben, wie er es anstellt und in welchem Zustand er sich befindet, wenn er nicht denkt, weil man Zeitspannen, in denen man nicht gedacht hat, gar nicht erinnern kann, man weiß schlicht nichts über sie. Diese Feststellung alarmierte mich: Ich behaupte zwar, ständig zu denken, aber wer weiß, vielleicht gibt es ja Augenblicke, in denen ich nichts denke, und ich weiß es nur nicht, weil es ohne Denken keine Erinnerung gibt, Phasen der Bewußtlosigkeit, in denen ich dumpf wie ein Hund durch die Straßen trotte oder an meinem Wohnzimmertisch sitze oder an einem Kneipentresen, nein, das ist mir ein furchtbarer Gedanke, dachte ich, und es spricht alles gegen ihn. Im Tiefschlaf, gut, das gebe ich mir zu, da denke ich nicht, aber sonst denke ich immer, es gibt keine schwarzen Flecken in meinen Tagesabläufen, ich kann mich immer an alles erinnern. Wenn ich jetzt auch nur für einen Moment aufhören würde zu denken, dachte ich auf dem zweiten Friedhof, der sich unmittelbar an den ersten anschließt, würde ich hilflos hier umherirren, ich wäre ja ohne mein Denken, und sei es auch nur für einen Augenblick, gar nicht mehr ich selbst, und ich könnte den Polizisten, die man angesichts meiner furchteinflößend verwirrten Person schnell alarmieren würde, keine Auskunft über meine Identität oder über meine Absichten geben, und man würde mich sofort auf die Wache schleifen. Man kann die Frage, ob es Leute gibt, die ohne zu denken spazierengehen können und das womöglich auch tun, nicht empirisch klären, man kann die Leute nicht befragen, denn wenn sie beim Spazierengehen oder bei sonst irgendeiner Gelegenheit mal ganz ohne jeden Gedanken wären, wüßten sie hinterher nichts darüber und würden zwangsläufig lügen und sagen, sie würden immer etwas denken, weil sie sich ja an ihre Gedankenlosigkeit naturgemäß nicht erinnern können, dachte ich und ärgerte mich gleichzeitig darüber, daß ich schon wieder über Leute nachdachte, die ohne zu denken spazierengehen, ich wollte diesen Gedanken ja schon vor meinem Besuch bei Menzel abschütteln, ich fühlte mich sehr unbehaglich mit ihm. In diesem Moment kreuzte die fette, mir wohlbekannte Friedhofskatze mit einer noch lebendigen Friedhofsmaus im Maul meinen Weg und blieb in angeberischer Pose vor mir stehen. Wenn sie auf drei Beinen balancieren könnte, hätte sie womöglich noch mit der rechten Vorderpfote auf die Maus gezeigt und dabei mit vollem Mund gesagt, hier kiek ma, ne Maus, ha ick selba jefangen, so kam sie mir vor, als sie da so prahlerisch vor mir stand, mit der Maus zwischen den Zähnen. Aber sie kann ja nicht auf drei Beinen balancieren, dafür ist sie viel zu fett, und gottlob kann sie nicht sprechen, was müßte ich mir sonst wohl jeden Tag für einen Unsinn anhören. Obwohl ich die Katze betreffs der Maus rügen mußte, war ich doch froh über diese Unterbrechung meines unersprießlichen Gedankens, und ich setzte mich auf einen Grabstein und beobachtete sie, wie sie vor meinen Füßen die arme geschundene Maus auf den Boden entließ und sie mit ihren Pfoten anstupste, nur um ihr schwere Hiebe auf den Kopf zu verpassen, wenn sie sich bewegte. Nach einer Weile packte die Katze ihr halbtotes Opfer mit entschlossenem Biß ins Genick und strebte dem Friedhofswärterhäuschen zu. Katzen denken nicht, dachte ich, Mäuse auch nicht, das ist klar, aber das weiß ich schon längst, es ist mir keine Neuigkeit, diese beiden haben mich gerade nur noch einmal daran erinnert, ja, und ich beneidete die Katze und ich bedauerte sie, die Maus natürlich auch, und stand auf und ging weiter meinen Weg.

An manchen Tagen, wenn mein Geist besonders unternehmungslustig und meine körperliche Person wach und kräftig ist, denke ich die schwierigsten und gefährlichsten Gedanken, und das sind die über das Ich und das Selbst, und ich denke tatsächlich in der radikalsten und kühnsten Weise über das Ich und das Selbst nach, ich seziere dabei mein eigenes Ich, ich zerlege es in seine Bestandteile, bis es sich buchstäblich vor meinen Augen auflöst, und ich völlig ohne Ich und ohne Selbst, und also ohne Verstand, dastünde, hätte ich nicht wohlweislich zuvor eine Kopie meines Ichs angelegt. Wenn man leichtfertig dieses gefährliche Gedankenexperiment der geistigen Selbstzerlegung wagt und zuvor keine Kopie des Untersuchungsgegenstands, der ja gleichzeitig der die Untersuchung führende Forscher ist, angelegt hat, nimmt sich der Forscher mitsamt seinem Untersuchungsgegenstand selbst auseinander, und noch in der Bergmannstraße, spätestens am Südstern, platzt einem schier der Kopf, und man ist verrückt. Wie wenn eine märchenhaft vertrackte Maschine sich selbst in ihre Einzelteile zerlegte, und nur noch ein trauriger Haufen Zahnräder und Federn und Schrauben übrigbliebe, so ist das, und wenn niemand kommt und die Zahnräder und Federn und Schrauben auf wunderbare Weise wieder richtig zusammenfügt, ist es aus mit der Maschine. Wie viele Leute bevölkern unsere Irrenanstalten, frage ich mich manchmal, die leichtfertig und schlecht vorbereitet an ihrem eigenen Ich und ihrem Selbst herumgedoktert haben und es dann nicht mehr zusammenbauen konnten, weil der die Untersuchung führende Verstand mit der Zerlegung des Ichs verschwunden ist. Das Nachdenken über die Möglichkeit, nicht zu denken, dachte ich jetzt auf dem dritten Friedhof, der sich unmittelbar an den zweiten anschließt, ist der analytischen Zerlegung des eigenen Ichs eng verwandt, es ist ein Element dieser geistigen Selbstsezierung, denn das Ich ist ja nichts anderes als ein fortwährendes geistiges Selbstgespräch, ein erst mit dem Tod oder dem Wahnsinn abbrechendes inneres Gemurmel, ein gedankliches Grundrauschen, das wußte ich aus meinen wiederholten und sehr gründlichen Untersuchungen meines eigenen Ichs und meines Selbst, und wenn man das Denken ganz und gar abschaltete, und sei es nur für einen kurzen Moment, wie man vielleicht vorhat, würde man unweigerlich auch sein Ich und sein Selbst abschalten, und man würde für diesen Moment aufhören zu existieren, der Körper würde noch auf dem Friedhof oder auf der Bergmannstraße umhertappsen, aber man wüßte nichts mehr darüber, man wäre auf einer Stufe mit der Maus, die ja auch nicht weiß, daß sie eine Maus ist, und es wäre einem herzlich egal, von der Friedhofskatze gefressen zu werden. Wenn man sich einmal abgeschaltet hat, kann man sich selbst nicht wieder anschalten, das ist klar, und man hat also Selbstmord begangen, obwohl der einst zur eigenen Person gehörige Körper immer noch durch Kreuzberg stapft, bis er von den Ordnungsbehörden von der Straße weggefangen und in eine Irrenanstalt eingeliefert wird, wo man ihn notdürftig ernährt, bis auch er stirbt. Ich hatte darüber schon häufig nachgedacht, dachte ich jetzt und ärgerte mich aufs neue über meinen heutigen Spaziergangsgedanken, der sich schon auf dem dritten Friedhof als Variation eines mir altbekannten Gedankens, dem über das Ich und das Selbst, herausstellte, und hätte ich geahnt, daß ich heute schon kurz hinter der Admiralbrücke, am jenseitigen Ufer des Landwehrkanals, einem Menschen begegnen würde, der gerade der geistigen Selbstauflösung entkommen war, in letzter Sekunde, hätte ich das geahnt, ich wäre gar nicht mehr auf den vierten Friedhof gegangen, ich wäre die Körtestraße hinaufgeeilt, durch die Grimmstraße und über die Admiralbrücke und das Fraenkelufer entlang und auf sie zu gelaufen, wie sie da am Urbanhafen am Geländer stand und auf mich wartete. So aber ging ich weiter meinen Weg.

Auf dem vierten Friedhof, der sich unmittelbar an den dritten anschließt, stattete ich, wie jeden Tag, zunächst Deutschlands Grab einen kurzen Besuch ab. Es glaubt mir nie jemand, wenn ich sage, daß Deutschland an der Bergmannstraße begraben ist. Es ist aber tatsächlich so. Der bescheidene, ganz und gar unscheinbare und dazu auch noch schiefe Grabstein trägt die schlichte Inschrift *Deutschland – unvergessen*. Geburts- und Todestag sind nicht vermerkt. Keine zwanzig Meter weiter liegt Stresemanns monumentales Grab, wenigstens hundertmal größer als das Deutschlands und an einem der Hauptwege gelegen, während Deutschlands kleines Urnengrab abseits zwischen anderen Gräbern versteckt ist, und ich denke, das hat schon seine Richtigkeit so. Ich verharre immer eine andächtige Sekunde vor dem lustigen Deutschlandgrabstein, dann gehe ich weiter meinen Weg, hämisch und absichtlich falsch das Deutschlandlied pfeifend. So machte ich es auch heute und dachte dabei, ich werde mir ein Kaninchen suchen und ihm einen saftigen Schneeball auf den Pelz brennen, als Strafe für seine Gedankenlosigkeit. Also ging ich in den hinteren Teil des vierten Friedhofs, dahin, wo sich für gewöhnlich die meisten Kaninchen tummeln, und suchte zwischen den Gräbern die dünne Schneeschicht nach Kaninchenspuren ab und wurde auch gleich fündig, jede Menge Spuren, aber kein Kaninchen, zunächst. Ich verfolgte einen verräterischen Kaninchentrampelpfad, der an einem überwucherten Grab endete, versteckte mich in kurzer Entfernung zu diesem geheimen Kaninchentreffpunkt hinter einem Baum und knetete geräuschlos einen fetten nassen Schneeball. Es dauerte keine drei Minuten, bis sich etwas regte, und siehe da, gleich zwei Kaninchen streckten ihre vorwitzigen Nasen aus dem Gestrüpp. Ich wartete noch, bis die beiden unvernünftigen Tiere ganz aus ihrem Versteck an dem überwucherten Grab herausgekommen waren, sprang dann blitzschnell hinter dem Baum hervor und feuerte meine Kugel auf das mir nächste Tier. Ich traf es an seinem linken hinteren Oberschenkel. Die beiden Kaninchen spritzten auseinander und flüchteten kopflos in verschiedene Richtungen. Das von meinem Schneeball getroffene Exemplar verfolgte ich noch eine Weile in wilder Jagd über die Gräber, ließ es dann aber ziehen, schließlich bin ich kein Tierquäler, sagte ich zu mir. Eine alte Frau, die meine Kaninchenjagd offensichtlich beobachtet hatte, beanstandete mein Verhalten und drohte mit der Polizei. Ich sagte ihr, ich sei Hauptkommissar der fünften Mordkommission und fragte sie nach ihrer Legitimation. Sie verstand mich nicht. Sie könne in ernsthafte Schwierigkeiten kommen, fuhr ich fort, wenn sich ihr Alibi als nicht stichhaltig herausstellen sollte. Dann ließ ich sie stehen, sie hatte Angst bekommen, und jetzt tat sie mir leid. War nur ein Scherz, sagte ich, tschüs, und lassen Sie mir die Karnickel in Frieden. Manche von den alten Berliner Friedhofsfrauen sind ziemlich frech und sie vertragen durchaus einen kleinen Scherz. Einmal, als ich verkatert und etwas verknittert und unrasiert durch die Gräberreihen strich, sagte eine, die mir auf meinem Weg entgegenkam, direkt ins Gesicht: Na, grade aus'm Zelt jekrochen? Es fiel mir in meinem Zustand keine schnelle passende Antwort ein, also rülpste ich einfach in ihre Richtung, was sie zu einer neuen Beleidigung veranlaßte.

Ich beschloß, den heutigen Spaziergangsgedanken für gescheitert zu erklären und nicht mehr weiter zu verfolgen, und verließ den Friedhof. Angesichts der Kirche am Südstern kam mir in den Sinn, eine neue Runde in meinem privaten Kampf mit dem Pfarrer der in meiner Nachbarschaft gelegenen Glockenkirche einzuläuten, und ich nahm mir vor, den Rest meines heutigen Spaziergangs diesem Thema zu widmen. Seit Jahren liege ich mit dem Glockenkirchenpfarrer im Clinch wegen seines ungeheuerlichen Glockenterrors, mit dem er jeden Sonntagmorgen meinen Bezirk überzieht, das Glockenläuten ist die große Leidenschaft des Glockenkirchenpfarrers, er ist ein passionierter, ja manischer Glockenterrorist, aus Passion, wie man sagt, trampelt er mit seinem zügellosen Geläut auf unseren Nerven herum, und ich sehe ihn jeden Sonntagmorgen, wenn er mich wieder mit seinem Glockendonner aus dem Bett geworfen hat, förmlich vor mir, wie er in seinem grotesken Talar außer Rand und Band an dem Glockenseil auf und nieder saust, in orgiastischer Verzückung spitze Schreie ausstoßend. Anfangs trat ich noch mit gutgemeinten, wohlwollenden und konstruktiven Vorschlägen an ihn heran, ich schlug ihm zum Beispiel vor, seine archaischen Donnerglocken gegen einen vornehmen Kinogong auszutauschen, und ich wies ihn darauf hin, daß die anderen in unserem Bezirk vertretenen Glaubensgemeinschaften friedlich und leise ihren religiösen Geschäften nachgingen, nur er, der er mit seiner Glockenkirche einer winzigen religiösen Minderheit vorstehe, veranstalte jeden Sonntagmorgen einen Radau, daß die Häuser wackeln. Später, als alles Gutzureden nichts gefruchtet hatte, verschärfte ich meinen Ton und konfrontierte ihn mit Beleidigungen und schließlich auch mit massiven Drohungen, ich nannte ihn einen Satansbraten und gottlosen Menschenschinder, ein sektiererischer und terroristischer Religionsfanatiker sei er und dazu auch noch vom Teufel besessen, ich drohte ihm Prügel an und stellte ihm am Ende sogar die Sprengung seiner Kirche in Aussicht. *Ein feste Burg ist unser Gott, ein feste Wehr und Waffen* hat sich der kriegslüsterne Pfarrer über das Portal seiner Kirche in den Stein gemeißelt, und darauf hatte ich angespielt, als ich ihm sagte, wollen doch mal sehen, wie fest deine Burg ist. Der Pfarrer ließ indes alle meine Eingaben unbeantwortet und statt sich zu mäßigen, steigerte er den infernalischen Lärm seiner Höllenglocken von Sonntag zu Sonntag. Schon eine viertel Stunde vor Beginn seines sogenannten Gottesdienstes, zu dem, wenn überhaupt, immer nur ein kümmerliches Häuflein übriggebliebener Gottesgläubiger erscheint, läßt der Pfarrer mit seinem barbarischen Glockengetöse die Erde beben, um uns schier zu Tode erschrockenen Sünder aus unseren Betten zu werfen. Meine letzte Maßnahme gegen den jeden Sonntagmorgen Amok laufenden Pfarrer waren anonyme Hinweise meinerseits bei der obersten Kirchenleitung auf *schwere sittliche Verfehlungen des sauberen Herrn Pfarrer*, wie ich mich ausdrückte, und ich schmückte diese Anschuldigungen in einer Weise aus, daß ich selbst über die Abgründe meiner Phantasie erschrak, so entsetzlich waren die Verbrechen, derer ich den Glockenkirchenpfarrer bezichtigte, Bestialitäten der Sonderklasse, über die selbst die Belgier staunen würden, die grausamsten Auswüchse der Geistesorgien de Sades sind Kinderkram dagegen. Aber auch dieses schwere Geschütz versagte gegen den verstockten Pfarrer, und noch immer und jeden Sonntag immer wilder schlägt er akustisch auf uns ein und zerrüttet unsere Nerven. Es ist an der Zeit, dachte ich, als ich den Südstern überquerte, dem Pfarrer einen neuen empfindlichen Schlag zu versetzen. Der Pfarrer dreht munter weiter an der Schraube der Gewalt, sagte ich mir, und ich halte mit, am Ende werde ich der Sieger sein, und die Glocken werden für immer schweigen. Ich werde dem Kampf eine neue Dimension geben müssen, dachte ich jetzt in der Körtestraße, eine neue

Front eröffnen, ja, ich werde den Pfarrer auf perfide Weise in eine Auseinandersetzung mit einem übermächtigen Gegner verwickeln, er wird zermahlen werden in einer Konfrontation, die weit über seine Kräfte geht. Ich war gut in Form, bemerkte ich, der Gedanke, dem Pfarrer erneut tüchtig einzuheizen, stimmte mich vergnügt. Ich werde in des Pfarrers Namen einen gefährlichen Konflikt zwischen der evangelischen, der Kirche des Glockenkirchenpfarrers, und der katholischen heraufbeschwören. Ich werde die höchsten Würdenträger der katholischen Kirche mit ähnlichen Anschuldigungen konfrontieren, wie ich sie gegen den Pfarrer bei dessen Kirchenleitung vorgebracht hatte, und zwar mit des Pfarrers eigener Unterschrift. Das ist gut, dachte ich, und ich entwarf im Geist einen ersten Brief des Pfarrers an einen Kardinal, Lieber Bruder Schweinepriester, begann ich das infame Schreiben, ich will ja nicht wissen, wie es unter deiner Soutane aussieht, pfui Deibel! Perverser Sack, du!, so in etwa die Eröffnung, dachte ich. Kinderschändung, Leichenschändung, Sodomie, Folter, Mord und grausige Verstümmelungen, ich werde nichts auslassen, alle Register werde ich ziehen und den fraglichen Kardinal im Namen des Glockenkirchenpfarrers der fürchterlichsten Ausschweifungen und Perversionen bezichtigen. Erst wird die deutsche Bischofskonferenz wegen des Pfarrers Umtriebe bei der obersten evangelischen Kirchenleitung vorstellig werden, und schließlich, weil der Pfarrer nicht aufhört mit seinen ungeheuerlichen Schmutzbriefen, wird der Papst der evangelischen Kirche öffentlich den Krieg erklären, das ist fein, freute ich mich still, das wird dem rasenden Glockenteufel das Genick brechen. Ich brauche einen Briefbogen der

Glockenkirche und eine Unterschriftenprobe des Pfarrers, dachte ich jetzt in der Grimmstraße, die sich, durch die Urbanstraße getrennt, an die Körtestraße anschließt. Ich werde ihm einen Brief schreiben, beschloß ich, und mich darin unter falschem Namen als ein Gestrauchelter ausgeben, der jetzt, nach mehrjähriger Kerkerhaft und schweren gesundheitlichen und seelischen Prüfungen, den Weg zurück in den Schoß der christlichen Gemeinschaft sucht. Der Pfarrer möge ihm den Weg weisen, schriftlich, da er, der reumütige Gestrauchelte, wegen einer gefährlichen und ansteckenden Krankheit ihm, dem Pfarrer, nicht seine Aufwartung machen könne. Da wird der Pfarrer Luftsprünge machen, sagte ich zu mir, endlich ein neues Schaf für seine arg geschrumpfte Herde, und er wird sich sogleich hinsetzen und einen begeisterten Brief an mich aufsetzen, und schwupps!, habe ich Briefkopf und Unterschrift, so leicht ist das. Auf der Admiralbrücke blieb ich stehen und lockte einen Schwarm Enten und Schwäne herbei, indem ich kleine Steinchen ins Wasser warf. Wenn ich geahnt hätte, daß nur hundert Meter weiter ein Mensch auf mich wartete, ein so außergewöhnlicher, ja einzigartiger Mensch, wie ich jetzt weiß, während sie nebenan auf der Liege in meinem Studierzimmer schläft und ich hier an meinem Wohnzimmertisch diese Notizen mache, wenn ich das geahnt hätte, keine Sekunde hätte ich mich mit den Kanalvögeln aufgehalten, schnurstracks wäre ich auf sie zugelaufen, hier bin ich, hätte ich atemlos gesagt, endlich, aber ich wußte es nicht, ich wußte nichts von ihrer Existenz, als ich da auf der Admiralbrücke stand und kindisch die Enten und Schwäne foppte und mir immer neue Gemeinheiten für die Erzbischöfe und Kardinäle ausdachte. Genug für heute, sagte ich zu den Enten und Schwänen und wandte mich von ihnen ab und ging weiter meinen Weg.

Zügig, aber nicht hastig, ging ich am Fraenkelufer entlang, innerlich vor mich hin grinsend, und stellte mir einen Kardinal vor, wie er in seiner albernen Kardinalsrobe wutschnaubend und am Rande eines Herzinfarkts den ersten Beleidigungsbrief des Glockenkirchenpfarrers liest. Das zügige Gehen eignet sich am besten fürs Aushecken solcher Streiche. Ich gehe auf den verschiedenen Abschnitten meiner täglichen Runde in verschiedenen Geschwindigkeiten, zügig in den Straßen mit Autoverkehr, etwas langsamer in den Straßen und Wegen ohne Autos, aber auch da durchaus noch zügig, nur eben nicht ganz so zügig, und auf den Friedhöfen ist mein Gehen eher ein Schlendern oder Bummeln, es erschiene mir nicht angemessen, einen Friedhof zügig zu durcheilen. Dort, wo sich am Fraenkelufer die Autostraße vom Uferweg trennt, verlangsamte ich meine Schritte gewohnheitsgemäß um eine Nuance, und wenn ich nur gewußt hätte, daß sie dort am Geländer auf mich wartete, hätte ich sie schon sehen können, aber ich wußte es ja nicht und kannte sie nicht und ich ging vor mich hin und dachte an den tobenden Kardinal, und vielleicht sah man mir an, daß ich etwas Lustiges dachte, ich war sehr vergnügt, ich schaute mal zu den Schiffen hinüber, dann zu den spielenden Kindern in ihren Basketballkäfigen im Böcklerpark, ich kontrollierte den vor mir liegenden Weg alle fünf Meter beiläufig auf Hundehaufen, prüfte die mir entgegenkommenden Menschen ebenso beiläufig daraufhin, ob sie mir bekannt waren und also ein Gruß ausgetauscht werden mußte, all das tat ich mit der größten Routine nebenher, während ich mir den Tobsuchtsanfall des Kardinals in den schillerndsten Farben genüßlich ausmalte, da trat sie auf mich zu.

Heft II

Es ist still in dieser kalten Novembernacht, das Haus schläft, nichts zu hören von den Nachbarn, auch draußen herrscht ungewöhnliche Ruhe, nur dann und wann ein Martinshorn aus der Ferne. Eine dünne Schneeschicht liegt auf dem eisglatten Kopfsteinpflaster, es schneit und schneit weiter friedlich vor sich hin, und die nächtlichen Autofahrer, die sonst ja auch um diese Zeit, weit nach Mitternacht, mit der ihnen eigenen Unverfrorenheit zahlreich durch mein Viertel brausen, sitzen eingeschüchtert und verschreckt hinter den Lenkrädern ihrer kostspieligen Automobile und wagen es nicht, die Motoren zu starten und lärmend durch die Straßen zu brausen, was für ein erbaulicher Gedanke, und die wenigen Wagemutigen unter ihnen schaffen es, wenn überhaupt, nur bis zu den Yorckbrücken, wo sie dann von der Feuerwehr von einem Betonpfeiler gekratzt werden müssen, daher die Martinshörner, und durch die tiefe friedliche Stille höre ich Maschas ruhigen, regelmäßigen Atem, nein, das ist nicht möglich, sie schläft nebenan in meinem Studierzimmer, ich kann sie nicht hören, und doch ist es mir, als hörte ich sie schlafen, als spürte ich sie schlafen, ich weiß sie ganz nah bei mir, dicht neben mir, wie an mir, gut und warm zugedeckt, in meiner Obhut, unter meinem Schutz, tief und ruhig schlafend, endlich, nach dieser langen Zeit der quälenden Schlaf- und Rastlosigkeit.

Sie habe allen Grund, sich Mascha zu nennen, hatte sie gesagt, das sei natürlich nicht der Name, den ihr ihre Eltern damals, ohne ihre Zustimmung, wie sie betonte, gegeben hätten, dieser, ihr ursprünglicher Name bedeute ihr jetzt nichts mehr, dieser Name hat sich erledigt, hatte sie wörtlich gesagt und weiter, nach allem was ich weiß, paßt jetzt und schon seit langer Zeit kein Name so gut auf mich wie Mascha, ich kann nur Mascha heißen, ich bin Mascha, ja, sie sagte, ich *bin* Mascha. Wir waren uns vielleicht erst eine halbe Stunde bekannt, als sie mich mit dieser Erklärung verblüffte. Jetzt, nachdem wir den Nachmittag und diesen unvergleichlichen Abend miteinander verbracht haben, und ich hier an meinem Wohnzimmertisch sitze und diese Notizen mache, verblüfft mich nichts mehr an Maschas Ausführungen über ihren Namen, ich kenne sie nach diesen wenigen gemeinsamen Stunden so gut wie kaum einen anderen Menschen, und sie kann nur Mascha heißen, das ist klar.

Was wäre gewesen, denke ich jetzt, wenn ich sie nicht erkannt hätte, ich meine, ich kannte sie nicht, ich hätte sie nicht *wiedererkennen* können, ich hatte sie noch nie gesehen, wenn ich aber nicht begriffen hätte, daß sie es ist, sie, dieser besondere Mensch, Mascha, wenn ich sie stehengelassen hätte, einfach mißachtet, wie schrecklich, was für ein entsetzlicher Verlust. Sie stand da am Geländer und trat auf mich zu, und wie viele Menschen treten jeden Tag auf einen zu, und man ignoriert sie und läßt sie stehen. Man wird in dieser Stadt doch ständig von irgendwelchen Leuten angehalten und angesprochen, fast immer geht es dabei um Geld, manchmal will jemand nur die Uhrzeit wissen, und ich weiß immer sofort, wenn jemand an mich herantritt, worum es geht, ich spüre es, wenn mich jemand um Geld angehen will, noch bevor der Betreffende einen Ton gesagt hat, und das ist auch keine Kunst, jeder Bettler verrät sich und seine Absichten schon allein durch die Art, wie er an sein Opfer herantritt und sich ihm in den Weg stellt, handelt es sich nun um einen der unzähligen jugendlichen Habenichtse, die ihr Leben schon verschlampt haben, bevor es richtig beginnen konnte, oder um einen später in seinem Leben Gescheiterten, man erkennt sie alle immer gleich auf den ersten Blick, man erkennt sie schon aus dem Augenwinkel, allein durch ihre Bewegung, sie brauchen noch nicht einmal ihre Hand fordernd auszustrecken, schon ihre Schritte und ihre Körperhaltung, ihre Bettlerkörperhaltung, verraten ihr Anliegen. Und ich habe gelernt, durch meine Körperhaltung und die Entschiedenheit meiner Vorwärtsbewegung jedem Bittsteller sofort zu signalisieren, daß von mir keine Spende zu erwarten ist, und ihn auf diese Weise zu entmutigen, noch bevor er sein Anliegen richtig vorbringen kann. Die Art, wie Mascha auf mich zutrat, war alles andere als fordernd und völlig verschieden von der der Bettler, sie stellte sich mir nicht etwa in den Weg, nein, sie trat wortlos von der Seite auf mich zu und blieb wenigstens einen Meter von mir entfernt stehen, als wollte sie mir die Möglichkeit offenlassen, sie zu übersehen und an ihr vorbeizugehen, und doch war ihr Herantreten von einer klaren Unmißverständlichkeit und Entschlossenheit, es war für mich völlig ausgeschlossen, sie nicht zu bemerken. Das ist keine Bettlerin, das war mir augenblicklich klar, ich wäre ja sonst natürlich nicht stehengeblieben, aber es ging dieser Frau auch nicht um eine einfache Auskunft über Weg oder Zeit, auch das wußte ich sofort, sie tat nur diesen Schritt auf mich zu und blieb dann schweigend stehen, und ich spürte, noch bevor ich stehenblieb und mich ihr zuwandte, die besondere Dringlichkeit ihres Anliegens.

Sie wirkte verloren, wie sie da in ihrem abgetragenen grünen Wintermantel vor mir stand, den abgewetzten Pelzkragen schützend hochgeschlagen, die Hände in den Taschen vergraben, zart und zerbrechlich und zu klein und zu schmal für diesen Mantel, blaß und mit vom kalten Novemberwind gezaustem Haar, ihr schönes sanft gewelltes silbrig grau durchwirktes schwarzes Haar, ja. Viel zu mager ist sie, wie ich jetzt weiß und am Kanal schon dachte, und sie steckt in einem fremden Mantel, und in diesen ersten Sekunden unserer Begegnung wirkte sie gleich auf mich wie eine nach schwerer Krankheit Genesende, blaß und bleich, mit eingefallenen Wangen, ausgehungert, ja, ausgehungert kam sie mir vor, und sie war ja auch ausgehungert, wenn auch in anderer Hinsicht, als ich zunächst angenommen hatte, und wenn nicht diese entschiedene, diese entschlossene Lebenslust aus ihren unwirklich schönen hellen graublauen Augen geblitzt hätte, ja, ihre wunderschönen Augen, im fahlen Novemberlicht silbern leuchtend, mit bronzenen und goldenen Farbsplittern darin, irisierend, jetzt verstehe ich das Wort, irisierend, ja, wenn nicht ihr ganzes Gesicht, ihre ganze Haltung, ihr Lächeln und eben ihre vor Lebenshunger und Lebensentschlossenheit strahlenden Augen gewesen wären, wenn ich dafür blind gewesen wäre, ich hätte sie vielleicht für eine ausgebüxte Patientin des gegenüberliegenden Krankenhauses gehalten, aber ich habe sie doch sofort erkannt und wußte, da steht ein besonderer Mensch vor mir. Wir standen uns wortlos gegenüber, und sie sah mich mit ihren unvergleichlichen Augen an, so freudig und zugleich erwartungsvoll und dringlich, bittend, nein, fragend, fordernd, nicht fordernd, bittend und einladend, schon doch auch fordernd, und gleichzeitig prüfend, als suche sie voll Ungeduld in meinen Augen die erlösende Antwort auf eine lebenswichtige Frage. Lange Sekunden löste sie ihren Blick nicht von mir und wechselte dabei flink und, wie es mir vorkam, aufgeregt zwischen meinen beiden Augen hin und her, ihr Blick flirrte zwischen meinen beiden Augen hin und her und blieb doch fest und ohne Ablenkung in meinem Blick gefangen, und alles an ihr war ein Lächeln, ihre Augen, ihr Mund, ihre vollendet und edel geschwungenen, fein gezeichneten Lippen, ihre auf so perfekte Weise asymmetrischen Lippen, ihr rechter Mundwinkel ein winziges Stückchen tiefer als der linke, was für ein verführerischer Mund, ihr ganzes Gesicht, ein sehr warmes und vertrautes Lächeln, wie man es einem lange vermißten geliebten Menschen schenkt, wenn man ihn endlich wieder in die Arme schließen kann, und tatsächlich dachte ich, es muß sich um eine Verwechslung handeln, sie glaubt mich zu kennen. Ich wußte, daß ich dieser Frau noch nie zuvor begegnet war, ich vergesse nie das Gesicht eines Menschen, der mir gefällt oder mich interessiert, nein, ich kenne diese Frau nicht, dachte ich, aber sie steht hier vor mir und schaut mir in die Augen und lächelt mich an, als wolle sie mich gleich in die Arme nehmen und sagen: Endlich, da bist du ja. Und als ich das dachte, zeigte sich auf ihren lächelnden Lippen eine kaum merkliche, zögernde, unsichere Bewegung, ein leises Zittern, als suche sie in großer Aufregung die richtigen Worte und finde sie nicht, und auch ich wußte nicht, was ich sagen oder sie fragen sollte, ich erwiderte nur einfach ihr Lächeln, und als wir so sprachlos dastanden, ich weiß nicht wie lange, rief plötzlich neben uns eine verwahrloste alte Frau im Rollstuhl in der Art der Schwerhörigen brüllend laut zu ihrer Betreuerin über die Schulter nach hinten, ick hab nämlich auch 'n künstlichet Hüftjelenk, und die mürrische Betreuerin sagte nur angewidert, ach nee, und da mußten wir beide lachen, und der Bann war gebrochen, und ich sagte, so sind die Leute hier, alles Komiker, und da sagte sie: Darf ich mich dir anschließen?

Ja, natürlich, sehr gerne, dachte ich, sagte aber, ich sei gerade dabei, einen veritablen Religionskonflikt, ja einen Kirchenkrieg anzuzetteln, und dabei könne ich eine größere Gefolgschaft und ihre Verstärkung gut gebrauchen, und ich bereute diesen dummen Scherz augenblicklich, denn sie schaute mich verwirrt und fragend an, immer rutschen mir so dumme und unpassende Sprüche raus, ich Idiot, dachte ich, jetzt hast du ihr Angst gemacht, und ich sagte, Entschuldigung, war nur ein dummer Scherz, gerne gehe ich mit dir weiter.meinen Weg, und weil ich immer das Falsche sage, fuhr ich fort und sagte, ich fürchte nur, du verwechselst mich, und auch das bereute ich augenblicklich, jetzt habe ich sie zurückgewiesen und sie auf ihren Irrtum aufmerksam gemacht, dachte ich, sie wird sich abwenden und gehen, und ich habe eine vielversprechende Bekanntschaft schon in ihrer ersten Sekunde zerstört, aber sie lächelte nur und sagte, nein, das glaube ich nicht, ich meine dich. Sie wolle mich begleiten, sagte sie, und sie würde auch schweigen, wenn mir das lieber wäre, wir bräuchten nicht zu reden, wenn ich nicht wolle, nur ein Stück mit mir gehen, einfach neben mir hergehen eine Weile, nur mit dir ein Stück in deine Richtung gehen, nichts weiter, sagte sie, glaube ich, und ich freute mich und sagte, gerne, aber Schweigen kommt gar nicht in Frage, ich werde dich zum Gespräch zwingen, das ist der Preis, und da lachte sie, und ich weiß jetzt nach diesem wunderbaren Tag mit ihr, daß ihr Schweigeangebot nicht ernstgemeint war, natürlich wollte sie mit mir reden. Und jetzt gingen wir gemeinsam weiter meinen Weg.

Natürlich wollte ich wissen, was sie mit mir vorhatte und wie sie ausgerechnet auf mich gekommen ist, aber sie kam mir zuvor und fragte mich nach dem Hintergrund meiner Kirchenkriegsbemerkung. Ich sträubte mich zuerst, es war mir peinlich, ihr meine kindischen Rachepläne gegen den Glockenkirchenpfarrer zu offenbaren, aber sie blieb hartnäckig, und ich mußte ihr schließlich die ganze Geschichte erzählen. Ich bemühte mich, eine lustige Geschichte daraus zu machen, und es ist ja auch eine lustige Geschichte, und je tiefer ich in die Einzelheiten ging, desto herzlicher lachte sie, und das freute mich natürlich, und ich schmückte die gemeinsten Streiche immer phantasievoller aus, ich erfand aus dem Stegreif immer neue und immer niederträchtigere Anschläge auf den Pfarrer, ich war schwer in Fahrt, beflügelt durch ihr Lachen, und immer, wenn ich eine neue Bosheit präsentiert hatte, sagte sie, der arme Pfarrer, der arme Pfarrer, und sie lachte und lachte. Schließlich setzten wir uns vom Lachen erschöpft auf eine Bank, um uns zu beruhigen. Ich zündete mir eine Zigarette an, sie wollte keine, und wir saßen still nebeneinander. Wie vertraut mir diese fremde Person schon jetzt nach den wenigen Minuten unserer Bekanntschaft ist, dachte ich da mit ihr auf der Bank, kaum sind wir uns begegnet, schon haben wir miteinander gelacht, und wie selten trifft man auf einen Menschen, mit dem man auf Anhieb lachen kann, und jetzt sitzen wir hier mit der natürlichsten Arglosigkeit nebeneinander auf einer Bank und schweigen wie gute alte Freunde in gegenseitiger Geborgenheit. Ich wußte, daß sie nicht auf mich zugetreten war, um mit mir zu schweigen, daran hatte ich keinen Zweifel, aber sie schien es jetzt, nachdem ich sie angenommen hatte, nachdem wir beide uns gegenseitig so freundlich angenommen hatten, nicht eilig zu haben, mich mit ihrem Anliegen zu konfrontieren, und doch ging von ihr auch in ihrem Schweigen noch immer diese elektrisierende Intensität, diese höchste Aufmerksamkeit der Sinne wie im ersten Augenblick unserer Begegnung aus, nein, diese höchste Sinnesanspannung lag jetzt zwischen uns, ja, ich denke, wir waren beide in höchstem Maße auf die Anwesenheit und auf die Person des anderen konzentriert, und das ohne jede Hast, ohne Ungeduld, einerseits die höchste nur vorstellbare Sensibilisierung für einander, andererseits die große, ruhige Gelassenheit in sicherem beiderseitigem Vertrauen, wir wußten, wir laufen uns so schnell nicht davon, wir hatten Zeit, wir hatten so viel Zeit, wie wir wollten, es gab keinen Grund, unsere Begegnung leichtfertig durch überstürztes Handeln zu gefährden. Wie wir in tiefster Vertrautheit da nebeneinander auf der Bank saßen und schwiegen, müssen wir auf jeden Passanten wie ein glückliches Paar gewirkt haben, das schon viele Jahre miteinander verbracht hat und das noch immer in zärtlicher Zuneigung und uneingeschränkter Liebe verbunden ist, freundlich miteinander, tief und warm einander zugetan, zusammengehörig.

Ich genoß diese Minuten schweigend neben ihr, ich

dachte, was für ein Tag, erst dieser Ärger mit meinem verpfuschten Spaziergangsgedanken, dann der Volltreffer auf Menzel, und jetzt sitze ich hier mit einer gänzlich unerwarteten und hochinteressanten Person auf einer Bank am Kanal und freue mich und fühle mich wohl mit ihr, es ist schön, es ist höchst angenehm, sie neben mir zu spüren, in all der Ruhe und Freundlichkeit, die wir beide uns stiften, was für eine willkommene Abwechslung. Ich habe einen fremden Menschen getroffen, und schon ist sie kein fremder Mensch mehr für mich, nach wenigen Minuten ist sie schon meine Freundin und Begleiterin, hier neben mir, wie warm und geborgen fühle ich mich in ihrer Nähe. Ohne irgendeine Last sitzen wir hier und schauen über den Kanal und denken nur an uns, ich an sie, sie an mich.

Wie alt sie wohl sein mochte, fragte ich mich, vielleicht ein paar Jahre jünger als ich, aber ein halbes Leben wird sie schon hinter sich haben, wenigstens. Wenn sie wieder gesund ist, ja, so redete ich im stillen mit mir über sie, wenn sie wieder gut ißt, dann wird sie vielleicht noch etwas jünger aussehen, vielleicht, aber was spielt das für eine Rolle, törichter Mensch. Woher sie kommt, spielt das eine Rolle? Wo sie wohnt? Wie sie heißt? Ja, sagte ich mir, wie sie heißt, das spielt eine Rolle, ihren Namen wüßte ich schon gern, wenn man zu einem Menschen den Namen hat, kann man ungleich besser über ihn nachdenken, das weiß ich, man muß nicht immer erst eine langwierige Beschreibung des fraglichen Menschen anfertigen, wenn man an ihn denken oder über ihn nachdenken will, man sagt sich einfach den Namen und weiß sofort, um wen es sich handelt, dachte ich da neben ihr auf der Bank und beschloß, sie nach ihrem Namen zu fragen, und weil ich stets zu leichtfertigen Dummheiten neige, fragte ich sie nicht nur einfach nach ihrem Namen, sondern sagte, ganz im Widerspruch zu der von mir gerade erst festgestellten unbedingten Notwendigkeit der Behutsamkeit, jetzt mußt du mir aber sagen, wie du heißt und wer du bist und was dein Anliegen ist. Ich hatte den Satz noch nicht beendet, da bereute ich mein ungestümes Vorpreschen schon, erst sagst du, keine Eile, keine Hast, und schon eine Minute später bedrängst du sie, als würde sie im abfahrenden Zug stehen und du draußen auf dem Bahnsteig, dumm war das und unbeherrscht, und deswegen korrigierte ich mich gleich und sagte, nein, du mußt mir gar nichts sagen, nur wenn du willst, das ist klar. Sie lächelte und schwieg, ich glaube, sie schüttelte den Kopf, nur sehr kurz und nicht verneinend, eher verlegen, zweifelnd, unsicher. Ich nannte ihr meinen Namen. Sie zögerte einen Moment, dann sagte sie, Mascha, ich bin Mascha. Eine Russin, sagte ich, hab' ich mir gleich gedacht. Da lachte sie wieder und sagte mit gespieltem russischen Akzent, nein, bin keine Russin, nur Deutsche, heiße aber jetzt trotzdem Mascha, und dann wurde sie plötzlich sehr ernst und sagte, sie wisse gar nichts mehr über sich selbst, dann aber gleich, doch, sie wisse etwas, aber das sei ihr fremd und alles längst vergangen und hätte nichts mehr mit ihr zu tun, sowenig wie der ihr von ihren Eltern gegebene Name, der sich für sie erledigt habe. Nach allem, was sie jetzt über sich selbst wisse, und das sei sehr wenig oder so gut wie nichts, sei sie Mascha, *diese Figur*, und wahrscheinlich verrückt und wolle nichts weiter, als mich zu hören und meine Meinung über sie einzuholen, sie bedürfe einer Beurteilung, ja, so drückte sie sich aus, einer Beurteilung, und dann, sie brauche meine Hilfe. So fragil und geschwächt sie mir in ihrer äußeren Erscheinung vorkam, ging doch eine vitale Bestimmtheit von ihr aus, so, wie sie sprach, mit fester, sicherer Stimme, mit ihrer schönen klaren authentischen Stimme, wirkte sie ganz und gar nicht hilfebedürftig. Eben hatte sie noch Tränen gelacht bei meiner Kirchenkriegsgeschichte, sie war hellwach und lustig und bei klarem Verstand, und jetzt erzählte sie mir, sie halte sich für verrückt und brauche meine Hilfe, die Hilfe eines wildfremden Menschen, von dem sie ja nicht wissen konnte, ob er zu irgendeiner Hilfestellung bereit oder überhaupt in der Lage oder nicht gar seinerseits verrückt war, das überraschte mich, es verwirrte mich, und ich fragte sie, wie sie ausgerechnet auf mich gekommen sei, ich sagte das freundlich, ich sagte, ich glaube nicht, daß du verrückt bist, und ich will gerne mit dir sprechen, aber sag mir, wie bist du ausgerechnet auf mich gekommen? Sie antwortete erst nicht und lächelte nur mit den Augen, und ich fragte mich, ob ich eine dumme Frage gestellt hätte, aber dann sagte sie, sie hätte mich beobachtet. Ich habe dich beobachtet, eine Woche lang, jeden Tag, hier am Kanal, wie du vor dich hin gegangen bist, und ich habe gesehen, daß du ein Denker bist, du denkst beim Gehen, die ganze Zeit denkst du beim Gehen, das habe ich gesehen, und ich brauche einen Denker, ich sehne mich nach einem Denker, um mich herum und in mir selbst ist alles Denken erloschen, sagte sie und weiter, sie habe gesehen, daß ich ein fröhlicher Denker sei, und das wäre ihr das Verlockendste gewesen. Und während sie das sagte, strahlten mich ihre klaren hellen Augen an, und so kam mir, was sie sagte und wie sie es sagte, vor wie eine Liebeserklärung, es gefiel mir sehr, was und wie sie von mir dachte, und ich sagte, ich war wohl etwas verlegen, ja, ich bin ein fröhlicher Denker, aber meistens denke ich nur groben Unfug, wie du ja schon gehört hast. Ob wir weitergehen könnten, sagte sie darauf nur, es würde ihr langsam kalt, und zupfte mich dabei vorsichtig am Ärmel, und ich registrierte diese erste Berührung sehr aufmerksam, sie nimmt von dir Besitz, sagte ich zu mir und freute mich, und wir standen auf und gingen weiter unseren Weg.

Wir gingen still nebeneinander her, die Uferpromenade entlang. Alle meine Sinne waren auf sie gerichtet, ich glaubte, eine Wärme von ihr ausgehend zu spüren, obwohl wir uns nicht berührten, natürlich nicht, ich glaubte, sie zu riechen, ein sehr angenehmer, anziehender, frischer und doch warmer Geruch, von Zeit zu Zeit sah ich sie von der Seite an, sie ging ruhig und gleichmäßig und, wie mir schien, in vollendetem Gleichtakt mit meinen Schritten, eine warme Vertrautheit lag in unserem gemeinsamen Vorwärtsgehen. Eine ideale Spaziergangsgefährtin, das ist eine Weggefährtin, dachte ich. Als wir die Waterloobrücke erreicht hatten, wandte ich mich ihr zu und sagte, schau, diese schmucklose und unbedeutende Brücke nennt man Waterloobrücke, ist das nicht lustig? Sie sagte, auf die schäbigen Nachkriegshäuser in der Johanniterstraße deutend, vielleicht sind wir ja hier im Waterlooviertel. So ist es, sagte ich, hier haben die alliierten Flieger alles gründlich weggeputzt, die Brücke eingeschlossen, hier haben die Kreuzberger eines ihrer Waterloos erlebt, von hier bis zum Blücherplatz und hinunter bis zur Blücherstraße und hinauf bis zur Hochbahn, dem Waterloooufer, ist nichts stehen geblieben. Ich fragte sie, wohin sie jetzt gehen wolle, zurück am Ufer entlang vielleicht, und sie sagte, nein, ich will mit dir deinen Weg gehen, und du gehst nie am Ufer entlang zurück, das weiß ich. Ich lachte und sagte, du bist eine sehr aufmerksame Beobachterin, aber ich muß dich warnen, meine Runde führt jetzt über so manche donnernde Straße und Kreuzung, es ist kein sonderliches Vergnügen, den Mehringdamm nachmittags im Verkehrsterror zu überqueren, zum Beispiel. Das kümmere sie nicht, sagte sie, darauf komme es ihr nicht an. Worauf es ihr denn ankomme, wollte ich wissen, ich dachte, eine gute Gelegenheit erwischt zu haben, mehr über sie und ihr Anliegen in Erfahrung zu bringen. Gehen wir, sagte sie. Wir gingen also die Brachvogelstraße hinunter und bogen dann rechts in die Johanniterstraße ein, ein Gang durchs Waterlooviertel also, und ich nahm den Faden wieder auf und sagte, du hast von Hilfe gesprochen, ich würde dir gerne helfen, wenn ich dafür überhaupt der Richtige bin, das weiß ich ja nicht, aber du scheinst so gar nicht auf Hilfe angewiesen zu sein, du wirkst doch sehr zielstrebig und bei dir selbst. Ob es mich überraschen würde, erwiderte sie, zu hören, daß sie vor nicht einmal drei Wochen ganz und gar nicht mehr bei sich selbst gewesen sei, sie hätte ihr Selbst verloren, sie hätte ihren Namen nicht mehr gewußt, und selbst ihr Spiegelbild sei ihr alles andere als vertraut gewesen. Sie hätte sich anhand ihres Reisepasses über ihren Namen informieren müssen, sie hätte diesen Namen gleichgültig zur Kenntnis genommen, jeder andere wäre ihr auch recht gewesen, er habe ihr nichts bedeutet. Nur unter den größten Anstrengungen sei es ihr nach und nach gelungen, aus dieser Bewußtlosigkeit wieder aufzusteigen. Stück für Stück habe sie ihre Erinnerungen mühsam aufgeweckt und daraus ihr Leben rekonstruiert, sie habe jetzt wieder alles beisammen, so drückte sie sich aus, aber es bedeute ihr nichts, dieses rekonstruierte Leben sei ihr fern, sie könne und wolle dahin nicht zurück, nicht da weitermachen, sagte sie wörtlich, und sie sagte das in einem völlig unaufgeregten und sachlichen und distanzierten Ton, als spräche sie über eine andere Person, nicht über sich selbst. Ich war während dieser kurzen, mich aber erschütternden Mitteilung stehengeblieben. Ich bin in der Tat überrascht, dachte ich, *überrascht* ist eine geradezu unstatthafte Untertreibung, damit hätte ich nicht gerechnet. Mascha hatte zwar schon zuvor gesagt, ihr Denken sei erloschen, aber das stand doch in krassem Widerspruch zu dem Eindruck, den ich von ihr hatte, und ich hatte es für eine maßlose Übertreibung gehalten. Papperlapapp, hatte ich mir gesagt, diese Frau verfügt über ein ausgesprochen funktionstüchtiges und waches Denken, aber jetzt war sie noch weitergegangen und hatte behauptet, ihr Selbst verloren zu haben. Noch vorhin auf den Friedhöfen habe ich über den Selbstmord durch Selbstverlust nachgedacht, und jetzt steht diese kleine rätselhafte Person vor mir und konfrontiert mich mit einer dramatischen Geschichte, die so gar nicht zu ihr passen mag, so wach und klug sie, diese vorgebliche Mascha, mir vorkommt. Ich muß einen entsetzten Gesichtsausdruck gezeigt haben, denn sie fragte mich, ob mir das Angst mache, sie müsse mich damit nicht behelligen, wenn mir das unheimlich sei, nur einfach so mit mir gehen und vielleicht über irgend etwas anderes sprechen, wenn ich wolle, damit wäre sie schon zufrieden, oder auch gar nicht reden, nur miteinander spazierengehen, das sei ihr genug. Nein, nein, sagte ich, ich bin nur erschrocken, ich denke oft über die fragile Natur des Ichs nach, nur, ich habe nicht erwartet, von dir so etwas zu hören, du bist von klarem Verstand, dein Geist scheint mir höchst vital, und jetzt sagst du mir, dir sei dein Selbst abhanden gekommen. Sie lächelte und sagte, ich will mir ein neues basteln.

Einen langen Moment war ich mit meiner eigenen Verblüffung beschäftigt, ich weiß nicht, ob wir da noch standen oder ob wir wieder weitergegangen waren, ich weiß nicht, wie lang dieser Zustand der Verblüffung, ja des Erschrockenseins zeitlich bemessen war, Sekunden, Minuten, ich weiß nur, daß ich in Gedanken Maschas knappe Ausführungen, die ja eher nur Andeutungen waren, wieder und wieder in meinem Kopf hin und her bewegte. Mein Geist wurde mit Macht in den Strudel meines Spaziergangsgedanken über das Ich und das Selbst hinabgerissen, jetzt steht da einer von diesen Menschen vor dir, dachte ich, über die du doch immer von oben herab, aus der Sicht eines selbsternannten und dazu noch selbstgefälligen Meisterdenkers lakonisch geurteilt hast, selber schuld, diese Dilettanten, zerlegen sträflich schlecht vorbereitet ihr Selbst und stehen dann dumm da, so ohne Ich und ohne Selbst, und jetzt behauptet diese so gefährlich liebenswerte Person, diese rätselhafte Mascha, sie habe ihr Selbst verloren, und sagt dann noch frech, sie wolle sich ein neues basteln, das ist unglaublich. Aber ich schüttelte diesen mich zutiefst erschreckenden Gedanken schließlich ab, wohl um mich zu beruhigen, und dachte, Unsinn, ein klarer Fall von Amnesie, wahrscheinlich infolge eines Unfalls, eines schweren Schocks, das sieht man doch jeden Tag in diesen billigen Fernsehfilmchen, darauf hättest du gleich kommen müssen, rügte ich mich.

Jetzt in dieser Nacht, nachdem ich die ganze Geschichte in all ihren erschütternden Einzelheiten gehört habe, und nicht mehr nur über die ersten vagen Andeutungen, die Mascha im Waterlooviertel gemacht hatte, verfüge, ich jetzt also weiß, daß es sich nicht um eine triviale Fernsehfilmamnesie handelte, denke ich, das ist unglaublich, Maschas Geschichte ist unglaublich, und auch der merkwürdige Zufall, daß ich erst kurz vor unserem Zusammentreffen am Urbanhafen über den Ichverlust und die Selbstauflösung nachgedacht habe, auch das ist unglaublich, das glaubt mir wieder keiner, wenn ich es abends in der Kneipe erzähle, wie so oft. Ich erzähle immer nur wahre Begebenheiten und Geschichten, ich berichte Tatsachen, und trotzdem ist es eine seltene Ausnahme, wenn mir einer glaubt. Es glaubt mir zum Beispiel nie jemand, wenn ich sage, daß noch bis vor kurzem Pein und Elend das Friedhofswärterhäuschen eines abgelegenen und von mir nur zu besonderen Anlässen aufgesuchten Friedhofs bewohnt haben. Ich ernte immer nur ungläubiges Stirnrunzeln, wenn ich mit dieser Behauptung anrücke, und ich könnte genausogut sagen, Pech und Schwefel seien die Hausmeister der Chemiefabrik im Wedding, so sehen die Leute mich an, wenn ich mit Pein und Elend ankomme, dabei ist es die reine Wahrheit, und jeder hätte sich davon anhand der Namensschilder an der Eingangstür des Friedhofswärterhäuschens überzeugen können. Beide hatten ihre Klingel, Pein unten im Erdgeschoß, Elend oben im ersten Stock. Irgendwann müssen sie sich dann zerstritten haben, und Elend hat Pein vertrieben, vielleicht ist Pein auch gestorben oder verrückt geworden, jedenfalls ist er verschwunden. Halt, ich weiß gar nicht, ob er verschwunden ist, ich weiß nur, daß sein Namensschild nicht mehr da ist. Vielleicht war Pein der ständigen Klingelstreiche überdrüssig, und da hat er, trickreich wie er wahrscheinlich ist, einfach sein Namensschild von der Klingel entfernt. Es ist ja naheliegend, daß man Pein oder Elend oder beide gleichzeitig gerne herausklingelt, um sich ein Bild von ihnen zu machen, und Pein und Elend mußten alle Augenblicke ihre Köpfe zum Fenster oder zur Tür herausstrecken, mal der eine, mal der andere, dann wieder beide gleichzeitig, und niemand war für sie zu sehen, denn der neugierige Klingler hat sich natürlich hinter einem Baum versteckt, von wo aus er Pein und Elend in aller Ruhe studieren konnte. Ich werde der Sache nachgehen. Wenn sich herausstellt, daß Pein doch noch das Erdgeschoß des Friedhofswärterhäuschens bewohnt, werde ich eigenhändig seinen Namen wieder dort an der Klingel anbringen. Wie dem auch sei, wer sich nicht selbst davon überzeugt hat, glaubt mir nicht, daß Pein und Elend da auf jenem Friedhof unter einem Dach wohnen oder zumindest gewohnt haben, obwohl es die reine Wahrheit ist, und ich würde mir kein besseres Ergebnis erhoffen, wenn ich die verblüffende Koinzidenz meines Spaziergangsgedanken mit meiner heutigen Begegnung am Kanal berichten würde, aber das ist mir gleich, ich bin es gewohnt. Man muß nur vorsichtig sein, man darf die Leute nicht zu oft und nicht zu eindringlich mit solchen Geschichten behelligen, es nützt doch nichts, niemand glaubt einem, und ist man zu hartnäckig, läuft man Gefahr, vorzeitig für verrückt erklärt zu werden. Wenn ich ankomme und behaupte, mir sei eine Frau namens Weiß bekannt, deren Eltern Schwarz hießen, und wenn ich weiter ausführe, der leibliche Vater dieser Frau sei ein Mann namens Weiß gewesen, der in einer Kneipe von einem Barhocker in den Tod gestürzt sei, woraufhin die Witwe Weiß einen Mann namens Schwarz geheiratet habe, und wenn ich die Geduld meiner Zuhörer dazu noch mit der Mitteilung strapaziere, dieser Weiß sei ein übler Bursche und Trunkenbold gewesen, der an seiner Wirkungsstätte einen ihm angemessenen Tod gefunden habe, indem er vom Barhocker gestürzt und tot liegengeblieben sei, der Schwarz aber im Gegensatz zum Weiß ein rechtschaffener, braver Mann sei, und trotzdem habe die mir bekannte Frau Weiß, Tochter der Eheleute Schwarz, den Namen des verstorbenen Taugenichts beibehalten, während ihr Bruder den Namen Schwarz trage, spätestens dann verbietet man mir den Mund, und die Leute sagen, das sei das dürftige Märchen eines nur sehr mäßig phantasiebegabten Spinners, und ich möge sie nicht weiter damit belästigen. Da nützt es mir nichts, daß ich weiß, daß ich die Wahrheit gesagt habe, und ich folge besser dem Befehl zu schweigen als zu riskieren, daß die Welt mich tatsächlich eines Tages wegen meiner abseitigen Berichte für verrückt erklärt und abholt und wegsperrt, und das will ich doch vermeiden, so lange es irgend geht. Und doch werde ich es wagen, meinen Freunden die Geschichte meiner Begegnung mit Mascha zu erzählen, so unwahrscheinlich sie mir selbst vorkommt, jetzt, da ich diese Notizen mache und versuche, alles festzuhalten und nichts zu vergessen, alles zu erhalten, denn diese Begegnung ist ein kostbarer Schatz.

Und die unglaublichste Unglaublichkeit ist ja, denke ich jetzt, daß Mascha in mir einen zu ihr passenden Denker erkannt hat, ohne je zuvor mit mir auch nur ein einziges Wort gewechselt zu haben, allein aus der äußeren Anschauung, aus ihrer Beobachtung meines Vorwärtsgehens hatte sie diesen Schluß gezogen, einen solch verblüffend treffsicheren Schluß, wie sich gleich herausgestellt hatte. Kaum waren wir ein paar Schritte gegangen, hatte sich doch gleich unsere Geistesverwandtschaft gezeigt, wir haben gemeinsam gelacht, das heißt, wir haben uns sofort gründlich verstanden, denn wenn man nicht miteinander lachen kann, kann man auch nicht miteinander sprechen, wie ich sehr gut weiß, nicht wirklich miteinander sprechen, man kann sich also nicht lieben. Das ist das Unglaublichste: Ich gehe wie jeden Tag am Kanal entlang, eine mir völlig unbekannte Person tritt auf mich zu und an mich heran, und es stellt sich heraus, daß wir miteinander lachen und miteinander sprechen und uns lieben können, als sei es das Selbstverständlichste auf der Welt, dabei weiß jeder, daß es das Seltenste ist. Uns lieben können, doch, ich bin mir sicher. Die Liebe habe sie einerseits lange am Leben gehalten, wenn auch nur notdürftig, weil es eine einseitige Liebe gewesen wäre, hatte Mascha mir später gesagt, andererseits habe diese einseitige Liebe sie an den Rand des Abgrunds geführt, in den sie dann schließlich gestürzt sei. Wir aber werden es nicht einseitig machen, erst lachen wir miteinander, dann sprechen wir miteinander und dann lieben wir uns gegenseitig, nicht einseitig, so werden wir es machen, dann kann nichts passieren.

Wie lange habe ich keine solche Zuneigung zu einem

Menschen mehr verspürt. Ich war schon oft, wenn ich die Frage nach der Liebe zum Gegenstand meines Denkens gemacht habe, zu dem Schluß gekommen, daß dieses Thema sich für mich erledigt habe, es würde mir nichts mehr bieten, Liebe sei ja doch immer in der Hauptsache eine hormongetriebene und vorübergehende Turbulenz der Gefühle, sie führe letztlich zu nichts als Ärger und gegenseitigen Verletzungen und Gemeinheiten, immer erst das große eingebildete Glück, dann die kalte Ernüchterung, dann die Streitereien, Demütigungen, Gehässigkeiten, und man steht wieder ohne alles da, ohne Liebe, ohne Glück, ohne Frau. Ein unnützer Kräfteverschleiß, Zeit- und Energieverschwendung sei das, dachte ich immer wieder, es bringt dich nicht voran, es wirft dich immer nur zurück, und jedesmal wirft es dich noch weiter zurück, und du wirst müde und alt und gebrechlich in deinen Gefühlen und Empfindungen. Wenn man einem Menschen zu nahe kommt, zu sehr in ihn dringt und ihn erforscht, wenn man von einem Menschen, aus Liebe, wie man vielleicht denkt, Besitz ergreift, wird man früher oder später von diesem Menschen abgestoßen und zurückgewiesen, abgeschüttelt, abgestreift und am Ende verlassen. Eine Liebe aus der Ferne und in aller Stille, ja, das habe ich mir noch immer erlaubt, aber eine gelebte und tatsächlich gemeinsam praktizierte Liebe habe ich schon lange für mich für unmöglich gehalten und tatsächlich ausgeschlossen. Wenn ich mich in eine schöne junge Studentin verliebe, was mir selten genug passiert, behalte ich das für mich, ich hüte mich davor, mich ihr zu nähern oder sie gar mit meinen Gefühlen zu konfrontieren, ich betrachte sie nur aus der Ferne und freue mich an ihrem

Anblick, ich denke mit zarter Sehnsucht an sie, schreibe ihr im Geist kunstvolle Liebesbriefe, zaubere sie mir vor dem Einschlafen vor mein inneres Auge und sage ihren Namen und träume dann von ihr, das mache ich, aber ich würde doch nie auf den Gedanken verfallen, ihr tatsächlich irgendwelche Avancen zu machen, weiß ich doch, sie würde mich zurückweisen, was soll sie denn mit einem Mann, der ohne weiteres ihr Vater sein könnte, und würde sie mich nicht zurückweisen, würden wir in kürzester Zeit feststellen müssen, daß wir uns gegenseitig unsere Gefühle verletzt und ruiniert haben, und ich hätte meine Liebe zu ihr verloren. Nur an sie denken, sie sich herbeiträumen, ihre Wärme ersehnen, ihre Gerüche, ihren Geschmack, sie sich im Geist zur Freundin und Geliebten machen, so kann man sich die Liebe zu ihr am längsten bewahren, so denke ich doch schon seit Jahren. Und da treffe ich beim Spaziergang am Kanal auf diese erstaunliche Frau, und auf einmal scheint mir die Liebe wieder möglich, die echte lebendige wirkliche Liebe zu zweit, in all ihrer wirklichen Wärme, mit all ihren wirklichen Gerüchen, in all ihren Farben. Man muß nur auf den richtigen Menschen treffen, denke ich jetzt, und man kann sich all die dunklen und fatalistischen Worte, in denen man zuvor noch die Zwangsläufigkeit des Scheiterns der Liebe, ja die Unmöglichkeit der Liebe beschworen hat, an den Hut stecken, sie sind plötzlich nichts mehr wert und klingen einem nur noch nach billigem Selbstmitleid. Jetzt schläft Mascha nebenan in meinem Studierzimmer auf meiner Liege, und plötzlich ist die Liebe wieder möglich, nachdem ich sie nun schon seit Jahren immer wieder für unmöglich erklärt habe. Was habe ich mir nur immer für einen Unsinn eingeredet, denke ich jetzt, Mascha schläft nebenan, das ist der Beweis. Es braucht eben eine Mascha, einen solchen Menschen, dann ist gegen die Liebe nichts einzuwenden, dann ist die Liebe wie selbstverständlich einfach da, und mit ihr das Glück, ja, ich bin glücklich, was für ein Tag.

Wir müssen eine ganze Weile dort in der tristen Johanniterstraße gestanden sein, ich mit meinen Gedanken über Maschas Mitteilung beschäftigt, sie vielleicht darauf wartend, daß ich wieder auftauchen und mich ihr zuwenden würde, ich weiß es nicht, denn als ich meine Gedanken schließlich notdürftig sortiert und beschlossen hatte, eine durch Unfall oder Schock verursachte Amnesie zu vermuten und alles weitere zu vertagen und jetzt nicht weiterzuverfolgen, da waren wir noch immer in der Johanniterstraße, gehend allerdings, wenn auch langsam, sehr langsam. Ich sagte mir, langsam und behutsam mußt du vorgehen, wir bewegen uns auf gefährlichem Gelände, wenn es stimmt, was Mascha über sich sagt, vor allem, wenn meine vorläufige Amnesiethese nun doch nicht stimmen sollte. Bedräng sie nicht, befrag sie nicht, verschreck sie nicht, sagte ich zu mir, aber die Wahrheit ist, daß ich meinte, bedräng mich nicht, befrag mich nicht, verschreck mich nicht, denn mich ängstigten ihre Hinweise auf ihren Selbstverlust, das ist kein Spaß mehr, sagte ich zu mir, nicht vergleichbar mit deinen angeberischen und doch kaum ernst zu nehmenden Gedankenspielen über die Selbstzerlegung, das hier ist, wenn es stimmt, eine ernste Angelegenheit, und ich bin vielleicht nicht ausreichend geübt im Umgang mit anderer Leute Geistesverwirrung.

Wir überquerten die dröhnende Zossener Straße und

stiegen das Treppchen zum Blücherplatz hinunter. Ein neues Selbst basteln, murmelte ich vor mich hin, das wird nicht ganz leicht sein. Dann, ohne ihr Gelegenheit zu einer Antwort zu geben, ich wollte mir wohl eine Pause von diesem schwierigen und mich ängstigenden Thema erschleichen, sagte ich, ich wolle rasch in die Bibliothek, um die Leihfrist einiger Bücher zu verlängern, ob ihr das recht sei. Klar, sagte sie und fragte, was das für eine Bibliothek sei. Schau an, dachte ich, sie ist nicht von hier, jeder Berliner kennt die Amerikagedenkbibliothek, und ich sagte, aha, ein Neuzugang, willkommen! Seit einer Woche sei sie hier, sagte sie, und sie habe bis jetzt noch nicht viel von der Stadt gesehen, sie habe nicht das Bedürfnis gehabt, mehr als ihr Viertel zu erkunden, nur ein paar Straßenzüge rund ums Fraenkelufer, wo sie Unterschlupf gefunden habe, das habe ihr gereicht. Ihr Interesse habe von Anfang an mir gegolten, sie habe mich schon am Tag nach ihrer Ankunft am Kanal entlangspazieren sehen und sofort habe sie sich darauf versteift, ich könne ihr ein wichtiger Mensch sein, ich habe dich mir in den Kopf gesetzt, sagte sie wörtlich. Ich sei ihr gleich aufgefallen, und sie habe sich vorgenommen, am folgenden Tag zur gleichen Zeit wieder dort ans Ufer zu gehen, in der Hoffnung, mich erneut beobachten und ihren Eindruck von mir überprüfen zu können, ob sie sich nicht täusche, man irre sich doch manchmal in den Menschen, und gestern sei sie sich schließlich sicher gewesen, in mir einen geeigneten Gesprächspartner finden zu können. Sie habe mich auf der Brücke mit einem alten bärtigen Mann stehen sehen, dem ich augenscheinlich vergnügt zugehört hätte. Du standst da auf der Brücke am Geländer, und der bärtige Mann erzählte dir etwas, es muß etwas Lustiges gewesen sein, das habe ich dir angesehen, dann hast du dich von ihm verabschiedet, freundlich mit einem Lächeln und deiner Hand an seinem Arm, und da wußte ich, ich hatte mich nicht getäuscht, du bist der, den ich jetzt brauche, ein nachdenklicher und geduldiger und gleichzeitig fröhlicher Mensch, und ich bin auf dich zugegangen. Ja, Nepomuk, sagte ich mit einem Lachen, das war wirklich eine lustige Geschichte, wenn du willst, erzähl ich sie dir, und wir betraten die Bibliothek.

Als wir wieder auf dem Blücherplatz standen, hatte ich den Gedanken an Nepomuks Geschichte wieder verloren, er hatte keinen Platz neben meiner Neugierde, die ganz und gar meiner Begleiterin galt, und ich fragte Mascha nach ihrer Herkunft und was sie nach Berlin verschlagen habe. Sie habe in einem unbedeutenden Nest bei Bonn gelebt, ihr Mann arbeite dort im Ministerium. Diese Mitteilung mißfiel mir sehr, und ich mußte mir große Mühe geben, die Verdunkelung meines Gemüts zu verbergen, ich hatte kein Recht, mich an der Existenz eines Ehemanns dieser, mir seit vielleicht erst einer halben Stunde bekannten Person zu stören, was geht in dir vor, Dummkopf, wies ich mich zurecht, du gestattest dir eifersüchtige Anwandlungen? Trotz meiner Anstrengungen, den Ärger fest in mir zu verschließen und kein Fünkchen davon durchscheinen zu lassen, bemerkte sie die inneren Vorgänge in meinem Kopf, ich weiß nicht wie, und sie erlaubte sich den Scherz und sagte grinsend, was hast du gegen Bonn? Ziemlich frech ist sie, dachte ich mir, damit ist bewiesen, daß ihr Denken keineswegs erloschen ist, Selbst verloren, da lach' ich ja, ich werde dir noch auf die Schliche kommen, Früchtchen, das versprech' ich dir. Ich spürte eine gewisse Kampfeslust in mir aufziehen und gab zurück, Bonn sei ein erbärmliches Provinznest, die langweiligste und ödeste Kleinstadt des Landes, es sei eine bodenlose Unverschämtheit dieses rheinischen Provinzfürsten gewesen, der westdeutschen Nachkriegsrepublik ausgerechnet dieses verschlafene Dorf, das ihm aus der Sicht des benachbarten Weilers seiner Herkunft wohl wie eine großartige Metropole vorgekommen sei, als Hauptstadt aufzuzwingen, sein kleinkariertes katholisches Weltbild sollte die neue Republik prägen, und das sei ihm ja auch weitgehend gelungen, ein Verbrechen, er habe sich ein paar Nazis in seine Regierung geholt und mit ihrer Hilfe unbarmherzig an der Bonnisierung des ganzen Landes gearbeitet, und es würde noch wenigstens zwei Generationen dauern, um die Folgen dieser Politik der geistigen und kulturellen Verödung zu beseitigen, Bonn, so schloß ich, ist ein Mahnmal an das deutsche Spießertum. Mehr davon, sagte Mascha lachend, das sei Musik in ihren Ohren, Bonn sei wirklich grauenhaft, sie habe es immer gehaßt, sie habe sich nie mit diesem Drecksnest, so sie wörtlich, anfreunden können, all die Jahre habe sie sich nach Hamburg zurückgesehnt, aber doch nie die Kraft gehabt, ihren Mann zu verlassen und in ihre Heimatstadt, die im Gegensatz zu Bonn eine richtige Stadt sei, zurückzukehren, ein schwerer Fehler, wie sie jetzt wisse. Aha, ein schwerer Fehler, ihren Mann nicht verlassen zu haben, sie will mich versöhnen, dachte ich und sagte, Hamburg, ja, gegen Hamburg ist nichts einzuwenden.

Warum sie jetzt, nachdem sie dem gräßlichen Bonn endlich den Rücken gekehrt habe, in eine fremde Stadt und nicht in das ihr vertraute Hamburg gefahren sei, ob das bedeute, daß sie hier nur vorübergehend zu Besuch sei, wollte ich wissen. Nein, sagte sie, sie brauche eine neue, ihr unbekannte große Stadt, neu anfangen, alles hinter sich lassen, ein neues Leben probieren, das sei ihre einzige Chance, ihr vergangenes Leben sei in sich zusammengestürzt, jetzt müsse sie sich aus den Trümmern ein neues bauen, und weiter wörtlich, ein Leben zu führen, ist keine Kleinigkeit, immerfort muß man bauen und reparieren. Manchmal passiert es, daß einem das Fundament angegriffen wird, unterspült, erschüttert, und man merkt es erst nicht im oberen Stockwerk. Man darf in seinem Leben nicht nur einfach residieren, man muß immer gleichzeitig sein eigener Hausmeister sein, man muß ständig durch sein Haus streifen, vom Keller bis zum Dach, und das Mauerwerk auf Risse und Pilzbefall untersuchen. Fast jeder vernachlässigt seine Hauswartspflichten, und so kommt es oft vor, daß Existenzen katastrophal zusammenbrechen, einstürzen, und man steht vor einem Trümmerhaufen. Ein Trümmerhaufen Leben, das ist ganz dicht beim Tod. Es gibt nur eine kleine Chance, denke ich, sagte sie, sich aus den verstreuten Resten eine notdürftige Unterkunft zu bauen. Dafür muß man sich zuerst freischaufeln, dann muß man das Gelände sichern. Man muß für jedermann sichtbar ein Schild anbringen und deutlich machen, daß man noch da ist, und daß dieser Trümmerhaufen Privatbesitz ist, und daß hier gebaut wird. Dann muß man nach Kräften bauen, vielleicht nicht so hoch wie zuvor, vielleicht bescheidener, dafür aber solider, das Fundament ist das wichtigste, und um den Keller muß man sich kümmern, den Schutzraum, dann ein einfaches, ebenerdiges Haus, und ein festes Dach braucht man.

Und dann sagte sie: In aller Abgeschiedenheit, weit entfernt von den Menschen, auf einer lebensfeindlichen Steininsel habe ich meinen Verstand verloren und mein Leben vollständig zertrümmert, jetzt habe ich die Trümmer aufgesammelt und sortiert und baue mir ein neues, frisches Leben. Dazu braucht man Menschen, dazu brauche ich dich. Deshalb bin ich hier.

Wir standen am mit Autos zugestellten Mehringdamm. Mascha schwieg nachdenklich, und ich sagte schließlich, um sie aufzuheitern, komm, ich zeige dir einen lustigen Streich. Wir gehen langsam durch diese aufgestauten Autoreihen, suchen uns einen beliebigen Autofahrer heraus und grinsen ihm frech und penetrant ins Gesicht. Da kommen die sich immer so lächerlich vor wie sie sind, in ihren albernen Protzautos, es wird ihnen schlagartig bewußt, daß sie mehrere Jahresgehälter in ein grotesk übermotorisiertes Gefährt gesteckt haben, mit dem sie nur zehnmal langsamer voran kommen als ein durchschnittlicher Fußgänger, und sie möchten vor Scham in ihren beheizbaren orthopädischen Sitzen versinken, aber sie kommen nicht davon und müssen sich von dreisten Fußgängern verspotten lassen. Das traue sie sich nicht, sagte sie, also überquerten wir die Straße ohne meinen gewohnten Mehringdammspaß, macht nichts.

Die Nepomukgeschichte, sagte sie, du hast sie mir versprochen. Gut, sagte ich, nachher kommen die Tiere, da paßt die Nepomukgeschichte. Ich statte den Tieren im Minizoo am Kreuzberg jeden Tag einen Besuch ab, es sind zwar recht langweilige Tiere und sie stinken ganz schrecklich, aber was soll man machen, wir haben hier eben keine interessanteren in unserem winzigen

Kreuzberger Minizoo. Was für Tiere, fragte sie. Die Papageien sind in dieser Jahreszeit nicht mehr da, sagte ich, vielleicht bringt man sie auf Kosten des Bezirksamts über Winter in tropische Ferienparadiese, wer weiß, jetzt sind nur noch ein paar Gänse, Kaninchen, Meerschweinchen und Kameruner Bergziegen da, und weißt du, Mascha, gestern ist Nepomuk von einer Kameruner Bergziege gebissen worden, zwar nicht hier am Kreuzberg, sondern im großen Berliner Zoo, aber immerhin, und solche bissigen Kameruner Bergziegen haben wir hier auch. Sie freute sich und fragte nach Einzelheiten von Nepomuks Mißgeschick, und ich berichtete ihr den Zwischenfall ausführlich, jetzt in der Obentrautstraße, ich tat das gerne, ich selbst brauchte wohl eine Pause von Maschas dunklen Lebenstrümmergedanken, wenn ich auch darauf brannte, etwas über diese geheimnisvolle Insel in Erfahrung zu bringen, auf der sie ihren Verstand verloren zu haben behauptete, und sie hatte sichtliches Vergnügen an meinem Vortrag, das war mir das wichtigste. Mein Herz geht mir auf, wenn Mascha lacht, ihr unbefangenes, unverstelltes, klares und reines Lachen, ihr vorbehaltlos lachendes Gesicht, was für eine Schönheit. Der arme Nepomuk, sagte sie und, ich mag dich, du weißt lustige Geschichten.

Heft III

Man stelle sich nur vor, wäre ich Mascha heute nicht begegnet, ich hätte einen grauenvollen Abend durchzustehen gehabt auf diesem festlichen Abendessen, zu dem man mich ungefragt, wie immer, eingeladen hatte, schrecklich, denn, obwohl ich doch nichts so sehr hasse wie diese festlichen Abendessen, lasse ich mich immer wieder breitschlagen und gehe widerwillig hin, und ich wäre wohl auch auf dieses heutige festliche Abendessen gegangen, wäre Mascha mir nicht begegnet. Mascha hat mich sozusagen vor einer gräßlichen Tortur bewahrt, denn natürlich stand für mich schon in der Großbeerenstraße, als ich noch gar nicht daran gedacht hatte, sie zu mir einzuladen, fest, daß ich diesen lästigen Termin absagen würde, ich werde mir nicht durch dieses festliche Abendessen meine Hochstimmung vergällen lassen, das kommt gar nicht in Frage, hatte ich zu mir gesagt, Mascha ist mir ein Hochgenuß, und wenn sich auch unsere Wege bald trennen würden, wie ich ja annehmen mußte, so würde ich allein mit mir daheim alles noch einmal nachschmecken und mich daran laben, nur mit mir allein, nicht irgendwo hingehen, schon gar nicht auf so eine Gesellschaft.

Ich hatte einen wunderbaren, geistvollen, beglückenden Abend, denke ich jetzt für mich, während andere Leute sich durch ein festliches Abendessen quälen mußten. Ich verabscheue solche festlichen Abendessen, und ich habe mir noch jedesmal nach einem solchen, mir aufgezwungenen Abendessen geschworen, nie wieder eine derartige Einladung anzunehmen. Und doch folge ich den Einladungen immer wieder in der irrigen und unsinnigen Annahme, man müsse sich von Zeit zu Zeit unter Menschen anderer Milieus und Stände begeben, auch wenn es einem das Äußerste abverlangt, weil man sonst ganz von den Menschen abgeschnitten und verlassen und schließlich zu einem nicht mehr gesellschaftsfähigen Sonderling zu werden drohe. Jedesmal, wenn ich mich selbst zwinge, einer solchen Einladung Folge zu leisten, sage ich zu mir, du wirst zwar wieder leiden wie ein Hund, aber du mußt mal wieder unter andere Menschen kommen, du redest doch jetzt schon wieder seit Wochen nur noch mit dir selbst und deinesgleichen, das ist zu wenig, reiß dich also zusammen und geh hin. Und tagelang liege ich mit mir selbst im Streit über der Frage, ob ich die Teilnahme an diesem festlichen Abendessen nicht doch lieber absagen sollte, meinen Nerven zuliebe, es geht hin und her, erst sage ich mir, geh hin, vielleicht triffst du dort ja ganz unverhofft auf einen interessanten Menschen, dann sage ich, Unfug, ich habe schon seit Jahren keinen interessanten Menschen in einer solchen Tischgesellschaft angetroffen, eine Mascha wirst du dort nie treffen, werde ich mir in Zukunft an dieser Stelle sagen, es wird immer nur völlig belangloses Zeug geschwätzt, und ich langweile mich schier ins Koma, dann wieder, nun übertreib mal nicht, das wirst du schon überleben, und ein bißchen Konversation in kultivierter Runde hat noch keinem geschadet; ha!, lache ich dann spitz auf, kultivierte Runde!, ein Haufen von gleichgültigen und geistlosen und tumben und für nichts zu interessierenden Quatschköpfen ist das; hochmütiger Mensch, du, tadele ich mich selbst sofort, wie kannst du so von deinen Freunden sprechen; Freunde?, nur weil die mich beständig mit Einladungen zu ihren seichten Geschwätzabenden traktieren, sind das noch lange nicht meine Freunde. So geht es hin und her, tagelang, nächtelang, und immer wieder gebe ich dann am Ende doch nach und gehe zu diesem Abendessen. Auf dem Weg dorthin denke ich die ganze Zeit, was für ein Fehler, du solltest nicht hingehen, es wird schrecklich werden, dann, wenn ich vor der Haustür der Gastgeber stehe und, in schwere innere Kämpfe verwickelt, den Klingelknopf anstarre, als würde dessen Betätigung eine Atombombenexplosion auslösen, könnte ich mich schon ohrfeigen für die Dummheit, diese Einladung nun doch angenommen zu haben, aber ich füge mich und gebe klein bei und klingele, und die Katastrophe nimmt ihren Lauf.

Ich sitze inmitten dieser Tischgesellschaft, stelle ich mir vor, die, genau wie ich es geahnt und befürchtet, wie ich es doch vorausgesehen habe, seit meiner Ankunft über die zu erwartenden Speisen spricht, mit welchen erlesenen und exotischen Zutaten diese unerhörten Speisen zubereitet worden seien, in welchen exquisiten asiatischen Feinkostgeschäften diese märchenhaften und kostbaren Ingredienzen allein zu bekommen seien, wo man den besten und frischesten Seeteufel bekäme und wo dagegen die allerfeinsten Schalentiere, und das gar nicht mal so teuer, eine geschlagene Stunde geht das jetzt schon, und die Leute hören nicht auf, dieses sterbenslangweilige Thema zu erörtern, während wir die ersten dieser famosen Vorspeisen verzehren, und ich möchte mich auflösen, ich möchte mich atomisieren und auf der Stelle weg sein, so entsetzlich langweile ich mich. Weil die Speisen des heutigen Tages jetzt bis ins kleinste Detail ausgiebigst und mehrmals von allen Seiten her durch und durch besprochen sind, wird das Gespräch auf andere Speisen gebracht, die zwar heute nicht auf den Tisch kommen, die aber doch auch ganz vorzüglich seien, wie man bei der letzten Zusammenkunft habe feststellen können, nicht wahr, das koschere Lamm neulich war doch wirklich ein Gedicht, oder der Thailändische Abend bei Frieda und Ulrich, traumhaft, und ich vergehe vor Sehnsucht nach der geistvollen Stille meiner Stube. Noch ein Wort über Essen und ich werde augenblicklich hier vor der versammelten Tischgesellschaft zu Staub zerfallen, denke ich und mache eine Bemerkung über den alarmierenden Zustand des deutschen Fußballs, aber niemand nimmt von mir Notiz. Statt dessen rühmt meine Tischnachbarin das geschmackvolle chinesische Porzellan der Gastgeber, und alle stimmen in dieses Lob mit ein, und jetzt wird die nächste Stunde dem Thema Geschirr und Kochgerätschaften gewidmet, und ich, um mich selbst ein wenig zu unterhalten, wette mit mir, daß in spätestens fünf Minuten das Wort *Wok* fallen wird, und ich gewinne die Wette natürlich, das ideal zubereitete, zart gegarte Gemüse hätten wir zwar der erstklassigen Qualität der Zutaten zu verdanken, und einem kleinen Geheimnis, sagt die affektierte Gastgeberin mit einem Augenzwinkern, aber ohne meinen Wok wäre das doch völlig unmöglich gewesen, undenkbar, ohne Wok kriegt man das so niemals hin, und als sie dann noch hinzufügt, dieser ihr Wok sei nicht irgendein Wok, nein nein, sie habe diesen Wok von einem steinalten, unglaublich netten chinesischen Koch aus China-Town erhalten, geschenkt!, zusammen mit einem seit Generationen überlieferten Geheimrezept für blasierte Gans, nein, glasierte Ente, da will ich mich übergeben und all die schon verzehrten Delikatessen und Spezereien in die kostbare chinesische Suppenschüssel erbrechen, nicht in den Wok, der Wok steht in der Küche, nein, jetzt hier am Tisch mitten in den unerträglich albernen Wokvortrag der Gastgeberin hinein alles in die chinesische Suppenschüssel kotzen, aber ich beherrsche mich und stürze ein Glas Wein hinunter. Ich sitze in mich zurückgezogen auf meinem Platz und stelle mir vor, wie eine kultivierte japanische Tischrunde jetzt in einem stilvoll eingerichteten Tokioter Apartment beisammen sitzt und die Finessen der süddeutschen Küche rühmt, wobei man im Augenblick die Unterschiede zwischen der bayerischen und der schwäbischen Küche am Beispiel des Schweinebratens erörtert, man tauscht Geheimtips betreffs der besten deutschen und österreichischen und schweizerischen Delikatessenläden Tokios aus, die japanische Gastgeberin hält einen Vortrag über die verschiedenen europäischen Senfsorten, man trinkt sündhaft teures, aber minderwertiges deutsches Bier, das hierzulande nur die ärmsten Sozialhilfeempfänger trinken, man unterweist einen Neuzugang in der Kunst des korrekten Umgangs mit Messer und Gabel, während wir hier gerade affig mit unseren Stäbchen hantieren, und alles kommt mir plötzlich so bedrückend lächerlich vor, und ich würde am liebsten aufstehen und hinüber zu der wertvollen italienischen Designercouch gehen und mich hinlegen und sterben. Da schenkt mir der aufmerksame Gastgeber mein Glas nach, nicht ohne dabei zu erwähnen, daß er einen versteckten Weinhändler ausfindig gemacht habe, der ihm die Flasche dieses edlen toskanischen Tropfens, unheimlich schwer zu kriegen, für sage und schreibe nur zwanzig Mark verkaufe, und ich schneide innerlich eine Grimasse und sage im stillen, du Narr, dieser klebrige Fusel ist keine zwei Mark wert, und ich trinke ihn nur, um mich zu betäuben, so geht das doch jedesmal, denke ich jetzt hier an meinem Wohnzimmertisch, es ist doch immer das gleiche. Ich stehe auf und gehe mit meinem Glas Toskanafusel auf den Balkon, um eine Zigarette zu rauchen. Zwei andere Gäste folgen meinem Beispiel, und jetzt stehen wir bei minus zehn Grad draußen auf der Terrasse dieser extravaganten Dachgeschoßwohnung, und einer sagt, toll wie Ute das geschafft hat, von heute auf morgen keine Zigarette mehr, und der andere sagt, ja das Kind, wenn ich ein Kind hätte, dürfte man bei mir auch nicht rauchen, das ist doch klar. Ich schnippe meine Kippe auf ein unten vorbeifahrendes Auto, was meine Terrassengesellschafter mit einem strengen Blick quittieren. Ich sitze wieder am Tisch, da kommen die beiden anderen Raucher herein, ihre draußen sorgsam gelöschten Kippen mit spitzen Fingern wie gefährliche Giftampullen vor sich her tragend, und fragen die Gastgeberin nach dem für solcherlei Unrat vorgesehenen Mülleimer. Inzwischen wird der Säugling eines Gastes herumgereicht, von allgemeinen Ausrufen des Entzückens begleitet, was für ein hübsches, was für ein süßes Kind, schaut doch nur, und der Kindsvater ruft aus, das ist wirklich das schönste Baby der Welt, und er hält es in die Höhe und gibt idiotische babyhafte Brabbellaute von sich, und meine Tischnachbarin knufft mich in die Seite und sagt, ist es nicht goldig, und ich bin würdelos genug zu sagen, ja ja, dabei hätte ich doch spätestens jetzt aufstehen müssen und sagen, überlassen wir diesen Mann seinem klischeehaften Vaterkitsch und wenden uns der Frage zu, ob der alemannische Friedenspreisträger nun ein Nationalist oder ein Trottel oder etwa beides ist, ein vertrottelter Nationalist, und ist nicht der Begriff *vertrottelter Nationalist* geradezu *das* Lehrbuchbeispiel einer Tautologie, darüber ließe sich doch trefflich streiten, aber ich habe längst aufgegeben und schweige. Das Hauptgericht wird aufgetragen, und natürlich kreist das Gespräch jetzt wieder ums Essen, ganz leicht könne man diese scharfe Gewürzpaste selbst herstellen, sagt die Gastgeberin und zählt die einzelnen Ingredienzen auf, nicht ohne auf deren richtige Dosierung hinzuweisen, das sei gar nicht so schwierig. Der Fisch ist hervorragend, die Schalentiere frisch und lecker, die vielfältigen Soßen und Pasten pikant, also, wie du das wieder hingekriegt hast, das Gemüse zart und knackig, dieser Salat!, deine Salatsoßen sind unübertroffen, und dazu dieser köstliche Wein, also wirklich, ihr verwöhnt uns ja wieder, und ich habe mich längst innerlich zusammengerollt, ich stopfe diesen ganzen Edelfraß in mich hinein, fresse den Fisch und die Schalentiere, fresse den Reis und den Salat, saufe den pappigen Wein und stelle mir dabei vor, wie schön es jetzt wäre, mit einem erstklassigen portugiesischen Rotwein und ein bißchen Brot und Käse daheim auf dem Sofa zu sitzen und einen Krimi anzuschauen und nach Herzenslust zu rauchen und sich dabei vorzustellen, daß andere Leute sich jetzt auf einem solchen festlichen Abendessen zu Tode langweilen müssen. Warum ich denn so schweigsam sei, werde ich vom Gastgeber aus meinen sehnsuchtsvollen Gedanken gerissen, ob es mir nicht schmecke. Doch, doch, erwidere ich, du siehst doch, ich esse, und da kann ich ja wohl schlecht gleichzeitig reden. Er aber, die versammelte Tischgesellschaft hat an dem Verhör Interesse gefunden und ihr Geschnatter eingestellt, bleibt hartnäckig und sagt, ich wirke schon den ganzen Abend geistig abwesend auf ihn. Das sei ich auch, bestätige ich. Ob mich etwas bedrücke, will er wissen. Ja, sage ich. Was denn, fragt er. Die Oberflächlichkeit und die Geistlosigkeit der Menschen, sage ich. Ja, sagt er da mit aufgesetzter Betroffenheitsmiene, darüber könne man schon mal melancholisch werden, heute aber wollen wir doch lustig sein, nicht wahr, heute wollen wir uns amüsieren. Ich überlege, ob ich deutlicher werden soll und die ganze Bagage hier ordentlich vor den Kopf stoßen, dann denke ich, nein, du kannst dir nicht den Bauch mit all diesen sündhaft teuren Luxusschlemmereien vollschlagen, um anschließend die Gastgeber und die anderen Gäste aufs gröbste zu beleidigen, das gehört sich nicht, und ich ziehe mich wieder in die Dunkelheit meiner Gedanken zurück, das heißt, ich versuche, mich zurückzuziehen, aber meine Tischnachbarin hindert mich daran mit der Frage, womit ich mich zur Zeit beruflich beschäftigen würde. Ich sage, ich würde mich zur Zeit mit den gleichen Dingen beschäftigen wie in der Vergangenheit und wie wohl auch, wenn nichts dazwischen komme, in der Zukunft. Sie fragt, was das sei. Ich sage, Wissenschaften, Künste, Personennahverkehr. Darauf wird sie frech und sagt, mir müsse man wohl alles wie Würmer aus der Nase ziehen, und sie nimmt sich die Unverschämtheit heraus, diese Rede mit einer gestischen Aktion zu untermalen, indem sie ihre dämlichen Stäbchen unter meine

Nase führt und ziehende und zupfende Bewegungen ausführt. Ich schlage ihr die Stäbchen mit meinem rechten Handrücken aus meinem Gesichtsfeld, daß sie in hohem Bogen über den Tisch fliegen, und da haben wir den Eklat, nein, das mache ich natürlich nicht, ich denke nur, ich hätte gute Lust, dieser impertinenten Ziege ihre bazillenverseuchten Eßstäbchen um die Ohren zu hauen, daß es nur so splittert, aber ich beherrsche mich aufs neue, wende nur mein Gesicht ab, lege zum Zeichen meiner Irritation meine Stäbchen beiseite, und sie läßt mich endlich in Ruhe. Der Gastgeber schiebt die allgemeine Konversation wieder an, man unterhält sich jetzt über das ausgesuchte Mobiliar, das uns umgibt, die Namen berühmter Möbeldesigner werden aufgesagt, und es geht weiter und weiter und will nicht enden, zwischendurch wird Kaffee serviert, der Kaffee ist Thema, und ich sitze still in mich zurückgezogen auf meinem Platz und denke, was für eine Strafe, womit habe ich das verdient. Als dann endlich, endlich der erste Gast, natürlich der stolze Kindsvater, seinen Aufbruch ankündigt, die Kleine muß ins Bett, ihr wißt schon, ergreife ich die Gelegenheit augenblicklich und schließe mich dem verkitschten Vater unter einem Vorwand an. Draußen auf der Straße stecke ich mir eine Zigarette an und rufe laut in die Nacht hinaus: Nie wieder! Nie wieder! Das alles ist mir heute dank Mascha erspart geblieben, welch ein Glück.

Ja, wir waren in der Großbeerenstraße, als ich beschloß, meine Teilnahme am festlichen Abendessen abzusagen, ich bat Mascha um einen kleinen Moment Geduld, ich müsse ein kurzes Telefonat führen und ein mir ganz und gar nicht passendes Abendessen absagen, betrat eine Telefonzelle, rief die Gastgeber an und sagte meine Teilnahme kurz und bündig ab. Ob sie mir den Appetit verdorben hätte, fragte Mascha. Nein, nein, sagte ich, ganz im Gegenteil, ich empfände unseren gemeinsamen Spaziergang als sehr anregend, durchaus auch appetitanregend, ich wolle mir nur meine gute Laune nicht durch eine überaus anstrengende und beklemmende Abendveranstaltung nachträglich verderben lassen. Diese Leute können mir gestohlen bleiben, sagte ich. Das kenne ich, sagte sie.

Wir gingen wieder schweigend nebeneinander her, Mascha schien heiter und unbeschwert, meine Nepomukgeschichte hatte ihre Wirkung nicht verfehlt, und ich war erleichtert, ich hatte den scheußlichen Gedanken an das festliche Abendessen, der sich, als ich mit der Nepomukgeschichte fertig war, plötzlich zwischen mich und Mascha gedrängt und damit mein Gemüt kurzzeitig verdunkelt hatte, verscheucht und mit meiner telefonischen Absage endgültig ausgelöscht, nichts würde mich daran hindern, alles über Mascha und ihre Erlebnisse auf dieser Steininsel in Erfahrung zu bringen, nichts drängte zur Eile, ich würde sie nicht nach der Insel fragen, beschloß ich, ich würde warten, bis sie von sich aus die Sprache wieder darauf brächte, ich war froh, sie so leichtfüßig neben mir zu spüren, und da sagte ich, vielleicht weil mich das Thema Essen eben noch auf so verdrießliche Weise beschäftigt hatte, und ich diesem Ärgernis etwas Angenehmes entgegenstellen wollte, Mascha, wenn du Hunger hast, können wir hier irgendwo kurz einkehren und Rast machen. Nein, sagte sie, sie habe keinen Hunger, sie wolle gern weiter mit mir spazierengehen, es sei denn, mich hätte der Gedanke an dieses Abendessen hungrig gemacht, dann würde sie mir schon beim Essen Gesellschaft leisten. Sie sagte das mit einem Augenzwinkern, sie hatte sehr gut verstanden gehabt, daß sich alles in mir gegen das abgesagte Abendessen gesträubt hatte, und so mußte ich darauf nichts weiter antworten und sagte, gut, gehen wir weiter.

Das Wort Hunger, erst von mir ausgesprochen, dann von ihr, war der Grund, denke ich jetzt, daß sie, kaum hatten wir die Überlegung, einzukehren, einvernehmlich verworfen, auf einmal sagte, wäre ich nicht halb verhungert, wäre ich jetzt tot. Vielleicht ist sie doch verrückt, dachte ich da und wiederholte diesen rätselhaften Satz, wäre ich nicht halb verhungert, wäre ich jetzt tot. Ja, sagte sie, wenn ich nicht plötzlich dieses quälende Hungergefühl verspürt hätte, wäre ich wohl gestorben, der Hunger hat mich aus der Trance, aus diesem Koma geweckt, ich bemerkte mich plötzlich, ich hatte keinen Namen mehr, aber ich dachte, ich habe Hunger, ich, verstehst du, ich habe mich bemerkt, ich wußte nicht, wer ich war, aber ich wußte, *ich* habe Hunger. Ich habe meine Person in einem Spiegel gesehen und dachte, diese Person hat Hunger, und ich bin diese Person, augenscheinlich, kein Zweifel. War das auf der Steininsel? fragte ich. Ja, sagte sie, das war auf der Steininsel, und es ist mir bis heute ein Rätsel, warum mein Körper es zuließ, daß der Hunger mich weckte, nachdem ich mich selbst schon vergessen hatte, ich meine, es war doch sinnlos, dieses kümmerliche Bündel Menschenkörper zu wecken, wenn der dazugehörige Mensch sich schon verflüchtigt hatte. Es gefiel mir nicht, wie sie jetzt wieder von sich redete, ich hatte sie doch vor mir, sie, diesen Menschen, von dem sie behauptete, er habe sich verflüchtigt, und ich sagte, vielleicht etwas zu grob, was redest du für einen Unsinn, da bist du doch, der dazugehörige Mensch, und weiter im stillen zu mir, das kümmerliche Bündel werden wir schon wieder aufpäppeln, wirst sehen, gehörst nur ordentlich gefüttert, dann wieder hörbar zu ihr, hör zu, Mascha, es war nicht sinnlos, dein Körper hat dich mit seinem Hunger gerade noch rechtzeitig am Schopf gepackt, du warst noch nicht auf und davon, vielleicht um Haaresbreite, das will ich dir glauben, aber ein Funken Lebenswille muß noch in dir gewesen sein, und seien wir dem Hunger dankbar, daß er daraus ein Feuerchen entfacht hat. Wenn du selbst dich schon ganz und gar verflüchtigt hättest, wäre auch der quälendste Hunger vergebens gewesen, du hättest dich nicht mehr um deinen Körper gekümmert, und er wäre bald gestorben. Sie habe sich aber selbst nicht angetroffen nach der Bewußtlosigkeit, sagte sie, ich war nicht da, als ich aufwachte, nur diese verkümmerte Gestalt im Spiegel, die Hunger hatte und die mir doch so gleichgültig war, und es sei ihr das Seltsamste gewesen, hinnehmen zu müssen, eins zu sein mit dieser Gestalt, sie zu meinen, wenn sie *ich* dachte, das Ich, sagte sie wörtlich, das Wort *ich* war mir plötzlich, aus purem Mangel an anderen Bezeichnungen für mich als Beobachtende und gleichzeitig für mich als Beobachtete, die verschieden voneinander waren, auf merkwürdig unspektakuläre Weise schizophren, und das verursachte mir keine Angst, wie man vielleicht denken könnte, ich dachte nicht, aha, ich bin verrückt, ich nahm alles einfach so hin, das war das Erschreckende, aber es erschreckte mich erst sehr viel später.

Ich sollte mich nicht mehr einmischen in ihren Bericht, dachte ich jetzt, wie kann ich mir herausnehmen, an der Ernsthaftigkeit ihrer Schilderung zu zweifeln, das ist vorschnell und anmaßend, warte die ganze Geschichte ab und unterbrich sie nicht mehr, behellige sie nicht mit deinem eigenen Widerwillen gegen die Vorstellung, sich selbst auf so drastische Weise nicht mehr wiederzuerkennen, und das ist es doch, stellte ich mich selbst zur Rede, das ist es doch, was dich so aufbringt, daß du es nicht ertragen kannst, dieser liebenswerte Mensch, der dir jetzt schon so viel bedeutet, habe sich um ein Haar selbst aufgegeben und ausgelöscht. Ja, gab ich mir zu, das ist es, diese Vorstellung ist nur schwer zu ertragen. Ich bedeutete Mascha wortlos, mit mir die Straße zu überqueren, und wir gingen hinüber und in die Wartenburgstraße hinein, am Zaun des alten Krankenhauses entlang. Eine langweilige Gegend hier, sagte ich, und es wird gleich noch viel trostloser, wenn wir die Möckernstraße erreicht haben, eine der trostlosesten Straßen im ganzen Viertel, achte einfach nicht darauf, ich achte auch nicht darauf, gehen wir nur einfach, und erzähl weiter, bitte, ich werde dich nicht mehr unterbrechen. Ich könne sie so oft unterbrechen, wie ich wolle, sagte sie, es tue ihr gut, mit mir zu reden, aber es müsse nicht alles auf einmal sein, sie habe keinen Bericht parat, alles sei nur bruchstückhaft und wirke wahrscheinlich wirr auf mich, und wenn es mich verstimme, was sie von sich erzählt habe, wolle sie lieber gar nichts mehr sagen, nur neben mir meinen Spaziergang bis zu Ende gehen, das sei ihr auch genug. Nein, Mascha, sagte ich, du hast mich nicht verstimmt, ganz im Gegenteil, nur, du bist mir ein sehr wacher und nachdenklicher Mensch und, obwohl ich dich erst seit kaum einer Stunde kenne, sehr viel mehr Mensch als so mancher, den ich schon seit Jahren kenne und der sich selbst und also auch sonst niemandem mehr etwas zu sagen hat, der sich selbst nur noch zu Tode langweilt und auf festliche Abendessen geht und nur noch über asiatische Küche und teure Möbelstücke reden kann, und da sagst du mir, es sei sinnlos, daß der Hunger dich zurückgeholt hat, das will mir nicht schmecken, für mich ist es nicht sinnlos, ich hab' dich gern bei mir. Weißt du, fuhr ich fort, es gibt Leute, die denken schon die längste Zeit nicht mehr über sich nach, die sitzen nur noch in ihren teuren Charlottenburger Dachgeschossen und studieren Kochbücher, Kochbücher! rief ich aus, stell dir nur vor, sie lesen doch wirklich Kochbücher, das Langweiligste, was man dem menschlichen Geist zumuten kann, die Endstation menschlicher Geistestätigkeit, wer anfängt, sich mit Kochbüchern zu beschäftigen, ist am Ende, ist verloren, denke ich immer, diese Leute interessieren sich für nichts mehr, auch nicht mehr für sich selbst, was man ihnen nicht verdenken kann, sind sie doch selbst zum Fürchten langweilig, diese Leute können von mir aus über sich sagen, sie hätten sich verflüchtigt, meinetwegen, aber du nicht, du darfst das nicht sagen, du darfst dich nicht verflüchtigen, jedenfalls nicht, solange du mit mir spazierengehst. Ich hatte mich recht ereifert bei meiner Rede, ich bin zu heftig geworden, dachte ich erst, aber ich täuschte mich, es nahm ein gutes Ende damit. Sie blieb stehen und sah mich an, und ihre Augen glänzten, ich wußte erst nicht recht, weint sie, war ich schon wieder zu grob, aber dann lächelte sie, ihre Lippen zitterten ein wenig, und sie sagte leise, ist gut, ich versprech's, jetzt verflüchtige ich mich nicht mehr. Ich nahm ihre Schultern in meine Hände und sagte, das würde ich dir auch nicht erlauben, ich bin ein eigennütziger Mensch.

Wir standen noch eine Weile da vor dem alten Krankenhaus, ich meine Hände an ihren Schultern, sie die ihren tief in den Manteltaschen vergraben, und ich erwiderte ihr Lächeln etwas verlegen, ich hatte ein schlechtes Gewissen, ich habe sie überfahren, dachte ich, sie erzählt mir von einer dramatischen Lebenskrise und ich gehe dazwischen aus Angst, sie könne mir wieder entgleiten und in den Abgrund stürzen, das ist keine Sorge um sie, du sorgst dich nur um dich selbst, daß dir etwas Kostbares abhanden kommt, das dir heute so unverhofft in den Schoß gefallen ist, eitle Selbstsucht, wie schäbig. Ihr auf die Füße helfen, das sollte dein Anliegen sein, auch wenn sie in einer Stunde in einen Zug, in ein Flugzeug steigt und für immer verschwindet, sie ist es, um die es hier geht, nicht deine Gier nach mehr von ihr. Das Vertrackte der Liebe, über das ich schon so oft nachgedacht hatte, die so fragile Balance zwischen Begehren und Gönnen, diese brüchige Verzahnung von Fordern und Anbieten, Nehmen und Schenken, denke ich jetzt in der Nacht hier an meinem Wohnzimmertisch, war mir in diesen Sekunden da vorm alten Krankenhaus ein einziger Gedankenstrudel, du willst sie bei dir haben, aber du gibst vor, dich um sie zu sorgen, du sorgst dich zwar um sie, mag sein, sie ist dir lieb, und der Gedanke an ihren lebensbedrohlichen Zustand auf der Steininsel ist dir unerträglich, aber ist das Liebe, ist es nicht vielmehr die Liebe zu dir selbst, du willst dir etwas Gutes tun, du willst dir diese Mascha an die Seite holen, dir selbst soll es gutgehen, und dafür muß es Mascha gutgehen, du brauchst sie, du willst sie, und deshalb verbietest du ihr unterzugehen, ist das Liebe? Andererseits, so sagte ich mir, sie hat dich angenommen, sie hat deine selbstsüchtige Rede, sie dürfe sich nicht verflüchtigen, wie eine Liebeserklärung genommen, sie hat dich so liebevoll angesehen und gesagt, ist gut, ich versprech's, sie hat dich nicht gerügt, sie hat nicht gesagt, Moment mal, geht es hier um meine Geschichte oder um deine Gelüste, nein, sie hat gesagt, jetzt verflüchtige ich mich nicht mehr. Erst dachte ich, ich war egoistisch und rücksichtslos, dann dachte ich, nein, ich habe ihr nur gesagt, daß sie mir lieb ist, dann wieder, wie ungeduldig von mir, wie roh, dann wieder, ich sollte ihr einen zarten Kuß auf die Stirn geben, nein, ich sollte mich entschuldigen, nicht entschuldigen, warten, warten, was sie sagen wird, aber sie sagte nichts und lächelte. Schließlich entwand ich mich mühsam meinen Gewissensturbulenzen und sagte, du bist mir nicht böse? Da lachte sie, böse!, böse! rief sie, ich bin so froh, komm, und sie faßte meine Arme mit ihren Händen und schüttelte sie kurz und energisch, wie um mich aufzuwecken, aufzumuntern. Ich fingerte eine Zigarette aus meiner Tasche, steckte sie mir an und tat einen tiefen Zug, und wir gingen weiter unseren Weg.

Ich habe mich verliebt, sagte ich im stillen immer wieder zu mir, als wir durch die Wartenburgstraße gingen, ich habe mich verliebt, was für ein Irrsinn, ich gehe nichtsahnend aus dem Haus und treffe am Kanal auf eine rätselhafte schöne Frau, und schon ein paar hundert Meter weiter bin ich verliebt, ich, der ich die Liebe schon seit Jahren immer nur noch für einen Irrtum gehalten habe, für letztlich unmöglich. Du hast den Verstand verloren, sagte ich zu mir, und ich antwortete mir schnippisch, ja, das mag wohl sein, und es fühlt sich gut an, ich pfeife auf deinen Verstand, und du bist selbst schuld, daß du dir diese beste aller Drogen so lange vergällt hast mit deinem defätistischen Gerede, Liebe, ein Irrtum, so ein Unsinn, das reinste Vergnügen ist sie, wie du siehst. Ich werde alles tun, es ihr bei mir warm und gemütlich zu machen, dachte ich, sie soll in mir einen guten Freund und Zuhörer haben, und ich wandte mich ihr zu und sagte, erzähl weiter, Mascha, ich höre dir gerne zu.

Gut, sagte sie, ich habe diese Hütte, in der ich mich vorfand, durchsucht und fand Geld und einen Paß und ein Flugticket. Das Paßfoto zeigte ein Gesicht mit unstreitiger Ähnlichkeit zu der Person im Spiegel, ich nahm das hin, es berührte mich nicht. Nichts, was meine Person betraf, hätte mich in diesem Zustand in irgendeiner Weise berühren können, mein Gemüt war betäubt, sagte sie, ich war ohne jede Gemütsverfassung, nicht irgendwie gestimmt, nicht gut gelaunt, nicht schlecht gelaunt, ein Zustand vollkommener Gleichgültigkeit allem gegenüber, meine Person, die Person im Spiegel eingeschlossen. Auch die Tatsache des Hungerempfindens registrierte ich ohne jede Gefühlsregung, ich dachte nicht etwa, ich Ärmste, hab' so schrecklich Hunger, nein, da war kein Selbstmitleid, ich dachte nur ganz sachlich, essen, ich müsse etwas essen, hier ist etwas nicht in Ordnung, hier fehlt es an Nahrung, so, wie man vielleicht bei einem Auto feststellt, der Tank ist leer, hier fehlt es an Benzin, man sollte das beheben und eine Tankstelle aufsuchen.

Autos ohne Benzin sind mir allemal lieber als Autos

mit Benzin, dachte ich bei mir, aber Mascha muß essen, das steht fest, das sieht man doch. Aber natürlich unterbrach ich sie nicht, eine scherzhafte Bemerkung wäre hier ausgesprochen unangebracht gewesen, und ich bin froh, daß mir diesmal nichts dergleichen aus meinem Mund und über meine Lippen geschlüpft ist, wie es mir doch sonst so oft passiert.

Sie fuhr fort, sie habe eine gewisse Verwahrlosung ihrer Person festgestellt, nachdem der Hunger sie aus ihrer Bewußtlosigkeit gerissen hätte, ihre Kleidung habe sich in einem beschämenden Zustand befunden, ebenso ihr Haar und insgesamt ihr ganzer Körper, Einzelheiten dazu wolle sie mir ersparen, sie habe jedenfalls aus ihrer äußeren Erscheinung und aus den von ihrer Person ausgehenden Gerüchen schließen müssen, daß sie sich selbst schon länger als gemeinhin zulässig auch in hygienischer Hinsicht keinerlei Beachtung mehr geschenkt zu haben schien. Merkwürdigerweise habe sie wohl zwar ihren Proviant verzehrt, ohne daran eine Erinnerung zu haben, ganz offensichtlich hätte sie auch das primitive Plumpsklo hinter der Hütte in Anspruch genommen, aber gewaschen hätte sie sich nicht mehr und auch ihre Kleidung nicht gewechselt, sie hätte ihre Lebenserhaltungsmaßnahmen zweifellos auf das Allernötigste reduziert. Das Bild, das sie von sich vorgefunden habe, sagte sie, sei ein abstoßendes gewesen, sie habe laut zu ihrem Spiegelbild gesagt, wie kann man sich nur so gehen lassen, wie kann man so herunterkommen, und sie habe dabei ganz selbstverständlich eine ihr an sich gleichgültige Person getadelt, sie habe sich nicht als die Getadelte gefühlt, sondern als die Tadelnde, die sich habe gezwungen gesehen, mit der verwahrlosten Person, die sie als ihr zugehörig hinzunehmen gehabt hätte, äußere und innere Behausung zu teilen. Ich habe keinerlei Verantwortung für mich, die ich da war, *diese Gestalt*, empfunden, sagte sie wörtlich, ich hatte aber doch ein starkes Interesse daran, daß die Hungrige sich wasche und ihre Kleidung wechsele, ich ekelte mich vor ihr, die ich war. Ich ging vor die Tür und fand mich in einer kargen, steinigen Landschaft wieder, auf einer felsigen Insel, das Meer war ringsum zu sehen, keine Menschenseele weit und breit, keine Häuser, nichts, keine Bäume, nur ein paar trockene Sträucher und Steine und grauer Sand. Hinter der Hütte fand ich das Plumpsklo und eine Zisterne. Ich zog mich aus und wusch mich, ich schüttete mir das Wasser verschwenderisch Eimer um Eimer über den Kopf, und ich stellte verwundert fest, wie angenehm, wie erfrischend, und mein Körper schien mir plötzlich wieder vertrauter, ich dachte, ich kenne diesen Körper, ich komme gut mit ihm zurecht, dieses kühle Wasser auf meiner Haut war mir ein bekanntes Gefühl. In der Hütte fand ich frische Kleider, ich weiß nicht, ob sie mir bekannt vorkamen, ich stellte mir diese Frage wahrscheinlich nicht, ich nahm einfach irgendwelche Kleidungsstücke und zog sie an. Das ist das Merkwürdige, sagte sie, ich nahm alles hin wie es war, mich selbst und alle zu meiner eigenen Person gehörigen Sachen, meine ganze Umgebung, nichts beunruhigte oder erschreckte mich, wie es doch naheliegend gewesen wäre, noch nicht einmal meine eigene Gleichgültigkeit, die mir ja nicht bewußt war, bekümmerte mich, es war nicht ein Gedanke in mir, nicht eine Empfindung, gleich welcher Art. Ich fand den Paß und den Flugschein, es war mir gleich, ich fand die Kleidung, es war mir gleich, Toilettenartikel, Kosmetika, eine Uhr, Sonnenbrille und dergleichen, es war mir alles gleich, nichts löste in mir irgendeine Erinnerung aus. Allein ein Buch, das einzige in ihrem Gepäck, fuhr sie fort, und ich hoffe, ich gebe das folgende korrekt wieder, es ging doch ein bißchen schnell, nur dieses eine Buch, sagte sie also, Wolfs *Pilzer und Pelzer*, sei ihr nicht gleich gewesen, es sei ihr freundlich und angenehm vorgekommen, und sie habe dieses Buch sofort als vertraut empfunden, es sei ihr bekannter gewesen als sie sich selbst, und dieses Wiedererkennen des Buches habe sie gleich ihrer eigenen Person nähergebracht, wie das kühle Wasser auf ihrer Haut ihr eine angenehme Bekanntschaft mit ihrem Körper verschafft habe, so habe die Entdeckung des Buches sie ihr selbst einen wichtigen Schritt nähergebracht, was alle anderen persönlichen Gegenstände nicht vermocht hatten, sie habe sich gesagt, ich kann mit mir einverstanden sein, ich lese gute Bücher. Sie habe das Buch aufgeschlagen und ein paar Zeilen darin gelesen und sie habe gelacht, richtig laut gelacht, Pilzer und Pelzer sind mit mir auf dieser Hütte, ausgerechnet!, und Mascha lachte auch jetzt, als sie mir das erzählte, lachend rief sie, denk nur, Pilzer und Pelzer, ausgerechnet! Ich wollte natürlich wissen, was es mit diesen beiden auf sich hat und sagte, ich müsse zugeben, dieses Buch und wahrscheinlich auch seinen Autor, wie hieß er, Wolf, nicht zu kennen, was das für Burschen seien, Pilzer und Pelzer. Mascha schaute mich ungläubig an, und ich machte mit meinen Händen eine Geste der Bitte um Nachsicht. Und Mascha hob vergnügt an, es machte ihr sichtlich Freude, mir eine kurze Einführung in Sachen Pilzer und Pelzer zu geben, ich hoffe, ich kriege das jetzt noch richtig zusammen, sie sagte, da hätten wir nun also Pelzer, der die Existenz Pilzers abstreite, sich aber, dazu in gewissem Widerspruch, als entschiedenen Gegner Pilzers bezeichne. Pelzer sei, im Unterschied zu Pilzer, der dünn und kahlköpfig sei, dick und trage einen dunklen Schopf auf dem Kopf, allerdings, im Lauf der Jahre habe Pelzer seinen dunklen Schopf verloren und sei jetzt kahlköpfig wie Pilzer, der sich indes eine Perücke gekauft habe und jetzt einen dunklen Schopf auf dem Kopf trage. Alle Achtung, sagte ich, das sind mir ja zwei verwegene Gesellen, und Mascha fuhr fort, Pelzer behaupte, bei Pilzer handele es sich womöglich um Polzer, obwohl er selbst einst mit Pilzer unter einer Büste Pilzers und Pelzers für ein Photo posiert habe. Das klinge wirklich sehr vielversprechend, nach einer sehr unterhaltsamen Angelegenheit höre sich das an, sagte ich, gleich morgen würde ich mir das Buch beschaffen. Tu das, sagte sie, es lohnt sich, du wirst deinen Spaß daran haben.

Obwohl die Tatsache, daß sie zwar Pilzer und Pelzer wiedererkannt habe, alles andere ihre Person betreffende ihr aber gleichgültig gewesen sei, zumindest Anlaß zur Beunruhigung, wenn nicht gar zu Angst, ja Panik gegeben habe, sei es doch schließlich viel erschreckender, feststellen zu müssen, man habe sich selbst vergessen, nur ein Buch sei einem bekannt, sonst nichts, als einfach gar nichts mehr zu wissen, nicht einmal, daß man sich selbst vergessen habe, was einen ja nicht erschrecken könne, wenn man es nicht wisse, sei sie völlig gleichmütig und unbeteiligt geblieben. Erst später, sagte sie, als ich schon einen guten Teil meiner jüngeren Vergangenheit rekonstruiert hatte und ich von mir recht und schlecht sagen konnte, ich wisse, wer ich sei, erst dann überkam mich der Schrecken über meinen Zustand dort in den ersten Stunden nach der Bewußtlosigkeit. Da aber, nachdem ich gerade erst hungrig aufgetaucht war, mich erst gewaschen und dann das Buch gefunden hatte, nahm ich alles mit der größten Gelassenheit hin. Ich nahm das Geld und ging einen schmalen Pfad den Berg hinab, ich lief und lief, stundenlang, bis ich ein kleines ärmliches Dorf erreichte. Ich fand dort einen kleinen Laden, die Leute waren wenig an meiner Person interessiert, aber sie waren nicht unfreundlich, sie sprachen Spanisch, und ich redete mit der größten Selbstverständlichkeit Spanisch mit ihnen. Noch oben in der Berghütte hätte ich die Frage, ob ich Spanisch könne, nicht beantworten können, ich hätte es nicht gewußt, aber jetzt sprach ich ein offensichtlich ausreichendes Spanisch, und die Leute gaben mir, was ich verlangte.

Wir überquerten die Yorckstraße. Eine unglaubliche Geschichte, dachte ich, hat sie das alles nur geträumt, hat sie es halluziniert, hat sie gefährliche Drogen konsumiert, aber ich unterbrach sie nicht. Sie sprach mit klarer fester Stimme, ich liebe den Klang ihrer Stimme, und so merkwürdig mir ihr Bericht auch vorkam, ich genoß es, ihr zuzuhören, ohne Hast im Gleichklang neben ihr gehen und ihr zuhören, ich hätte bis zum Wannsee so mit ihr gehen können, und das ist weit, wie man weiß, allein der Geschichte von Pilzer und Pelzer hätte ich stundenlang zuhören mögen, so wie sie sie erzählt hat, ganz abgesehen natürlich von ihrer eigenen unglaublichen Geschichte, ich war wie hypnotisiert, und jetzt über diesen Notizen denke ich, Mascha soll mir Pilzer und Pelzer vorlesen, ja, das würde mir gefallen, ich werde sie darum bitten.

Bei vielem, was Mascha berichtete, tauchten in mir Fragen auf, aber ich stellte diese Fragen immer wieder zurück, ich wollte sie nicht unterbrechen, es war mir bewußt, daß sie erst einmal das Wichtigste erzählen mußte, eine Unterbrechung hätte sie vielleicht ins Stocken und zum Verstummen gebracht, befürchtete ich, Pelzer, dachte ich zum Beispiel, bestreitet Pilzers Existenz und sagt dann, es handele sich bei Pilzer womöglich um Polzer, das heißt, Pelzer räumt wenigstens die Existenz Polzers ein, und ich wollte sie danach fragen und tat es nicht, aber viel wichtiger, die verwahrloste Person im Spiegel hat sie zwar zunächst abgestoßen, aber was hat sie empfunden, als sie nach der Erfrischung am Brunnen in frischen Kleidern vorm Spiegel stand, wollte ich wissen, aber ich schwieg und fragte sie nicht, der Hunger einerseits, ein elementares Körpergefühl, das kühle Wasser auf der Haut, das angenehm Vertraute andererseits, ja, ich kenne diesen Körper, ich komme gut zurecht mit ihm, wie sie sich ausgedrückt hatte, ist das nicht ganz nah beim Ich, dachte ich und wollte sie fragen, blieb aber still. Ich wußte da noch nicht, daß wir noch den ganzen Abend für uns haben würden, noch genügend Zeit, um alle Fragen zu stellen, ich die meinen, sie die ihren.

Und sie fuhr fort, mir vom Erwachen auf dieser Steininsel zu berichten, sie sagte, sie sei dann mit ihren Einkäufen in die Hütte oben auf dem Berg zurückgekehrt und habe gegessen. Sie müsse wenigstens zwei Wochen ohne Nahrung gewesen sein, sagte sie, sie hätte dem Flugticket entnehmen können, daß sie gut drei Wochen zuvor dort auf dieser Insel angekommen war, und sie könne kaum Vorräte für mehr als eine Woche diesen Berg hinaufgeschleppt haben. Sie könne sich nicht erinnern, überhaupt gegessen zu haben, aber es hätten sich in der Hütte Reste und leere Verpackungen gefunden, benutztes Geschirr und Besteck, sie werde also wohl im Zustand der Bewußtlosigkeit gegessen haben und auch getrunken, ohne Wasser hätte sie die Zeit natürlich nicht überlebt. Sie hätte sich wohl gleich am ersten Tag ihrer Ankunft geistig abgeschaltet, so drückte sie sich aus, ich wollte mich abschalten, sagte sie, nicht einfach nur abschalten, wie man so sagt, ich wollte *mich* abschalten, ich hatte genug von mir, ich wollte weg, verschwinden, ich vor mir selbst und mit mir selbst, und ich hatte nicht den Mut, Karl hinterherzuspringen, nein, ich wollte ihm nicht hinterherspringen, ich hatte mich schon so lange von ihm entfernt, es wäre sinnlos gewesen, ihm hinterherzuspringen, wohin denn auch, ich mußte mein eigenes Loch finden, eine Höhle, ein Versteck, wo niemand mich findet, nicht einmal ich selbst, das war es, was ich wollte.

Aber jetzt bist du wieder da, sagte ich und legte meine rechte Hand auf ihre Schulter. Wir blieben stehen und sahen uns an. Ob ich sie für verrückt halte, wollte sie wissen. Nein, sagte ich, ganz und gar nicht, es ist eine erschütternde Geschichte, aber deshalb bist du doch nicht verrückt, nicht im geringsten, auf keinen Fall, und ich dachte, ich würde gerne in Erfahrung bringen, was es mit diesem Karl auf sich hat, ihrem Mann, wie ich ganz selbstverständlich annahm, aber ich verkniff mir eine entsprechende Frage, es ist klüger, sie darauf jetzt noch nicht anzusprechen, sagte ich zu mir, schließlich ist dieser Karl ja irgendwo hinuntergesprungen, wenn ich sie wörtlich nehmen kann, nein, ich wollte sie kennenlernen und nicht irgendeinen Karl, ganz gleich, was diesem Menschen zugestoßen sein mag, Karl muß warten, und ich fragte sie, ob sie müde sei, ob wir eine Pause machen sollten. Nein, sie sei nicht müde, sagte sie, sie wolle meine ganze Spaziergangsrunde kennenlernen, und wir gingen weiter unseren Weg.

Die Tiere, sagte ich, jetzt kommen gleich die Tiere, und wir überquerten die Kreuzbergstraße und stiegen die Stufen zum Park hinauf. Es war vielleicht eine Unhöflichkeit, daß ich, kaum hatte sie einen ihr offensichtlich nahestehenden Menschen erwähnt, dem etwas Schreckliches zugestoßen sein mußte, die Sprache auf die langweiligen Tiere am Kreuzberg brachte, aber mir war, als sei ihr eine Unterbrechung an dieser Stelle ganz lieb, denn die letzten Sätze waren ihr schwergefallen, sie hatte langsamer und leiser gesprochen als zuvor, mit großer Nachdenklichkeit, und es klang tief traurig, wie sie sagte, mein eigenes Loch finden, eine Höhle, ein Versteck. Ich hatte gleich den Drang verspürt, sie zu trösten, sie in die Arme zu schließen und an mich zu drücken, aber ich traute mich nicht und legte nur meine Hand auf ihre Schulter, und als wir uns ansahen, wußte ich, daß mein Trost angekommen war, ich las es in ihren Augen. Und als wir uns dem Tiergehege näherten und sie, mit einemmal wieder ganz aufgehellt, sagte, oh, ich rieche sie schon, deine Kameruner Bergziegen, da wußte ich, ich hatte recht, eine Unterbrechung war ganz in ihrem Sinn, ich habe keinen Fehler gemacht.

Die Tiere sind, wie gesagt, furchtbar langweilig, sagte ich, dazu stinken sie bestialisch, aber trotzdem statte ich ihnen jeden Tag einen Besuch ab, man will ja nicht unhöflich sein. Die Papageien sind lustiger als die Ziegen und Kaninchen, fuhr ich fort, man kann sie mit kleinen Stöckchen foppen, auf die sie ganz versessen sind, sie ziehen ihnen die Rinde ab und zerbrechen sie anschließend in kleine Stücke, man kann die Vögel mit frischen Stöckchen herbeilocken und ihnen unflätige Wörter beibringen, aber sie sind im Winter nicht da, leider. Dann erzählte ich Mascha von einem mir bekannten kanarischen Papagei, der es sich auf seiner sonnigen Insel zur Gewohnheit gemacht hat, von einem Versteck aus den Tauben aufzulauern, um dann wild über sie herzufallen und ihnen die Federn auszureißen, und dieses Versteck, sagte ich, sei glücklicherweise ganz in der Nähe der Terrasse gelegen, auf der ich meinen Nachmittagskaffee einzunehmen pflegte, so daß ich jedesmal auf meine Kosten gekommen sei. Du bist kein Taubenfreund, sagte Mascha. Nein, das bin ich nicht, sagte ich, Tauben gehören nicht zu meinen Lieblingstieren.

Wir standen noch eine Weile bei den Ziegen und schauten den Kindern zu, die ihre vorwitzigen Finger durch den Zaun nach den Ziegen streckten. Dann stiegen wir den Kreuzberg hinauf, und Mascha sagte, fast so steil wie der Berg auf meiner Steininsel, aber hoffentlich nicht so hoch, und ich dachte daran, daß sich meine Runde ihrem Ende näherte, aber ich mich doch längst noch nicht von Mascha verabschieden wollte, ich kann sie jetzt nicht gehen lassen, nein, ich werde sie zu mir einladen auf eine Erfrischung, eine Stärkung, sagte ich zu mir und in der gleichen Sekunde dachte ich mit Schrecken an mein löchriges, schmutzstarrendes Tischtuch auf dem Wohnzimmertisch, wie sollte ich ihr das nur erklären, ich dachte an das speckige Geschirrtuch in der Küche, an überkrustete Töpfe und Teller und Tassen, an meine dreckigen Fenster und an die vielen Staubmäuse überall in meiner Wohnung, was soll sie von mir denken, wenn sie meine verwahrloste Bude sieht, fragte ich mich, aber es nützt alles nichts, ich will sie bei mir haben, ich muß es riskieren, ich kann nicht anders, und als wir schließlich oben auf dem Berg angelangt waren, gab ich mir einen Ruck und sagte, Mascha, ich bin zwar auf Besuch nicht eingestellt und meine Wohnung befindet sich in einem beklagenswerten Zustand, aber ich würde dich gerne noch auf ein kleines Abendessen zu mir einladen, nur, du mußt mir versprechen, die Augen geschlossen zu halten, bis ich mein Tischtuch entfernt habe. Sie lachte und fragte, was es mit dem Tischtuch auf sich habe, und ich sagte, das Tischtuch sei zwar ein Kunstwerk, aber doch ein recht abstoßendes, man würde es vielleicht eines Tages ins Museum of Modern Art stellen, aber sie wolle ich heute nicht gerne damit konfrontieren, ich wolle sie nicht verstören. Einverstanden, sagte sie, und mein Herz hüpfte, ich hatte sie bei mir.

Heft IV

Zuerst wollte ich den Tschechow zur Hand nehmen, nachdem Mascha sich schlafen gelegt hatte, mein Gedächtnis auffrischen, *diese Figur*, wie sie sich ausgedrückt hatte, diese Mascha mir noch einmal vor Augen führen, und ich nahm den Tschechow auch tatsächlich aus dem Regal, aber ich schlug ihn nicht auf, ich stand mit dem Buch in der Hand am Wohnzimmerfenster und schaute in die stille Schneenacht hinaus und sagte gleich zu mir, nein, für den Tschechow hast du jetzt keine Zeit, der Tschechow ist jetzt nicht so wichtig, der Tschechow muß warten, *meine* Mascha ist wichtig, nicht Tschechows Mascha, wenn sie sich selbst auch bei Tschechow ausgeliehen hat, wie sie später hier an meinem Wohnzimmertisch gesagt hatte. Meine Erinnerung an dieses Tschechowstück mag arg verblaßt sein, aber sie reicht aus, um Mascha verstanden zu haben, und auch ihren Kostja habe ich verstanden, Karl war mein Kostja, hatte sie gesagt, natürlich, das hätte ich gleich schon auf dem Kreuzberg verstehen müssen, Karl war nicht ihr namenloser Ehemann, Karl war ihr Kostja, aber Mascha hatte da noch nichts von Tschechow gesagt, sie mußte mir später, als ich beim Abendessen auf ihren Namen zurückgekommen war, auf die Sprünge helfen. Der Stillstand, hatte Mascha gesagt, das eingefrorene Leben, die sich in Apathie erschöpfende Dauerverzweiflung, das ist doch der Grundzustand dieser Figur, Tschechows Mascha, jahrelang sich in ihrer unerwiderten Liebe verzehrend, ergibt sie sich schließlich und gibt sich auf und heiratet aus purer Resignation einen langweiligen Lehrer und stirbt dadurch endgültig innerlich ab. Sie habe zwar keinen langweiligen Lehrer, dafür aber einen langweiligen Ministerialbeamten geheiratet, was auf das gleiche hinauslaufe, vielleicht sogar die noch größere Selbstbestrafung sei, und tatsächlich war im Lauf des ganzen Abends nicht ein einziges Mal der Name ihres Mannes gefallen, von dem sie immer nur als von *meinem Mann* sprach, und als ich mit dem Tschechow am Fenster stand, dachte ich, lustig, ich kann mich auch nicht an den Namen des langweiligen Lehrers aus dem Tschechowstück erinnern, dieser Mann ist so unsagbar langweilig, daß man schon eine halbe Stunde nach dem Theaterstück seinen Namen nicht mehr weiß, andere Namen weiß ich bis heute, viele Jahre nachdem ich das Stück erst gelesen und mir dann im Theater angeschaut habe, Trigorin zum Beispiel, oder Dorn, Nina, Kostja, die Arkadina, die Lustigste von allen, und natürlich Mascha, aber den Lehrer vergißt man, wenn der Vorhang fällt, und vielleicht hat Mascha ja, dem Tschechowstück folgend, den Namen ihres eigenen Mannes vergessen, schon als sie im Flugzeug zur Steininsel und nicht mehr in seiner Nähe war.

Ich stand mit dem Tschechow am Fenster und dachte, merkwürdig, Mascha sagt, sie habe sich bei Tschechow ausgeliehen, und es scheint, als habe sie sich dazu auch noch die anderen Tschechowfiguren ausgeliehen, die für sie wichtigsten, den langweiligen Gatten und den ewig unerwidert Geliebten, und doch war alles, was sie mir über sich und ihren Mann und jenen Karl als Kostja berichtet hatte, so stimmig und plastisch und unstreitig aus ihrem eigenen selbstgelebten Leben, nichts davon klang wie ein abgeschriebenes Leben, ein ausgeliehenes oder gestohlenes. Spricht das nun für dich, mein Freund, sagte ich und schaute auf das Buch in meiner Hand, spricht das für das Exemplarische deiner Unglücksszenarien, oder haben wir es nur mit einem außergewöhnlich verblüffenden Zufall zu tun? Ich fürchte, fuhr ich fort, wir müssen das letztere annehmen, tut mir leid, und stellte den Tschechow zurück ins Regal.

Noch als wir oben auf den Stufen der ewigen Baustelle des Kreuzbergdenkmals saßen, ich in freudigem inneren Jubilieren, sie hatte gerade meine Einladung angenommen, hatte ich nicht eine Sekunde an Tschechow oder irgendeinen anderen Figurenerfinder gedacht, und wenn auch Mascha während unseres Spaziergangs mehrmals von sich als von *dieser Figur* gesprochen hatte, was mir immer nur als unangemessene Abschätzigkeit ihrer eigenen Person gegenüber vorgekommen war, wäre es mir bis zu unserem gemeinsamen Abendessen, als Mascha plötzlich *Tschechow* gesagt hatte, nachdem ich auf ihren Namen zurückgekommen war, nicht im entferntesten in den Sinn gekommen, sie bastele sich ein neues Selbst, indem sie als Figur aus einem Theaterstück heraustritt und gleich noch das halbe Personal mitnimmt, aber genau so komme es ihr vor, hatte sie gesagt, sie habe, nachdem sie ihre Lebenstrümmer aufgesammelt und notdürftig wieder zusammengefügt hätte, den Eindruck gehabt, ein ihr wohlbekanntes und von ihr geschätztes Theaterstück rekonstruiert zu haben. Diese Tatsache hätte sie am meisten erschreckt, sie wäre sofort zu dem Schluß gekommen, sie müsse verrückt geworden sein, sie hätte sich ganz offensichtlich mit ihrem Arbeitsgegenstand verwechselt, denn sie wäre früher eine Theater- und Literaturkritikerin gewesen, und, wie sie herausgefunden hätte und sich jetzt erinnern könnte, Tschechows Möwe wäre tatsächlich der Gegenstand ihrer letzten, nie veröffentlichten Kritik gewesen. Erst nach und nach hätte sie sich mit dem Gedanken vertraut machen können, *Tschechow nachzuspielen*, wie sie sich ausgedrückt hatte, wenn ihr Leben nach diesem Tschechowschen Muster verlaufen sei, dann sei es eben so, das zeuge nur von der Gleichförmigkeit menschlichen Unglücks, nichts weiter.

Nachdem ich den Tschechow zurück ins Regal gestellt hatte, öffnete ich eine neue Flasche Wein, legte alles für diese Notizen, die ich Mascha versprochen hatte zu machen, Notwendige bereit und setzte mich an meinen Wohnzimmertisch. Ich hatte Zweifel, ob es mir gelingen würde, alle wichtigen Einzelheiten unserer Begegnung in einer Nacht festzuhalten, und alle Einzelheiten waren und sind mir auch jetzt noch wichtig, nichts darf verloren gehen, nichts darf übergangen werden, und erst wollte ich mir die Aufgabe erleichtern, indem ich mich allein auf Mascha konzentrierte, auf Mascha und unsere Begegnung, aber Mascha, die sich über das *Geschenk*, das ich, wie ich ihr angekündigt hatte, ihr mit diesen Aufzeichnungen zu machen beabsichtige, gefreut hatte, wollte es von mir ungekürzt und umfassend, *vollständig von dir*, hatte sie gesagt, von Anfang an, deine ganze Spaziergangsrunde mit allen Einzelheiten deines Weges, mit allem, was in dir vorging, mit allem, was du sahst und dachtest, rücksichtslos, schonungslos, das wäre mir das größte Geschenk, und so verwarf ich meine Abkürzungs- und Erleichterungsabsichten sofort und begann ohne weiteren Verzug mit der Aufzeichnung dieser Notizen.

Wir saßen auf den Stufen der Kreuzbergdenkmaldauerbaustelle, und ich erläuterte Mascha die Aussicht von hier oben, da die überflüssige Postbank, da der mißglückte Potsdamer Platz von Daimler, daneben der schon eher geglückte Potsdamer Platz von Sony, Europacenter, Funkturm, undsoweiter, da sagte sie grinsend mitten in meine Stadterklärungen hinein, ich bin ja mal gespannt auf dein Tischtuch. Daß sie frech ist, muß sie nicht mehr unter Beweis stellen, das weiß ich schon, dachte ich und sagte, Mascha, du hast versprochen, die Augen geschlossen zu halten, bis ich das Tischtuch entfernt habe. Ach komm, sagte sie, immer noch grinsend, ich bin nicht so zimperlich, ich habe dir auch erzählt, in welch gottserbärmlichem Dreck ich in meiner Inselhütte gehaust habe, dagegen wird sich dein Tischtuch sicher harmlos ausnehmen. Ihre Vorstellungskraft würde nicht ausreichen, sagte ich ihr, sich etwas so Abstoßendes wie mein Tischtuch auch nur im entferntesten auszumalen, ich selbst, der ich für dieses Tischtuch und seinen Zustand schließlich die alleinige Verantwortung trüge, würde jedesmal bei seinem Anblick erschaudern, außerdem habe sie mir die Einzelheiten ihrer Verwahrlosung auf der Insel eben nicht mitgeteilt, sondern ausdrücklich vorenthalten. Sie möge sich also an ihr Versprechen halten und auf eine Besichtigung meines Tischtuchs verzichten, es fänden sich noch genügend andere Unappetitlichkeiten in meiner Wohnung, das sei mir peinlich genug, nur das Tischtuch, das bitte nicht. Also los, sagte sie und stand auf.

Wir stiegen die Denkmaltreppen herab, durchquerten den Park hin zur Methfesselstraße und gingen durch die Baulücke hinunter zum Mehringdamm. Der mörderische Verkehr da um diese Zeit, es dämmerte, schien Mascha nicht im geringsten zu kümmern, sie ging munter neben mir her, ich schaute immer mal wieder, wie schon vorher auf unserem Weg, auf ihre kleinen Füße, die in alten und augenscheinlich soliden Stiefeln steckten, tapfere kleine Füße, dachte ich, flink und ausdauernd und stark. Wir überquerten die schreckliche Straße mit Hilfe der Fußgängerampel, anders geht es hier nicht um diese Zeit, und als wir endlich in der Fidicinstraße waren und den gröbsten Lärm hinter uns gelassen hatten, fragte ich sie, ob sie jetzt Hunger habe. Ja, sagte sie sofort, und das klang freudig und entschieden, ja. Gut, sagte ich, da bist du bei mir an der richtigen Adresse, wir werden es uns schmecken lassen. Ich werde uns ein gutes und reichhaltiges Abendessen auf den Tisch stellen, dachte ich, ich habe viele gute Sachen in meiner Küche, ich werde uns einen üppigen Tisch decken, von dem man Stunden lang nicht aufstehen will, lauter verführerische Kleinigkeiten und Köstlichkeiten, keine angeberischen asiatischen Manieriertheiten, einfach nur guten Käse und Schinken und Salami und Oliven und Paprika und Tomaten und Brot und Öl und Wein und was sich denn sonst noch findet in meiner Küche, so werde ich es machen. Die Vorstellung, Mascha mit gutem Appetit essen zu sehen, war mir ein Genuß, geistig füttern wir uns gegenseitig auf unvergleichliche Weise, und jetzt werde ich auch ihre körperliche Person, die es mir noch in der Fidicinstraße doch viel dringender nötig zu haben schien als ihr munterer Verstand, gleich, was sie mir über ihren Selbstverlust bis dahin gesagt hatte, gründlich mit dem Besten versorgen, essen muß sie, hatte ich mir während unseres Spaziergangs mehrmals gesagt, essen muß sie und schlafen muß sie, dann haben wir sie bald wieder vollständig beieinander. Wieder dachte ich an das abgesagte Abendessen, was für ein Gegensatz, statt dieser Qual eines gräßlichen festlichen Abendessens auf dem niedrigsten aller nur irgend vorstellbaren niedrigen Geistesniveaus stand mir jetzt ein Genuß der Extraklasse bevor, Essen und Reden mit meiner neuen Weggefährtin, Mascha.

Mitten in meine gedanklichen Abendessensvorbereitungen sagte Mascha, ob sie mich nach meinem Beruf fragen dürfe, womit ich mich beschäftigen würde, das habe sie sich schon in den Tagen zuvor während ihrer Beobachtungen meiner Person immer wieder gefragt, sei dabei aber zu keinem befriedigenden Schluß gekommen. Ihre freche Tischtuchbemerkung auf dem Kreuzberg noch ganz vorne im Kopf, stand mir der Sinn nach einer frechen Antwort und ich sagte, ich sei emeritierter Professor für Menschenwissenschaft. Sie verstand, sie lachte und sagte, Menschenwissenschaft ist gut, aber den emeritierten Professor kaufe ich dir nicht ab, du bist doch noch keine vierzig. Ich bin allerdings schon ein ganzes Stück über vierzig, sagte ich, und gut, bis zum Professor habe ich es nicht gebracht, das gebe ich zu, aber emeritiert bin ich doch in gewisser Weise, ich habe mich sozusagen aus meinen Wissenschaften selbst hinauskatapultiert, ich habe mich in meinen Wissenschaften unmöglich gemacht, indem ich sie mir selbst unmöglich gemacht habe, und jetzt speist man mich nur noch mit kümmerlichen und uninteressanten Lehraufträgen ab, die ich bald, denke ich, nicht mehr annehmen werde. Ich würde dann nur noch in meinem Taxi sitzen, wie es sich für einen gescheiterten Wissenschaftler gehöre, und nebenbei lustige Drehbücher schreiben, das sei mein Steckenpferd. Ich brachte absichtlich die Sprache auf die Drehbücher, ich wollte den kurzen Rest unseres Weges nicht mit dem mir in Wahrheit sehr ernsten Thema meiner Wissenschaftsverunmöglichung strapazieren, ich würde es später, wenn es sie interessierte, ausführlich und mit aller gebotenen Genauigkeit mit ihr besprechen, und tatsächlich waren wir bei unserem Abendessen auf diesen Punkt zurückgekommen. Jetzt aber nichts von solcher Tragweite, dachte ich, mein Wissenschaftsthema paßt doch kaum in einen kompletten zweistündigen Spaziergang, auf ein paar Metern wird man ihm keinesfalls gerecht, und es funktionierte, Mascha fragte: lustige Drehbücher?

Ich wußte da natürlich noch nicht, daß sie einmal als Theaterkritikerin gearbeitet hat, und ich glaube auch nicht, daß sie mich aus übriggebliebener beruflicher Routine nach den Drehbüchern fragte, nein, ich denke, auch ihr war für den Rest unseres Weges, von dem sie ahnte, daß er nur noch kurz sein würde, meine wenig erhellende Wissenschaftsbemerkung zu schwer, zu unhandlich, die Drehbuchfrage schien bedeutend leichter. Ich sagte, ja, seit Jahren schreibe ich immer wieder Drehbücher, erfinde immer wieder neue Geschichten, nur um einer einzigen Szene willen, die mich nicht losläßt, ja, ich bin geradezu besessen von dieser Szene, die ich unbedingt einmal in meinem Leben in einem Film sehen möchte, und nur wegen dieser Szene und immer um diese Szene herum und stets unweigerlich auf diese Szene hinauslaufend, habe ich schon Dutzende von Drehbüchern geschrieben, Kriminalgeschichten, Melodramen, Verwechslungskomödien, habe mir immer wieder diese dürftigen Geschichten abgequält, nur um dieses eine Bild, das mich seit Jahren verfolgt und über das ich mich immer wieder vor Lachen schütteln muß, endlich in Szene zu setzen. Aber alle diese vielen mittelmäßigen und also absolut fernsehgerechten Geschichtchen wurden von den dumpfen und humorlosen Fernsehredakteuren barsch zurückgewiesen, und zwar ausdrücklich einzig und allein wegen dieser einen zentralen Szene, auf die alles hinausläuft und derentwegen ich mir überhaupt die Mühe gemacht habe, den ganzen anderen Quatsch um sie herum zu schreiben. Das müsse ja wirklich eine unvorstellbar lustige Szene sein, sagte sie, wenn ich mich ihretwegen solcher Mühsal unterwürfe, sie sei sehr gespannt. Ich war mir nicht sicher, ob es mir gelingen könne, eine kurze, zusammenfassende Beschreibung der fraglichen Szene zu geben, die ihrer humoristischen Dimension in ihrer ganzen unfaßlichen Größe gerecht würde, also entschied ich mich für eine möglichst präzise Darstellung, der Weg bis zu meinem Haus würde dafür ausreichen. Ich sagte, das inkriminierte Bild sei das folgende: Eine dekadente, pelzbemantelte Wiener Mittfünfzigerin steht auf einer belebten Kanalbrücke, ich denke da an die Kottbusser Brücke, am Geländer, einen Rauhhaardackel auf dem Arm, kein Schoßhündchen, eine ausgewachsene Wurst von einem Dackel, viel zu schwer und zu unhandlich, um auf dem Arm einer Dame eine akzeptable Figur abzugeben. Eine andere Person tritt auf sie zu und macht ihr eine schockierende Mitteilung. Die Wiener Pelztante schreit auf, wirft den Dackel achtlos über die Schulter nach hinten übers Brückengeländer, beschimpft und beleidigt den Überbringer der schockierenden Nachricht und stampft wutentbrannt davon. Als sie aus dem Bild verschwindet, hört man das Aufplatschen des Dackels, dann, als auch die andere Person die Szene verläßt, spritzt Wasser bis in Geländerhöhe, was also suggeriert, daß die Brücke unglaublich hoch sein muß, weil der Dackel außerordentlich lang unterwegs war, bevor er aufs Wasser schlug, und zweitens, daß der Dackel irrsinnig schwer und von riesiger Gestalt gewesen sein muß, um durch seinen Aufprall eine derartige Spritzwirkung zu erzeugen. Der springende Punkt bei der ganzen Sache ist, daß der Dackel unbedingt echt und lebendig sein muß, sonst geht die Wirkung völlig verloren und alles ist witzlos. Der Dackel wird von der Wiener Pelztante im hohen Bogen über die Schulter geworfen, man sieht ihn in der Luft zappeln und mit seinen kurzen Beinen strampeln, vielleicht jault er noch kurz auf, dann, wie gesagt, mit entsprechender Verzögerung, platsch und spritz, als hätte jemand King Kong oder Godzilla oder beide gleichzeitig von der Brooklyn Bridge geschubst.

Mascha lachte zwar, aber sie schüttelte sich nicht vor Lachen, wie ich es tue, wenn ich mir diese Szene daheim auf meiner Couch oder nachts an einem stillen Taxihalteplatz vor meinem inneren Auge, in meinem privaten Geheimkino vorführe, und jetzt während meines Vortrags schüttelte ich mich auch nicht, ich hatte mich zu konzentrieren und fuhr fort: Wie auch immer ich diese Schlüsselszene dramaturgisch eingebettet habe, sei es, daß der Kommissar der Wienerin auf der Brücke erst den Tod ihres »sehr verehrten Herrn Gemahls« mitteilt und ihr dann die Einziehung ihres gesamten Vermögens in Aussicht stellt (»Schwarzgeld, werte Kommerzialrätin, alles Schwarzgeld, und den

Pelzmantel beschlagnahmen wir auch«), und jetzt lachte Mascha richtig, und beflügelt machte ich weiter und sagte, sei es, daß der Medizinalrat Professor Hofschrat auf sie zutritt und sagt: »Sissy hat Aids im Endstadium, sie wird wohl heute nacht den Löffel abgeben. Die Hochzeit ihres werten Herrn Sohnes können Sie also getrost abhaken. Er hat mich übrigens um eine Geschlechtsumwandlung gebeten, er will jetzt selber Sissy sein. Morgen operiere ich ihn um«, sei es, daß eine andere Wiener Pelztante kommt und ausruft: »Ja, da schau her, die Lampersbergerin, und der besoffene Herr Gemahl bussiert im Kaffeehaus mit der Sissy herum!«, unzählige solcher Szenen habe ich schon angeboten, aber stets haben diese Hohlköpfe in den Fernsehredaktionen aufgeschrien und gezetert wegen des Dackels, einen lebendigen Dackel in den Kanal werfen!, niemals! Mascha lachte, wie ich das liebe. Und ich schimpfte weiter, da werden jeden Tag in diesen miserablen Fernsehfilmen ständig Menschen von Wolkenkratzern oder in explodierenden Autos in Schluchten gestürzt, sie werden massenhaft erschlagen, erschossen, erstochen, ertränkt, erwürgt, vergiftet und in Säurebädern verflüssigt, sie werden gefoltert, aufgeschlitzt, verstümmelt, verbrannt, zermanscht, und ich darf keinen Dackel in den Landwehrkanal werfen, das ist doch absurd, dabei würde die Töle ihren lustigen Auftritt locker überstehen, die Kanalbrücken sind doch nur ein paar Meter hoch.

Zuerst beschimpften mich die Redakteure, sagte ich, sie schwafelten unverständliches Zeug von Tierquälerei und Geschmacklosigkeit, ekelhaft, verabscheuungswürdig, widerlich, sagten sie, sei das, dann gingen sie dazu über, meine Einsendungen ungeöffnet an mich zurückzuschicken, keine einzige Fernsehstation im ganzen deutschsprachigen Raum, keine private, keine öffentlich-rechtliche, nahm mehr Post von mir an, und als ich darauf mit Einsendungen unter Pseudonymen reagierte, drohte man mir rechtliche Schritte an, was mich aber nicht kümmert, denn das ist eine leere Drohung. Die Fernsehanstalten scheinen Praktikanten eingestellt und damit beauftragt zu haben, alle eingehenden Drehbücher und Exposés und Treatments, alles was in irgendeiner Weise mit einem Film zu tun hat, darauf zu prüfen, ob darin möglicherweise ein Dackel über ein Geländer fliegt und also meine Person dahintersteckt. Die Redakteure wollen nicht mehr mit meinen Stoffen konfrontiert werden.

Sollte ich einmal unverhofft zu Geld kommen, werde ich diese meine Lieblingsszene selbst inszenieren und verfilmen. Dieser Film wird nur eine Minute lang sein, denn das ganze Vorher und Nachher interessiert mich ja überhaupt nicht. Ich habe mir übrigens die Urheberrechte an dieser Szene gesichert, sagte ich, das Geld dafür war es mir wert, und sollte jemals jemand auf die Idee verfallen, diese Szene in seinen Film einzubauen, bekomme ich saftige Tantiemen.

Darf ich den Film dann rezensieren? fragte sie. Was würdest du denn schreiben, das müßte ich natürlich schon vorher wissen, sagte ich. Ein kurzer, aber außerordentlich unterhaltsamer Film über die geheimnisvolle Wiener Kommerzialrätin Lampersberger und ihre dunklen Geschäfte, sagte sie. Das geht in Ordnung, sagte ich, du darfst die Kritik schreiben. Und jetzt an meinem Wohnzimmertisch denke ich, da schon hätte ich begreifen müssen, daß sie vom Fach ist, denn ich fand ihre vorgeschlagene Rezension genauso kurz und gut wie meinen geplanten Film, auf so perfekte Weise angemessen, daß man sie gleich zum Filmtitel hätte machen können, Titel und Kritik identisch, was für ein einzigartiger Kunstgriff, ja was für ein Kunststück, aber ich wußte da ja noch nichts von ihren großartigen letzten Kritiken, die sie mir erst spät am Abend aus dem Gedächtnis nacherzählt hatte.

Wir hatten die Friesenstraße noch während meiner Ausführungen überquert und bogen jetzt in die Heimstraße ein, die am wenigsten denkmalschutzwürdige Straße in meinem denkmalgeschützten Viertel, wenn ich dort nicht meine Wohnung hätte, könnte man sie von mir aus planieren, jedenfalls die Seite zu den Friedhöfen hin, meine Seite, und wir erreichten mein heruntergekommenes Haus und gingen hinein.

Weinreich, las Mascha das Namensschild an meiner Tür, das klinge sehr vielversprechend. Ganz genau, sagte ich, und der Name ist Programm, darauf kannst du dich verlassen, ein guter Tropfen ist bei mir immer in ausreichender Menge vorrätig, und als ich die Tür aufschloß, erinnerte ich Mascha noch einmal an ihr Versprechen und ermahnte sie, mit geschlossenen Augen im Flur stehenzubleiben, bis ich ihr ein Zeichen geben würde, und sie zeigte mir einen übertriebenen Unschuldsblick, der mich das Schlimmste befürchten ließ. Ich setzte mich in Richtung Wohnzimmer in Bewegung, und natürlich blieb sie nicht stehen, sondern folgte mir buchstäblich auf dem Fuße. Sie solle wenigstens die Augen schließen, sagte ich streng, und sie gehorchte und schloß die Augen und streckte ihre Hand nach mir aus, daß ich sie führe. Kaum waren wir im Wohnzimmer, ich hatte gerade meine freie Hand nach dem Tischtuch ausgestreckt, da öffnete sie erst die Augen, dann den Mund und brach augenblicklich in schallendes Gelächter aus. Mehrmals wollte sie durch ihr Lachen hindurch irgendwelche Kommentare abgeben, wahrscheinlich humorvolle, aber es gelang ihr nicht, ihr Lachen durchschüttelte sie auf eine Weise, wie ich es bei mir selbst bei der lustigsten ausgedachten Filmszene noch nie erlebt hatte, Tränen flossen ihr übers Gesicht und sie lachte und hielt sich den Bauch vor Lachen, bis sie sich, immer noch lachend, auf einen Stuhl an meinen Wohnzimmertisch mit dem anscheinend sehr komischen Tischtuch fallen ließ. Als sie sich endlich etwas beruhigt und Atem geschöpft hatte, steckte sie ihren zarten, schlanken Zeigefinger durch eines der zahllosen Brandlöcher, und erneut wurde sie von Lachkrämpfen geschüttelt, zog den frechen Finger heraus und steckte ihn durch ein anderes und immer noch ein anderes Loch, und lachte sich sprichwörtlich schlapp, bis sie einfach nicht mehr konnte, und wischte sich die Tränen ab und sagte, Museum of Modern Art, genau. Ich stand die ganze Zeit schrecklich verlegen daneben, natürlich mußte auch ich, angesteckt von ihr, lachen, dem hätte sich der grimmigste Griesgram nicht entziehen können, aber mein Lachen war doch mit einer gehörigen Portion Scham durchmischt, wie sollte ich das nur erklären, dachte ich, für dieses Tischtuch gibt es schlicht keine Erklärung, und schließlich zog ich mich aus der Affäre, indem ich mir sagte, sei's drum, nun hab ich's hinter mich gebracht, und jedenfalls ist sie nicht schreiend davongelaufen, das hätte ja immerhin auch passieren können.

Mascha, immer noch leise kichernd und sichtlich

erschöpft von ihrem Lachanfall, machte Anstalten, sich von ihrem Stuhl zu erheben. Ich reichte ihr die Hand und zog sie an mich heran. Ganz nah war sie jetzt bei mir, so dicht waren wir uns während unserer mehrmaligen Spaziergangsunterbrechungen nicht gegenüber gestanden, ich sog ihren Geruch ein, ihren warmen, ganz eigenen, unverfälschten Geruch, den ich draußen in der Kälte nur ganz entfernt habe wahrnehmen können, und schaute in ihre Augen und sagte, was machen wir jetzt mit dir? Was zu essen geben, sagte sie. Gut, sagte ich und gab ihr einen vorsichtigen Kuß auf die Stirn, komm. Ich nahm sie bei der Hand und führte sie in den Flur, zeigte ihr, wo sie ihren Mantel lassen konnte, und sprang zurück ins Wohnzimmer, entfernte das garstige Tischtuch und stopfte es unter lautem Knistern und Knacken und Knirschen in die nächstbeste Schublade.

Meine speckigen Hauspantoffeln mochte ich ihr nicht zumuten, ich holte ihr zwei Paar dicke Wintersocken aus dem Schrank, und als ich zu ihr in den Flur zurückkam, wo ich sie rumoren hörte, stand sie da in ihrem schönen schwarzgrauen Pullover, endlich nicht mehr von diesem fremden, nicht für sie gemachten Mantel versteckt. Natürlich verbarg auch der Pullover, daß sie viel zu mager ist, aber es war *ihr* Pullover, kein geliehenes Kleidungsstück, das war klar, es war der richtige Pullover für sie, warm und schützend und sehr wertvoll, wie ich denke. Ich gab ihr die Wintersocken, sagte, hier, ich mach uns was zu essen, schau dich derweil nur um, wenn du magst. Ob sie in jedes Zimmer dürfe, fragte sie, und ich antwortete, Mascha, jetzt, nachdem du handstreichartig die Besichtigung meines Tischtuchs durchgesetzt hast, kannst du dir alles ansehen, geheimere Geheimnisse habe ich nicht, jedenfalls keine von der sichtbaren Sorte.

Mir gefiel der Gedanke, daß sie sich ungestört in meiner Wohnung umsah, während ich mich in der Küche beschäftigte, es war ein hoch erotisches Gefühl, etwas sehr Intimes, ich ließ sie herein in meine ganz eigene, höchst private Welt, zu der ich nur sehr selten und immer seltener und nur sehr wenigen Menschen Zugang gewähre, und das auch niemals uneingeschränkt, so wie ich es Mascha erlaubt, ja, wozu ich sie geradezu herausgefordert hatte. Für den Dreck in meiner Wohnung schämte ich mich schon ein bißchen, aber Mascha hatte mir durch ihren schlauen Tischtuchstreich doch klar zu verstehen gegeben, daß sie an solchen Nebensächlichkeiten keinen Anstoß nimmt, daß es ihr darauf nicht ankommt. Und ich wußte, Mascha ist ein höflicher, wohlerzogener Mensch, sie würde niemals eine Schranktür, eine Schublade öffnen, sie würde sich nicht den flüchtigsten Blick in einen herumliegenden Brief gestatten, sie würde nie auf die Idee kommen, einen Toilettenschrank zu inspizieren, wie es anderer Leute Gewohnheit ist, wie ich gehört habe, und ich habe auch gar keinen Toilettenschrank, sie würde selbst offen herumliegende pornographische Magazine vielleicht wohl still zur Kenntnis nehmen, nicht aber den Versuch unternehmen, sie nach Hinweisen auf meine sexuellen Präferenzen zu prüfen, und pornographische Magazine liegen bei mir auch nicht offen herum, ihr ständiger Anblick würde mich stören. Ich wußte, Mascha wird höflich aber aufmerksam meine Wohnung in Augenschein nehmen, sie würde sich die Bücher in meinen Regalen besehen, die Bilder an meinen Wänden, die Möblierung meiner Zimmer, welche Musik ich höre, wo und wie ich schlafe, arbeite, ausruhe, esse, Krimis anschaue, lese, nachdenke, wie ich lebe, hier allein in meiner großen, alten Wohnung. Die Geräusche, die von ihrem Rundgang zu mir in die Küche drangen, das Knarren der Dielen unter ihren Schritten, das Öffnen und Schließen der Türen, dazwischen mal ein leises Lachen, ich weiß nicht, worüber, diese Geräusche gaben mir ein behagliches Gefühl von Geborgenheit, da ist ein mir sehr lieber Mensch bei mir, ich bin nicht mehr allein, ich mache ihr alle Türen auf, lasse sie überall herein, und sie nimmt die Einladung an und kommt herein zu mir, ich breite meine Arme aus, und sie kommt und läßt sich in die Arme schließen, so fühlte es sich an, körperlich und warm.

Ich mußte mehrmals gehen, um all die sorgsam arrangierten guten Sachen ins Wohnzimmer zu bringen, ich habe kein Tablett. Mascha hatte mich gefragt, ob sie mir helfen solle, aber ich wollte das nicht, es war mir lieber und wichtiger, daß sie sich bei mir umsah, und so stand sie jetzt in der Küche und studierte amüsiert die dort an der Wand befestigten Zettel. Wo ich das alles aufgeschnappt hätte, wollte sie wissen, und ich sagte, wenn man aufmerksam zuhört, stößt man auf die haarsträubendsten Sätze, wie zum Beispiel auf den von dem Bundeswehrsoldaten nach einem Auschwitzbesuch, der, nach seinen Eindrücken befragt, dumm in die Kamera und ins Mikrophon sagte, er denke, »daß sich so was vielleicht nicht unbedingt wiederholen sollte«, ja ja, oder den von dem thüringischen Justizminister, der gesagt hat, »die Vergangenheit hat einige Jahre in Anspruch genommen«, solche Sätze sammle ich, ich habe stets einen Kneipenzettelblock bei mir, um Aussprüche dieser Art festzuhalten, und die lustigsten und dümmsten von ihnen pinn ich mir hier an die Wand. Eines Tages ließe sich meine Zettelsammlung ja vielleicht irgendwie verwerten, für eine soziologische Studie über den Bildungsstand der Deutschen, zum Beispiel, oder als Kalendersprüche, oder auch nur, um einzelne Leute öffentlich bloßzustellen, wie etwa den thüringischen Justizminister. Eine gute Idee, sagte Mascha und fragte, ob sich denn auch des Bundeskanzlers »Holocaustmahnmal, wo man gerne hingeht« in meiner Sammlung befände, und ich bestätigte das, selbstverständlich hätte ich des Kanzlers gemütliches und gefälliges Holocaustmahnmal in meiner Sammlung, es hänge nur deshalb nicht an meiner Küchenwand, weil es schon ausreichend öffentliche Erwähnung gefunden habe, man müsse solche Sprüche aber sorgfältig aufbewahren, damit man bei Gelegenheit von ihnen Gebrauch machen könne, viel zu oft gerieten sogar die größten Dummheiten zu schnell in Vergessenheit, und niemand hielte sie ihren Urhebern mehr vor, um sie damit bloßzustellen und zu beschämen, wie es doch eigentlich wünschenswert wäre. Der vorherige Bundeskanzler habe in seiner erdrückend langen Amtszeit bekanntlich so viele haarsträubende Dummheiten von sich gegeben, daß man gar nicht mehr nachgekommen sei, sie alle ordentlich zu archivieren, um sie ihm dann hartnäckig und immer wieder unter die Nase zu reiben, wie man es doch hätte tun müssen, selbst ich, der ich ein sehr penibler Dummheitensammler sei, hätte bei dem vorherigen Bundeskanzler nach dessen ersten Amtsjahren aufgegeben, und so sei es auch allen anderen Beobachtern und Zuhörern ergangen, niemand habe dem vorherigen Bundeskanzler seine

Dummheiten mehr vorgehalten, so daß er bald ohne die geringste öffentliche Rüge eine Dummheit nach der anderen sagen hätte können und auch gesagt habe, ohne jede Scham, und dieses Beispiel dürfe sich nicht wiederholen, schon gar nicht, wenn es sich um einen Bundeskanzler handele, deswegen hätte ich auch des Kanzlers Picknickholocaustmahnmal in meine Sammlung aufgenommen und noch so manch anderen Lapsus, den er sich bislang geleistet habe, das seien gar nicht so wenige.

Wir setzten uns an den gedeckten Wohnzimmertisch, alles war bereit, Wein und Wasser, ich schenkte uns ein, und wir stießen miteinander an. Mascha hatte Appetit, ihre Augen leuchteten, es gefiel ihr, was sich ihr auf meinem Tisch darbot. Sie hielt sich nicht mit zögerlichen, schüchternen ersten kleinen Häppchen auf, erst eine Olive, dann eine eingelegte getrocknete Tomate, zum Beispiel, wie ich es erwartet hatte, nein, sie brach sich ein Stück vom Brot und griff zum Käse, zum Schinken, zur Salami, ganz nach meinem Geschmack, und als sie ihren ersten Bissen tat und mich dabei so zufrieden ansah, freute ich mich, als hätte ich selbst nach langen Entbehrungen endlich etwas Gutes im Mund. Wir aßen zuerst still jeder ein paar Bissen. Sie nahm sich hiervon und davon, sie sagte nichts über das Essen, das war mir angenehm, keine überflüssige Bemerkung über die Qualität meiner südwesteuropäischen Fleischwaren, über die französischen und italienischen und schweizerischen Käsesorten, wir wußten beide, wir essen gute Sachen, darüber waren keine Worte zu verlieren, sie lobte nur den Wein mit der Frage nach seiner Herkunft, und das allerdings war alles andere als überflüssig, wenn einem ein guter Wein unterkommt, will man natürlich wissen, wo er herkommt und wie er heißt, und ich sagte ihr, der nordportugiesische Rotwein sei der beste, in ganz Spanien bekomme man keinen solchen Wein, in Italien schon gar nicht, in Frankreich vielleicht, aber um welchen Preis, das Zehnfache müsse man für einen französischen Wein dieser Güte bezahlen, und reichte ihr die Flasche.

Als ihr erster Hunger gestillt war, sagte sie, sie habe seit ihrer Abfahrt zur Steininsel nicht mehr so viel gegessen. Wir sind noch lange nicht fertig, meine Liebe, sagte ich, ich wollte, daß sie gut ißt und nicht schon nach ein paar Bissen wieder aufhört. Nein, sagte sie, ich esse gerne mit dir, es schmeckt mir, es schmeckt mir zum erstenmal seit der Steininsel, und sie nahm sich von den Tomaten, von den Oliven, eine Peperoni, ein neues Stück Brot, nur nicht so hastig, sagte sie, ich muß langsamer machen, glaube ich, ich bin es nicht mehr gewohnt.

Wie es gewesen sei, als sie nach ihrem Aufwachen auf der Steininsel zum erstenmal seit Wochen wieder etwas gegessen habe, fragte ich sie. Sie habe ihre Einkäufe nach oben auf die Hütte geschleppt, nichts davon hätte sie schon unterwegs zur Stärkung genommen, ihr Hunger hätte sich schon auf dem Weg hinunter ins Dorf verflüchtigt gehabt, sie habe nur noch eingekauft, weil das der Zweck ihres Marsches gewesen sei, aus Vernunft, sagte sie, sie hätte ihre Wünsche in dem Laden ganz mechanisch heruntergeleiert, alle dafür nötigen spanischen Wörter habe sie ohne jedes Nachdenken sofort parat gehabt, sie hätte mit diesen Wörtern aber nichts verbunden, jedenfalls nichts Lustvolles, nichts Freudiges, keinen Genuß, wie es doch natürlich gewesen wäre, sie habe diesen ganzen Vorgang des Einkaufs nicht mehr mit ihrem Hungergefühl in Verbindung gebracht, das sie oben auf der Hütte noch so quälend verspürt und das sich jetzt unten im Dorf schon vollständig aufgelöst gehabt habe, trotzdem habe sie alles eingekauft, all die Sachen, die sie sich oben beim Abmarsch einzukaufen vorgenommen und auf die sie zuvor noch den größten Appetit verspürt gehabt hätte, und auf dem Rückweg nach oben in ihre Hütte seien ihr all diese Lebensmittel wieder vollkommen gleichgültig gewesen, sie habe sie aus rein sachlichen Gründen nach oben geschleppt, ohne jede Vorfreude, ohne die geringste Gefühlsregung, nur wie eine lästige aber nicht zu umgehende Pflichterfüllung. In der Hütte angekommen, habe sie zunächst den gröbsten Unrat beseitigt und eine vorläufige Ordnung hergestellt, dann habe sie ihre Einkäufe auf dem Tisch ausgebreitet und zuerst in ein Stück Brot gebissen. Sie habe das Kauen auf dem Bissen Brot als überaus anstrengend und ermüdend empfunden, aber sie habe sich gezwungen, weiter zu kauen und schließlich zu schlukken, noch einen zweiten Bissen habe sie bewältigt, ein Stückchen Käse, dann noch einen dritten Bissen Brot und schließlich eine Banane und sei dann so erschöpft gewesen und habe sich derart schwer und voll gefühlt, daß sie sich habe hinlegen müssen. Sie habe sich dann eine Zeitlang, vielleicht zwei oder drei Stunden, das wisse sie nicht mehr genau, in einem fiebrigen Dämmerzustand befunden, sie habe auf kranke Weise geschwitzt, und schließlich hätten sie gräßliche Bauchschmerzen und Darmkrämpfe überkommen, es ging mir hundeelend, sagte sie.

Komm, nimm dir noch, sagte ich, denn sie war bei der Erinnerung an ihre erste Mahlzeit nach der Bewußtlosigkeit nach und nach in sich zusammengesunken und hatte aufgehört zu essen, und auf meine Aufmunterung hin richtete sie sich auf und tat einen tiefen Atemzug der Erleichterung und sah mich an und sagte, ja, und nahm sich ein Stück vom Schweizer Käse, kein Brot.

Sie nahm den Faden wieder auf und sagte, eine Woche hat es gedauert, bis ich einigermaßen wiederhergestellt war und die Verdauungsstörungen verschwunden waren, aber auch da noch und bis heute, bis jetzt hier bei dir, war mir Essen nur eine lästige Pflichtübung, ich konnte immer nur ein paar Bissen essen, egal wovon, nichts schmeckte mir mehr, auf nichts hatte ich Appetit, ich habe seitdem immer nur das Allernötigste zu mir genommen. Sie habe, sagte ich, das sei sonnenklar, viel weniger als das Allernötigste zu sich genommen, das hätte ich auf den ersten Blick schon am Kanal sofort bemerkt. Findest du mich zu dünn, fragte sie mit einem betont gespieltem koketten Augenaufschlag. Du bist entschieden zu dünn, und ich bin mir sicher, wenn du dich nicht in deinem schönen Pullover verstecken würdest, ich wäre entsetzt über den Anblick, ich würde dich hier bei mir drei Wochen festhalten und dich füttern und stopfen, bis du dich auch ohne Pullover zeigen kannst, ohne gleich die Weltgesundheitsorganisation auf den Plan zu rufen. Da stand sie auf, lupfte ihren Pullover für einen Sekundenbruchteil und setzte sich wieder. Und jetzt? fragte sie grinsend. Genau, wie ich es mir vorgestellt habe, sagte ich, das Urteil ist gefällt.

Ich schenkte ihr nach, mein Wein schmeckte ihr und er tat ihr gut, wie ich dachte, und dann fragte ich sie, wie lange sie noch auf der Steininsel geblieben, nachdem sie aufgewacht sei und wie sie die Tage bis zur Abreise zugebracht habe. Sie habe nach einer Woche, nachdem sie wieder einigermaßen zu Kräften gekommen sei, die wenigen Sachen in der Hütte, die sie ihrer Person zugeordnet habe, zusammengepackt und sei den Berg hinuntergestiegen, sie habe schnell weggehen wollen, ich wollte augenblicklich weg von da, so sie wörtlich, ich wollte dahin, wo ich hergekommen war, um die Dinge in Erfahrung zu bringen, die ich noch über mich selbst und meine Vergangenheit wissen mußte, um mich vollständig wieder zusammensetzen zu können, es fehlten noch einige Trümmerteile, die ich in dem entsetzlichen Kaff bei Bonn, das in meinen Papieren als mein Wohnort aufgeführt war, vermutete, und, vor allem, ich brauchte jemanden, der mich und meine Vergangenheit wenigstens in Bruchstücken kannte, um mich meiner Erinnerungen zu vergewissern. Den ganzen ersten Tag nach meinem Aufwachen da in der Hütte dachte ich über nichts nach, und trotz meiner schlimmen Bauchschmerzen befand ich mich noch immer in dieser Apathie der vollkommenen Gleichgültigkeit mir selbst und allem gegenüber, ich unternahm auch nichts gegen die Schmerzen, ich suchte nicht nach einem Tee, nach irgendeiner Linderung, nach Wärme oder Abkühlung, nichts davon, ich lag auf dem Bett, einem sehr bescheidenen Bett, das schlecht roch, was ich sehr wohl bemerkte, was mir aber, wie alles, gleichgültig war, und blickte teilnahmslos in der Hütte umher. Irgendwann muß ich eingeschlafen sein, jedenfalls weckte mich die Morgensonne, und ich dachte: Karl. Ich wachte mit diesem Bild von Karl auf, ich hatte ihn deutlich vor Augen, ich richtete mich in meinem Bett auf und sagte laut: Karl ist tot.

Maschas Stimme klang traurig, aber Mascha sah nicht

traurig aus, vielleicht ein bißchen wehmütig oder sehnsüchtig, nachdenklich, aber nicht wirklich traurig. Sie hatte den Kopf in ihre linke Hand gestützt, den Ellbogen auf dem Tisch, sie hatte mich während ihrer letzten Sätze nicht angesehen, sie blickte Richtung Wohnzimmertür, aber wahrscheinlich sah sie dort nicht wirklich hin, sie hatte ihren Blick wohl nach innen gerichtet.

Karl ist dein Mann, fragte ich. Sie lachte kurz und leise auf, mit Verächtlichkeit, wie mir schien, als sei das eine absurde Vorstellung und völlig abseitige Frage, nein, sagte sie, Karl war mein Kostja. Auch da verstand ich noch nichts, und jetzt ist es mir peinlich, daß ich so begriffsstutzig war, ich meine, man hätte mir keine lange Leitung vorwerfen können, wenn ich Tschechow nicht gekannt hätte, es ist keine Schande, Tschechow nicht zu kennen, man mag etwas verpaßt haben, wenn man sich in seinem Leben nie mit Tschechow beschäftigt hat, gut, aber schämen muß man sich dafür nicht, aber ich kannte Tschechow und ich kannte das fragliche Tschechowstück und trotzdem begriff ich nicht, ich war wie vernagelt, und sagte, Karl war dein Kostja, was meinst du damit, Mascha, ich habe vielleicht die Mascha gar nicht kapiert, was du über deinen Namen gesagt hast, du bist Mascha, und jetzt kommt ein Karl daher, namens Kostja, noch ein Russe, gib mir einen Tip. Ich war nur eine Mascha für ihn, keine Nina, und ich war auch sonst in allem eine Mascha, auch was meinen Mann betrifft, auch was meine Hoffnungslosigkeit und meinen Stillstand und meine ununterbrochene Trauer damals betrifft, alles Mascha, und dann, nach einer kurzen Pause, sagte sie, Tschechow, ich habe mich bei Tschechow ausgeliehen, *Die Möwe*, mein Leben scheint dieses Theaterstück zu sein, bis zu Kostjas Tod, nach dem der Vorhang fällt, nur ist bei mir der Vorhang nach Karls Tod nicht gefallen, deshalb wollte ich ihn selber herablassen, nach und nach, ohne daß ich mir darüber im klaren war, und dann, als ich schon fast vollständig innerlich abgestorben war und den Vorhang also bis auf ein kurzes Stück herabgelassen hatte, wollte ich mich in einer letzten Kraftanstrengung endgültig versenken und auflösen und bin auf die Steininsel gefahren.

Tschechow, sagte ich zu mir, natürlich, und ich muß das Wort Tschechow dabei vor mich hin gemurmelt haben, denn Mascha sagte, ja, Tschechow, das ist mir noch auf der Steininsel, am Tag vor meiner Abreise, als ich mein Gedächtnis schon zu großen Teilen wiedergefunden zu haben glaubte, auf einen Schlag aufgefallen, Tschechow!, das ist ja alles wie bei Tschechow! sagte ich plötzlich laut zu mir selbst, und ich erschrak bei diesem Gedanken zutiefst, denn ich dachte, womöglich hast du gar nicht dein eigenes Leben, deine eigene Vergangenheit wiedergefunden, du hast dir ein Theaterstück vorgenommen und dich dort ausgeliehen, einfach abgekupfert, alles ist nur eine große Illusion, ich bin verrückt, so dachte ich plötzlich, und das ängstigte mich bis zur Panik, ich mußte mir die größte Mühe geben, mich zu beruhigen, und ich befahl mir, alles, was ich bis dahin von mir selbst wiederentdeckt und ausgegraben zu haben glaubte, noch einmal Stück für Stück aufs genaueste hin zu prüfen, prüfen, ob ich für jedes mir von mir selbst zugeschriebene Erinnerungsfragment die Echtheit, sozusagen meine Urheberschaft nachweisen kann, und ich fing mit dieser Arbeit unter großen Anstrengungen an, ich machte Notizen, schrieb alles, was mir zu mir selbst eingefallen war, genau auf, versuchte, alles in der richtigen zeitlichen Abfolge zu sortieren, und nachdem ich den ganzen Tag und die darauf folgende Nacht bis zur Erschöpfung nachgedacht und nach einer Unterscheidung zwischen meiner Lebensrekonstruktion und dem Tschechowstück gesucht hatte, gab ich in der Morgendämmerung auf und sagte zu mir, das schaffst du nicht allein, du brauchst Hilfe, jemand muß dir deine Erinnerungen bestätigen, packte meine Sachen und stieg den Berg hinunter.

Sie habe, sagte sie, ihren Mann aufsuchen wollen, der ihr nicht sofort, nicht gleichzeitig mit Karl, aber doch sehr bald danach wieder eingefallen war, sie habe ohne einen Funken von Zuneigung an ihn gedacht, nicht mit Haß, aber doch mit absoluter Gleichgültigkeit. Er sei ihr in ihrer Erinnerung tatsächlich *wie der Lehrer aus dem Tschechowstück*, so ihre Worte, vorgekommen, auch sie wußte den Namen des Lehrers offenbar nicht, auch sie hatte ihn, wie ich, ganz offenkundig vergessen, kaum war der Vorhang gefallen, und auch ihre Gleichgültigkeit ihm gegenüber habe ganz und gar der Gleichgültigkeit der Tschechowschen Mascha dem Lehrer gegenüber entsprochen. Sie habe ihn aufsuchen wollen, um ihn mit ihren Erinnerungen zu konfrontieren und sie auf diese Weise zu überprüfen, ein unsinniger Gedanke, sagte sie, aber sie habe sich nicht anders zu helfen gewußt. Warum das ein unsinniger Gedanke gewesen sei, fragte ich, er erscheine mir ganz vernünftig. Als sie schließlich mühsam in dem Bonner Dorf angekommen sei, sagte sie, habe sie unverzüglich ihren Mann in dessen Haus aufgesucht, sie sagte nicht, sie sei *nach Hause* gegangen, nein, sie sagte wörtlich, habe ich sofort *meinen Mann in seinem*

Haus aufgesucht und feststellen müssen, daß er genau so war, wie ich ihn erinnerte, er war der Lehrer, er war aus dem gleichen Stück, und er würde mir nicht dabei helfen können, mein Leben von dem Tschechowstück zu unterscheiden, er war selbst ein Teil davon, er bestätigte alle meine ihm vorgetragenen Erinnerungen, und es half mir nichts, ich kam nicht aus dem Tschechowstück heraus, und so fand ich mich schließlich damit ab, und sagte zu mir, und wenn schon, dann eben Tschechow, es ist sowieso alles das gleiche Unglück, schreibt es nun Tschechow oder schreibe ich es selbst.

Jetzt habe ich einen Fehler gemacht, ich habe den Bach, den Gouldschen Bach, über den Mascha später gesprochen hatte, aufgelegt und mir die Kopfhörer übergestülpt in der Hoffnung, dann besser verstehen und wiedergeben zu können, was sie über Musik und Sprache und Denken gesagt hatte, *die Goldbergvariationen nur denken, nicht hören*, hatte sie gesagt, und ich dachte, wenn ich die Goldbergvariationen hörte, würde ich eher verstehen, wie man sie *denken* könne, aber das war ein schwerer Irrtum, der Bach hat mich völlig verunsichert, ich war schon nach wenigen Takten noch viel weiter entfernt vom Verständnis ihrer, wie sie gesagt hatte, *Gleichzeitigkeitsversuche der Sprache, des Denkens*, die zum vollständigen Stillstand ihres Denkens geführt hätten. Ich habe den Bach gleich wieder abgestellt, und er läßt mich trotzdem völlig ratlos zurück, was Maschas Ausführungen über Musik und Sprache betrifft. Sie hatte mir eine kurze Aufzeichnung, die sie vor ihrer Abreise zur Steininsel angefertigt hatte, aus dem Gedächtnis wiedergegeben, die mit Musik zu tun hatte und die, wie sie sagte, Aufschluß über die Art ihres Denkens gebe, bevor ihr Denken schließlich zum Stillstand gekommen sei. Ihr Mann habe ihr bestätigt, daß sie in den Wochen vor ihrer Abreise kaum noch und jeden Tag immer weniger gesprochen, daß sie sich nur noch mit der Niederschrift ihm völlig unverständlicher Sätze befaßt habe. Ich hatte, als Mascha mir von ihren gedanklichen und sprachlichen Selbstversuchen berichtete, noch den Eindruck, ich habe sie, wenn auch nicht durch und durch, so doch im Kern verstanden, und jetzt, nach ein paar Takten Bach, ist mir, was sie dazu gesagt hat, vollständig verschlossen.

Sie habe sich in den Monaten zwischen Karls Selbstmord und ihrer Abreise auf die Steininsel nur noch mit einem Gedanken beschäftigt, der ihr zur Obsession geworden sei, sie habe gar nicht mehr an Karl gedacht, sie habe sich gezwungen, fast ausschließlich nur noch über ihren *musikalischen Sprachgedanken*, wie sie es nannte, nachzudenken, alles andere Denken habe sie als überflüssig und quälend und zermürbend empfunden. Alles Gesprochene und also alles Denken, so habe sie damals einmal notiert, sei nichts anderes als die schwerfällige und plumpe Aneinanderreihung von Wörtern und Begriffen, und sie sei dieser Art des Denkens und Sprechens gründlich überdrüssig, dieses Denken und Sprechen führe zu nichts, dieses Denken und Sprechen verursache nur Unglück und Qual. Sie habe in ihren Papieren Sätze gegen das Denken und Sprechen gefunden, die wie Gedichte umbrochen gewesen seien, und sie gab mir ein Beispiel und sie sagte es rhythmisch auf wie ein Gedicht, vielleicht war es in ihren Papieren in dieser Weise notiert:

Die Tiefe der Wörter, nichts davon stimmt.
Suchen und Fragen, Denken und Sprechen,
das und dergleichen ist nutzlos und leer.

Und weiter habe sie notiert, sie suche nach einem von der Diktatur der stupiden Abfolge und Aneinanderreihung von Wörtern befreites Denken, sie strebe nach Parallelität und Gleichzeitigkeit im Denken, sie brauche ein Denken ohne zeitliche Ausdehnung, alles auf einmal denken in ein und demselben Augenblick, nicht mehr stupide wie ein seinen Rosenkranz herunterleiernder Betender denken, sondern wie Musik, das Überwinden der Diktatur des Schritt für Schritt, erst das eine, dann das andere, und wörtlich, ich wollte die Dinge in sich zusammenführen, in einen Akkord, ich wollte eine ganze Symphonie in einen Akkord zusammenführen, alles, alles Unglück aus der unerbittlichen Abfolge der vielen kleinen Unglücke, als welche das Leben mir vorkam, in einen einzigen vernichtenden Unglücksakkord zusammendrücken, hineinpressen, einstampfen. Und in der Musik ist das gelungen, in wirklicher Musik, die nur sich selbst meint, nicht in der sogenannten Programmmusik, die ja keine Musik ist, vertonte Forellenbäche sind ja keine Musik, vertonte Gewitterstürme, vertonte Jahreszeiten, mit der Piccoloflöte nachgeäffte Vögel, gräßlich, Kitsch ist das, keine Musik, Beethovens gründlich mißlungene sechste Symphonie ist mir ein Greuel, nein, wirkliche Musik, nehmen wir die Goldbergvariationen, natürlich die von Gould eingespielten. Wir können die Goldbergvariationen hören, und da folgt auch Ton auf Ton und sie haben eine zeitliche Ausdehnung, aber wir können die Goldbergvariationen auch *nur denken,* und sie sind plötzlich nur noch ein Klang, eine Farbe, ein Geschmack, ohne jede zeitliche Dimension. Mascha sagte, das empfinde sie auch heute noch so, sie brauche, wenn sie die Goldbergvariationen genießen wolle, die Platte nicht aufzulegen, sie brauche die Goldbergvariationen nicht zu hören, sie müsse sie nur denken, und sie seien ihr augenblicklich präsent, sie würde sie nicht etwa innerlich nachhören, sie würde nur diesen

Goldberggeschmack in sich haben, das Goldberggefühl, den Goldbergton, und tatsächlich habe sie die Goldbergvariationen schon seit Jahren nicht mehr gehört, obwohl sie ihr die wichtigste und größte Musik überhaupt seien. Sie sei in den Wochen nach Karls Tod in eine tiefe Lebensmüdigkeit verfallen, und für diese Lebensmüdigkeit habe sie die Sprache und also das Denken in Form der sklavischen Verkettung von Wörtern und Begriffen verantwortlich gemacht. Wenn sie Karls Tod nicht sprachlich gedacht, sich von dem Unglück keine Beschreibung angefertigt hätte, wäre ihr die Qual erspart geblieben, so habe sie sich gesagt, das Denken habe sie tatsächlich als Marter empfunden, sie habe versucht, sich aus dieser Sprach- und Denkzwangsjacke zu befreien, in dem sie für sich angestrebt habe, nur noch so zu denken, wie sie die Goldbergvariationen denke, frei von Begriffen, *nur noch in Denkzuständen sein, nicht mehr in Denkprozessen*, sich nicht mehr mit jedem Detail befassen, nicht mehr jeden Rasterpunkt sehen, nur noch die große gesamte Gestalt, aus großer Entfernung das ganze Bild auf einmal.

Ich habe vorhin, als ich den Fehler gemacht habe, die Goldbergvariationen aufzulegen, alles, was Mascha über die Gleichzeitigkeit der Musik, die Aufhebung der stetigen Abfolge gesagt hatte, plötzlich überhaupt nicht mehr verstanden, obwohl ich doch, als ich ihr zuhörte, dachte, ich könne nachvollziehen, was sie meinte. Ich kann die Goldbergvariationen nicht so umfassend in einem Bild sehen, in einem Ton hören und ohne zeitliche Ausdehnung *denken*, ich kann sie wahrscheinlich überhaupt nicht denken, ich kann sie nur hören. Was sie über die Qual des Denkens sagte, die Entstehung der

Qual durch die Beschreibung des Unglücks, das ist mir völlig klar, das ist einfach zu verstehen, über den Ausweg des musikalischen Denkens aber, der mir alles andere als klar ist, muß ich sie noch einmal befragen. Wenn ich nicht den Fehler gemacht hätte, Bach zu hören, wenn ich statt dessen gleich, ohne ihn erst zu hören, versucht hätte, Bach, die Goldbergvariationen, zu denken, vielleicht wäre es mir jetzt leichter gefallen, Maschas *musikalischen Sprachgedanken* zu verstehen und wiederzugeben. Vielleicht hat mir das Musikhören das Musikdenken verstellt. Ich werde Mascha dazu befragen.

Sie sagte, das dramatische Ergebnis ihrer Versuche, ihre sprachlichen Denkprozesse abzustellen und sich nur noch in Denkzustände zu versetzen, nämlich der vollständige Stillstand ihres Denkens, habe ihr die Unsinnigkeit und Gefährlichkeit ihrer Vorstellungen vom Denken ohne Sprache gezeigt, sie habe sich bewiesen, daß Denken ohne Sprache Nichtdenken sei, nicht etwa ein Denkzustand, sondern ein Nichtdenkzustand, also der Stillstand und innere Tod. Sie habe zwar nicht bewußt auf ihre innere Abtötung hingearbeitet, aber doch sehr zielstrebig und wirkungsvoll, und als sie dann auf der Steininsel angekommen sei, habe sie sich vollständig in diese Bewußtlosigkeit versenkt, ich habe mich ausgeknipst, sagte sie wörtlich, und ich hatte nicht darüber nachgedacht, wie ich mich wieder anknipsen könnte, ich hatte kein Interesse an dieser Frage. Tief hinab tauchen und nichts mehr hören, das war mein Ziel, und ich habe es erreicht.

Mascha hatte ihren Stuhl näher zum Ofen gerückt, und ich nahm das zum Zeichen, frische Briketts nachzulegen. Es sei ihr nicht kalt, sagte sie, sie genieße nur die

Wärme des Ofens auf ihrem Rücken. Ich legte trotzdem Kohlen nach, auch nebenan in meinem Studierzimmer, ich wollte es für Mascha in meiner Wohnung warm und gemütlich haben.

Ob ich mir das vorstellen könne, diesen Denkstillstand, fragte sie, und ich sagte, du wirst es nicht glauben, aber ich habe heute, bevor wir uns trafen, auf den Friedhöfen, also ganz am Anfang meiner Spaziergangsrunde über dieses Thema nachgedacht, ganz unbeabsichtigt, ich wollte eigentlich darüber nachdenken, ob man spazierengehen könnte, ohne nachzudenken, ohne überhaupt irgend etwas zu denken, und ich kam schnell zu dem Schluß, daß das auf Selbstmord durch Selbstauflösung hinauslaufe, weil das Selbst ohne Denken verschwindet wie das Leuchten einer Lampe, wenn man den Strom abstellt. Aber weil diese Frage nur eine Variante eines oft von mir gedachten Gedankens war, dem über das Bewußtsein, das Ich und das Selbst, wie ich feststellen mußte, habe ich diesen Gedanken gleich wieder verscheucht, ich hatte ihn mir für heute gar nicht vorgenommen, er hatte sich mir eigenmächtig aufgedrängt, und das hat mich geärgert. Ich habe mir dann als Ausweichthema den Glockenkirchenpfarrer vorgeknöpft, wie ich dir ja erzählt habe.

Sie würde gerne mehr erfahren über meine Gedanken über das Bewußtsein, über das Selbst, das Ich, sagte sie. Dieses Thema, sagte ich, sei der Gipfel und gleichzeitig der Endpunkt meiner wissenschaftlichen Bemühungen gewesen. Als ich endlich zu diesem Thema vorgedrungen sei und es dann anschließend systematisch durchdrungen gehabt habe, sei ich für alle wissenschaftlichen Disziplinen, die ich zuvor durchstreift hätte, und auch für alle anderen, unbrauchbar, ja untragbar geworden. Ich hätte im Lauf der vielen Jahre meiner vielfältigen Studien einen gewissen Größenwahn entwickelt, den ich bis heute nicht von mir habe abstreifen können, weil er mir nach wie vor in Wahrheit kein Wahn, sondern berechtigte Gewißheit zu sein scheine, die Gewißheit, daß die einzelnen Disziplinen, die für sich die Zuständigkeit in Sachen Bewußtsein und Erkenntnis reklamierten, jede für sich unzulänglich, ja inkompetent sei, das gelte vor allem für die Philosophen, von denen man noch am ehesten eine Erkenntnistheorie erwarten würde, aber die Philosophen an unseren Universitäten seien gar keine Philosophen, sondern nur Bestandsverwalter alter, meist völlig verstaubter Denkgebäude, sie denken nicht den geringsten eigenen Gedanken selbst, sagte ich und fuhr fort, sie käuen nur die seit Jahrzehnten und Jahrhunderten schon tausendfach vorgekauten Schriften der Denker wieder, die sie zum *philosophischen Kanon*, wie sie es nennen, rechnen. Wenn man den Philosophen mit einem neurologischen oder biologischen Argument kommt, schreien sie auf und laufen davon, und verwendet man ein solches naturwissenschaftliches Argument in einer Seminararbeit und sagt, neurophysiologisch sei eine Halluzination von einer tatsächlichen Wahrnehmung nicht zu unterscheiden, und frech fragt, wie die Erkenntnistheoretiker denn damit wohl klarkämen, bekommt man sie von dem Professor mit dem Pfuiwort *biologistisch* um die Ohren gehauen. Mascha lachte, biologistisch, ist das ein Pfuiwort? Es ist ein von den Philosophen erfundenes Pfuiwort, das dem einzigen Zweck dient, Erkenntnisse über die menschliche Erkenntnis, die nicht in ihrem staubigen Kanon vorkommen, abzuwehren und zu verhöhnen, sagte ich und weiter, es ist eine große Strafe, ein philosophisches Seminar zu besuchen, gleich welcher Richtung. Die Höchststrafe ist ein Seminar bei den Ethikern, wo immer nur ein Häufchen vorgestriger Moralapostel in Strickpullovern und Gesundheitslatschen um den Tisch herum lümmelt und die ganze Zeit Ethik und Moral miteinander verwechselt; da sagt man schnell, also, Leute, ich bin ein leidenschaftlicher Anhänger von Tierversuchen und ich befürworte die Folterung des politischen Gegners aufs entschiedenste, was sagt ihr nun?, und man kann sich schnell verabschieden. Die sich den griechischen Klassikern verschrieben haben, bringen es fertig, über zwei Jahrzehnte die Fußnageltheorie zu debattieren, die sie sich aus Platons Timaios abgekrampft haben, irgendwo in diesem platonischen Text ist in einem Nebensatz von irgendwes Fußnägeln die Rede, und weil sie sonst schon jedes Detail des armen Timaios tausendmal wiedergekäut und schließlich notdürftig verdaut und ausgeschissen haben, fallen sie jetzt für zwei Jahrzehnte über seine Fußnägel her. Gehst du in ein erkenntnistheoretisches Seminar, weil du dort am ehesten brauchbare Antworten, das Bewußtsein betreffend, erwartest, langweilst du dich zu Tode bei den immer gleichen dümmlichen Abhandlungen über immer dieselben dümmlichen amerikanischen Positivisten, die mit Büchern berühmt werden, in denen sie sich vorzustellen versuchen, wie es wäre, eine Fledermaus zu sein, es ist zum Haare raufen. Es gefiel Mascha, wie ich über die Philosophen herzog, sie saß da mit hochgezogenen Beinen auf ihrem Stuhl, ihre Knie umfassend, und lächelte mich auffordernd an. Also schwadronierte ich weiter und sagte, zu den Psychologen zu gehen, ist noch deprimierender. Die Psychologen verfügen über keine einzige Theorie, sie haben nur Ansammlungen von durchweg unhaltbaren Behauptungen und Spekulationen, Freud inbegriffen. Die Psychologie ist die mit weitem Abstand unwissenschaftlichste Disziplin, sie rangiert noch hinter der Theologie und ist mithin überhaupt keine Wissenschaft, sie ist nichts als ein Zettelkasten, vollgestopft mit esoterischen Worthülsen. Gehst du in ein psychologisches Seminar, zum Beispiel in ein entwicklungspsychologisches, um etwas über die Entstehung des Bewußtseins in Erfahrung zu bringen, wirst du mit nichts als völlig beliebigen und dazu noch nichtssagenden Experimenten und an den Haaren herbeigezogenen Schlüssen konfrontiert, daß dir schlecht wird, und wirfst du wieder deinen neurophysiologischen Lieblingseinwand in die Debatte, jagt man dich unter Beschimpfungen davon, du mögest dich doch zu den Biologen scheren. Gehst du zu den Biologen, schaut man dich nur mit großen Augen an und sagt, Erkenntnis?, Bewußtsein?, nee, das machen wir hier nicht, wir können Ihnen etwas anbieten über die Mechanik von Spinnenbeinen, und du sagst, schönen Dank, auf Wiedersehen. Gehst du schließlich zu den Kommunikationswissenschaftlern, stößt du nur auf verbitterte und verschrobene Randexistenzen, die darunter leiden, daß kein Mensch sie ernst nimmt, und die sich aus purem Trotz in die abstrusesten Theorieversuche versteigen. Legt ein berühmter Frankfurter Soziologe und Philosoph eine von ihm so genannte *Drei-Welten-Theorie* vor, macht sich ein verbiesterter Berliner Kommunikationswissenschaftsprofessor sofort ans Werk und zimmert sich eine *Vier-Welten-Theorie*, von der kein Mensch je auch nur die geringste Notiz nimmt, und er traktiert seine Studenten über Jahre und Jahrzehnte mit seinem abenteuerlichen Unsinn.

Aber im Ernst, Mascha, sagte ich, ich habe unter dieser wissenschaftlichen Heimatlosigkeit jahrelang gelitten, jetzt leide ich nicht mehr, ich habe mich damit abgefunden, aber Jahrzehnte, zwei, um genau zu sein, habe ich gesucht und studiert und Wissen gesammelt, gar nicht mehr nur an unseren armseligen Universitäten, überall, viel gelesen, viel nachgedacht, sogar einen Doktor gemacht, nur um noch halbwegs zur Familie zu gehören und mitspielen zu dürfen, und manchmal gebe ich mich meinen größenwahnsinnigen Phantasien hin und sage mir, mehr als ein halbes Leben habe ich mich darauf vorbereitet, habe eine solche Wucht an Wissen in mir angesammelt und aufgestaut, eines Tages werde ich mich mit meinen angehäuften Fähigkeiten und Einsichten und Kunstfertigkeiten ins Licht stellen und sagen, paßt auf, jetzt zeige ich euch die Kunst, jetzt konfrontiere ich euch mit meinen Schlüssen, die alle eure Wissenschaften unmöglich machen, und ihr könnt eure Universitäten schließen, und als ich gerade anheben will mit der Verkündung meiner alles übertrumpfenden Erkenntnisse, da versagt mir die Stimme, und ich stehe stumm da. Ich stehe dumm da. Immer finde ich mich in dieser Beklemmung wieder, einerseits die große, alles übergreifende Einsicht, wie es mir vorkommt, andererseits die Unfähigkeit, sie zu formulieren, sie herzugeben, einerseits der Größenwahn, wie Heisenberg mit seiner alles erklärenden Weltformel, aus der natürlich nichts geworden ist, andererseits die Unfähigkeit, präzise anzugeben, worin meine Einsicht denn nun bestünde. Groß, ja großspurig habe ich mich mir selbst immer angekündigt, verstehst du, irgendwann bald, verspreche ich mir seit Jahren immer wieder selbst, erntest du die Früchte all dieser Studien und Arbeiten und Versuche, du ziehst deine Schlüsse und trittst ins Licht und präsentierst ein gewaltiges Ergebnis: das Bewußtsein. Und jetzt habe ich meine Schlüsse längst gezogen und mein Ergebnis längst im Kopf, aber ins Licht kann ich damit nicht treten, denn je länger ich mit meinen Schlüssen und mit meinem Ergebnis herumgelaufen bin, desto mehr schrumpfte in mir alle Erkenntnis zusammen, meine Bewußtseinserklärung paßt inzwischen auf eine Postkarte, sie besteht im Grunde nur noch aus einem Satz, dazu noch aus einem höchst erklärungsbedürftigen, nur noch aus einem einzigen Satz, und damit kann ich keinen Blumentopf gewinnen, diesen Satz kann ich mir an meinen Doktorhut stecken.

Mascha hörte mir aufmerksam zu, mein selbstmitleidiger Vortrag langweilte sie nicht, und ich fuhr fort und sagte, erst war mir wohl dabei, daß sich meine Bewußtseinserklärung immer mehr vereinfachte und verkürzte, es beglückte mich sogar, und ich betrank mich an der Vorstellung, gleichsam einen Gödelschen Beweis in Sachen Bewußtsein gefunden zu haben, kurz und bündig und doch umwälzend, ich sonnte mich in meiner eingebildeten Genialität, schrieb aber nichts auf von meiner Bewußtseinserklärung, ich trug sie jahrelang im Kopf mit mir spazieren, und beobachtete von Zeit zu Zeit, wie sie wieder ein Stück kompakter geworden war, bis am Schluß nur noch ein Satz übriggeblieben ist, der keinem etwas sagen würde und der nichts wert ist, um ehrlich zu sein.

Warum ist er nichts wert, fragte Mascha. Er ist nichts wert, sagte ich, weil ich vergessen habe, wie ich auf ihn gekommen bin. Als ich mich im Besitz der Bewußtseinserklärung glaubte, verließ mich mein schon zur Gewohnheit gewordener Drang nach immer neuer Wissensbeschaffung und Wissensanhäufung schlagartig, ich war in einem Zustand größter Gelassenheit, ich stand über den Dingen, ich war am Ziel, ich hab's geschafft, sagte ich zu mir, höher kommst du nicht, höher kann man nicht kommen, wer das Bewußtsein erklären kann, kann alles erklären, keine Fragen bleiben offen, ich kann mich zurücklehnen und Bier trinken, was ich dann auch gemacht habe. Jahrelang habe ich vor mir selbst damit angegeben, ich habe die Schlüsselerklärung fürs Menschsein, für das Bewußtsein in der Tasche, und immer wieder bin ich im Geist diese Erklärung durchgegangen und habe mich an ihr ergötzt und jedesmal bin ich auf einen Satz gestoßen, den ich plötzlich für überflüssig hielt, und habe den Satz gestrichen und fand die Erklärung ohne den gestrichenen Satz noch eleganter, und immer so weiter, hier etwas gestrichen, da etwas gekürzt, bis am Schluß nur noch ein einziger Satz übrig war und ich den Weg zu diesem Satz, der für sein Verständnis natürlich unbedingt erforderlich ist, vergessen habe. Es ist alles verschüttet, unwiederbringlich, dieses Haus habe ich eigenhändig abgerissen, sagte ich.

Ob ich ihr den Satz sagen wolle, fragte sie. Sie werde nicht viel damit anfangen können, sagte ich, ich selbst würde zwar glauben, ihn zu verstehen, ich würde ihn auch nach wie vor für richtig halten, aber ich könne ihn nicht erklären, nicht herleiten, ich hätte ihn natürlich stets parat und er wäre mir immer noch sehr teuer, obwohl zu nichts nutze. Er laute: Bewußtsein ist ein fortwährender sprachlicher, rekursiver und dadurch dialogischer Prozeß der Selbstbeschreibung und also Selbsterzeugung, der in Bewußtsein, und dessen Abbruch in Tod oder Wahnsinn resultiert.

Der Satz erscheine ihr auf den ersten Blick ein wenig geschraubt, sagte sie, aber er klinge nicht dumm, und ob sie sich den Satz notieren dürfe, fragte sie, sie könne ihn jetzt, so schnell von mir dahingesagt, nicht erschließen, sie wolle später genau über ihn nachdenken, und ich sagte, ich schreib' ihn dir auf, ich schreib' dir alles auf. Trotzdem bestand sie darauf, den Satz jetzt sofort und eigenhändig aufzuschreiben, und ich gab ihr Stift und Kneipenzettelblock und diktierte ihr den nutzlosen Satz, wie von ihr verlangt, langsam und klar. Sie verstaute den Zettel in der Hosentasche. Der Satz klinge nicht nur geschraubt, sagte ich, er sei es auch, das sei das Resultat der beständigen Beschneidungen, denen ich meine ursprüngliche Bewußtseinserklärung unterzogen hätte, es sei eines meiner schlimmsten Laster, daß ich aus perverser Eitelkeit alles immer noch eleganter, noch kompakter, noch dichter und kürzer und immer noch knapper formulieren wolle, bis ich am Schluß alles bis zur Unkenntlichkeit zurechtgestutzt hätte. Ich habe einen krankhaften Hang zur höchstmöglichen Dichte wissenschaftlicher Formulierungen, sagte ich, und ich verdichte meine wissenschaftlichen Formulierungen meistens über die kritische Schwelle hinaus, so daß sie in sich kollabieren und nur noch ein kleines schwarzes Loch sind und von niemandem mehr verstanden werden können, auch nicht von mir selbst. Das sei ein Spätschaden, den ich mir bei meiner mehrjährigen Beschäftigung mit der Programmierung von Maschinen zugezogen hätte. Wenn man ein kompliziertes Maschinenprogramm geschrieben habe, mit Hunderten und Tausenden von Zeilen, würde man als ambitionierter Programmierer sofort daran gehen zu versuchen, alles kompakter und knapper, und, wie die Programmierer gerne sagten, *eleganter* zu formulieren, und es sei ein wahres Glücksgefühl, wenn es einem gelinge, einen zwar funktionsfähigen, aber seitenlangen linearen Code in eine Anzahl schöner kurzer rekursiver Funktion einzudampfen, das sei wie ein Rausch, sagte ich, und diesem Laster hätte ich mich ohne Not über viele Jahre hingegeben, bis es mich plötzlich, von einem Tag auf den anderen, zutiefst gelangweilt hätte.

Was genau eine rekursive Funktion sei, wollte Mascha wissen. Eine rekursive Funktion, sagte ich, ist eine Funktion, die sich selbst aufruft, die sich also selbst braucht, um zu funktionieren. Eine Rekursion ist auf sich selbst gestellt und ist sich selbst genug, das ist das Faszinierende, und wenn einem die erste wirklich schwierige rekursive Funktionsdefinition gelungen ist, denkt man, man könne bald die ganze Welt rekursiv definieren und alles erklärt sich aus sich selbst heraus in nur einem einzigen Satz. Für mich waren die rekursiven Funktionen pures Gift, ich bin ihnen sofort verfallen und lange Jahre nicht mehr von ihnen losgekommen, ganze Tage und Nächte habe ich ausschließlich mit schwierigen rekursiven Definitionen verbracht, und wenn ich sie schließlich gefunden hatte, bin ich buchstäblich mit ihnen ins Bett gegangen, ich habe sie mir aufgeschrieben und neben mich ins Bett gelegt, um sie bei mir zu haben gleich am nächsten Morgen. Und wenn ich mal eine ganz vertrackte Aufgabe, die ich unbedingt rekursiv lösen wollte, über viele Tage und Nächte nicht rekursiv lösen konnte, obwohl ich wußte, daß man sie rekursiv lösen kann, hat sie mir Alpträume verursacht, ich habe teuflische Endlosrekursionen geträumt, die sich in meinen Körper hineingeschraubt haben, in meine Muskeln, ich bin tatsächlich mit Muskelkrämpfen in den Armen aufgewacht, da hinein habe ich die Endlosschleifen geträumt, es war grauenhaft, aber wenn ich das Problem dann doch noch gelöst habe, und das ist mir letztlich immer gelungen, badete ich mich in einem unbeschreiblichen Triumph, hab' ich dich! rief ich dann immer wieder, hab' ich dich!, sehr kindisch. Die Spätschäden, die mir die rekursiven Funktionen beschert haben, sind Schuld daran, daß ich meine Bewußtseinserklärung bis zur Unkenntlichkeit verstümmelt habe, sagte ich, ich wollte auf Teufel komm raus aus meiner Bewußtseinserklärung eine Bewußtseinsformel machen, selbstverständlich eine rekursive, und es ist keine Überraschung, daß in dem einen kümmerlichen Restsatz, der nach all den Amputationen übriggeblieben ist, das Wort *rekursiv* vorkommt. Schuld am Verlust meiner Bewußtseinserklärung ist die Maschinenprogrammierung, mit der ich mich nicht so ausgiebig hätte befassen sollen.

Dieser informatisch bedingte Verdichtungswahn, sagte Mascha, sei ja vielleicht verwandt mit ihrem Musikalisierungswahn, es käme ihr jedenfalls sehr vertraut vor, was ich sagte. Sie verfüge zwar über keinerlei mathematische, geschweige denn informatische Kenntnisse, aber vielleicht seien mein Hang zur größtmöglichen Verdichtung und ihr damaliges Sehnen nach vollständiger Einstellung des sprachlichen Denkens doch vergleichbar, ich sei über mein Ziel hinausgeschossen, indem ich meine Gedanken über das Bewußtsein so radikal und über alle Maßen weggekürzt und weggeschnitten, sie, indem sie sich selbst weggekürzt und weggeschnitten hätte, ich hätte nur meine Beschreibung von Bewußtsein kaputtgemacht, sie hätte gleich ihr Bewußtsein selbst kaputtgemacht, so komme es ihr vor.

Ja, sagte ich, das sei möglich, ich hätte auch nie mit meinem eigenen Bewußtsein experimentiert, wenn ich mich mit einer wissenschaftlichen Bewußtseinsuntersuchung beschäftigt hätte, ich hätte immer nur mit Beschreibungen hantiert, nie mit mir selbst. Trotzdem habe ich weit mehr zerstört, als nur meine Bewußtseinserklärung, sagte ich, ich habe mich, angestachelt durch meinen Höhenrausch, in den ich mich durch die Beschäftigung mit dem Bewußtsein hineingesteigert habe, ins wissenschaftliche Abseits gestellt, ich habe mich gegen alles gestellt, gegen jede Wissenschaft, ich wollte eine eigene Wissenschaft, größer als alle und alle anderen umfassend, ich verweigerte die Anerkennung der alten Spielregeln des Wissenschaftsbetriebs, und so mußte man mich vom Platz stellen. Man erlaube mir jetzt an den Universitäten nur noch langweilige, sogenannte Grundlagenkurse, in denen ich den Studenten die Logik und das Notwendigste aus der Mathematik beibringen solle, an Höheres ließe man mich nicht mehr heran, von der Erkenntnistheorie hielte man mich fern, sagte ich und weiter, ich habe mir den wissenschaftlichen Beruf unmöglich gemacht und jetzt sitze ich dumm in meinem Taxi und denke mir nichtsnutzige Filmszenen aus.

Wie ich mir die Wissenschaften unmöglich gemacht,

indem ich mich über sie gestellt hätte und damit aus ihnen ausgetreten wäre, sagte Mascha, so habe sie sich ihren Beruf unmöglich gemacht, indem sie seinen Gegenstand, das Theater und die Literatur, nicht mehr akzeptiert hätte, jedenfalls nicht mehr in der Weise, wie man es von einer Kritikerin erwarte. Sie habe sich im Lauf der letzten Jahre nach und nach vom Theater, von der Literatur immer mehr entfernt, sie sei immer strenger und ungeduldiger geworden, sie habe immer vernichtender über die von ihr zu besprechenden Theaterstücke und Bücher geurteilt, bis sie sich schließlich in den Monaten nach Karls Tod in eine Radikalität verrannt habe, die sie für den Beruf einer Kritikerin gänzlich unbrauchbar gemacht habe. Während der Woche, die sie nach ihrer Rückkehr von der Steininsel bei ihrem Mann verbracht habe, sei sie bei der Durchsicht ihrer Unterlagen auf ihre letzte Theaterkritik gestoßen, und diese Kritik habe sich mit Tschechows *Die Möwe* befaßt, was sie aufs neue darin bestärkt habe, daß sie verrückt geworden sei und ihr Leben mit einem Theaterstück verwechsele. Die Tschechowkritik sei der Endpunkt ihrer Arbeit als Kritikerin gewesen. Sie habe darin von der unendlichen Langeweile gesprochen, die von solchen Theateraufführungen ausgehe, selbst Tschechow könne daran nichts ändern, habe sie geschrieben, und sie sei soweit gegangen zu fordern, die städtischen und staatlichen Theater samt und sonders zu schließen und das auf diese Weise gesparte Geld anderweitig zu verprassen. Einen bitterbösen Spaß habe ich mir aus der Kritik gemacht, sagte sie wörtlich, ich weiß nicht, ob ich bei der Abfassung der Kritik gelacht habe, ich glaube, eher nicht, aber als ich sie neulich da bei meinem Mann gelesen habe, mußte ich schon lachen, jetzt fand ich lustig, was ich da von mir gegeben hatte, selbst die besten Theaterstücke, schrieb ich, seien irgendwann nicht mehr zu ertragen, jeder kenne das Tschechowstück, es gebe nicht den geringsten Anlaß, es noch einmal auf die Bühne zu bringen, es würde völlig ausreichen, die Programmheftchen zu drucken, dann könne man sich informieren, welches der immer gleichen Ensembles, von welchem der sattsam bekannten Regisseure angeleitet, das uns seit vielen Jahrzehnten wohlbekannte Stück zur Aufführung bringen wolle, dann wüßte man schon alles und könnte sich den Theaterbesuch sparen, so wie es die Autorin, also ich, selbstverständlich auch gemacht habe, und so könne sich das Theater auch die Aufführung sparen, nur die Programmheftchen verkaufen, fertig, und dasselbe gelte im übrigen für alle anderen geplanten Aufführungen und alle anderen Theater, man solle nichts mehr aufführen, nur noch sagen, was man mit welcher Besetzung aufführen wolle, das würde völlig ausreichen, und man könnte die städtischen Bühnen schließen und sich mit dem gesparten Geld einen schönen Tag machen.

Eine lustige Kritik, sagte ich, und eine wahre dazu. Was ihre Zeitung dazu gesagt habe, fragte ich sie. Das sei das Ende gewesen, sagte sie, man habe keine Theaterkritiken mehr bei ihr in Auftrag gegeben, und wenig später habe sie sich dazu auch noch ihre Literaturkritiken auf eine ähnliche, wenn auch nicht ganz so drastische Weise zerstört, unbeabsichtigt, es sei ungerecht von der Zeitung gewesen, nichts mehr von ihr anzunehmen, sie habe die Literatur nicht in Bausch und Bogen, wie zuvor das Theater, für verzichtbar erklärt, sie habe sich nur ein paar deutliche Worte gegen schiefe Bilder erlaubt.

Ich bat Mascha um Einzelheiten, ihre Theaterkritik hatte mir schon sehr gut gefallen, jetzt wollte ich unbedingt etwas über ihre letzten Buchbesprechungen erfahren, und sie tat mir den Gefallen und fuhr fort. Ihre letzte Buchbesprechung habe den endgültigen Bruch mit dem Kulturredakteur ausgelöst, sagte sie, sie habe in dieser Kritik geschrieben, daß es ihr unmöglich gewesen sei, das zu besprechende Buch zu lesen, alles habe sich in ihr gesträubt, dieses Buch noch einmal aufzuschlagen, nachdem sie es zuerst willkürlich irgendwo in der Mitte aufgeschlagen gehabt hätte, wie es mit jedem neuen Buch so ihre Gewohnheit sei, einfach erst mal irgendeine beliebige Seite aufschlagen und ein paar Zeilen lesen, so habe sie es auch mit dem Buch dieses österreichischen, sagte sie, glaube ich, Schriftstellers getan und sei dabei auf eine Stelle gestoßen, die es ihr unmöglich gemacht habe, auch nur eine weitere Zeile in dem Buch zu lesen, sie habe es sofort zuklappen und in den Müll werfen müssen, sie habe es noch nicht einmal auf ihren Altpapierstapel legen können, es habe sofort verschwinden müssen und sei deshalb in den normalen Hausmüll gewandert, und nur über diese eine, ihr unerträgliche Stelle habe sie geschrieben, Zeile um Zeile habe sie sich über diese Stelle ereifert, bis die von ihr erwarteten zwei Spalten gefüllt gewesen seien. Ein greulich schiefes Bild, eine unglaublich stümperhafte Beschreibung sei der Inhalt dieser von ihr zufällig ausgewählten Stelle gewesen, so stümperhaft, daß sich einem die Fußnägel aufrollten, sagte sie, und sie hätte den Gedanken, noch mehr solcher haarsträubend schlechten

Beschreibungen lesen zu müssen, nicht ertragen, weshalb sie sich des Buches sofort habe entledigen müssen. Sie habe die fragliche Stelle, die ihr, wie sie sagte, Übelkeit verursachte, zum Gegenstand einer ätzenden Polemik gemacht, statt einer seriösen Buchbesprechung habe sie ein höhnisches und von giftigem Spott nur so triefendes Traktat abgeliefert, und das sei das Ende ihrer Verbindung mit dem Kulturredakteur gewesen.

Ein schiefes Bild, eine falsche Metapher, eine stümperhafte Beschreibung, sagte ich, da hast du recht, das darf man niemandem durchgehen lassen, so etwas möchte man nicht lesen. Eben, sagte sie, und stell dir vor, der Schriftsteller hatte nur eine ganz schlichte Sache zu beschreiben gehabt, er wollte, daß irgendein Segelschiff, vielleicht ein Piratenschiff, rote Segel hat, und er ist an dieser leichtesten aller Aufgaben kläglich gescheitert, indem er nicht einfach *rote Segel* gesagt hat, sondern, die Segel seien *rot wie blutige Schlachtgewänder* gewesen, also rot wie die Schürze eines Schlachters, wo doch jedes Kind weiß, daß Schlachterschürzen weiß sind, sie bestehen aus weißem Gummi, und nach Schichtende spritzt der Schlachter seine Schürze mit Wasser ab und entfernt die Spuren seines Tagewerks. Das Schiff hatte also keine roten, sondern ganz gewöhnliche weiße Segel mit ein paar roten Spritzern und Flecken. Das habe sie in ihrer Kolumne ausführlich dargelegt und geschrieben, der Schriftsteller hätte, wenn es denn unbedingt rote Segel hätten sein müssen, was für sich ja schon reichlich kapriziös sei, einfach *rote Segel* sagen können, hellrot oder dunkelrot, je nach Belieben, von ihr aus auch blutrot, wenn er das Schiff auf Teufel komm raus mit Blut in Zusammenhang habe bringen wollen, ein Piratenschiff, ein altertümliches Kriegsschiff, wer weiß, er hätte, wollte er doch anscheinend unbedingt eine Textilie, er sprach ja nicht von Schlachterschürze, sondern von Schlachtgewändern, möglichst eine blutgetränkte Textilie als Referenz für seine roten Segel haben, Tücher erwähnen können, die bei einer mißglückten Herzoperation im Spiel waren, er hätte dann allerdings sagen müssen, Tücher aus einem Krankenhaus, das nicht, wie sonst üblich, grüne, sondern weiße Tücher im Operationssaal verwendet, vielleicht aus religiösen Gründen, er hätte sich auch für das Laken eines im Bett Hingemordeten entscheiden können, die Kehle hat man dem Unglückseligen durchschnitten, und das Blut sprudelte und spritzte nur so aus dem offenen Hals, und schwupps! hat man ein blutgetränktes Wäschestück, er hätte natürlich auch seinen Landsmann Otto Mühl befragen können und sagen, rot wie die Gewänder eines Wiener Aktionskünstlers aus den frühen siebziger Jahren, der sich eine warme Blutdusche genehmigen möchte, sich unter das an den Hinterbeinen aufgehängte, zappelnde Rind stellt, mit geübtem Schwung dessen Halsschlagader öffnet, und sich unter dem pulsierenden Blutstrom wohlig räkelt, wobei er vergessen hat, zuvor seine Toga auszuziehen, und so rot wie diese Toga nach der Blutdusche des Wiener Aktionskünstlers waren die Segel des fraglichen Schiffs, solche Sachen habe sie in ihre Kritik geschrieben und dann gesagt, es wäre doch für den Schriftsteller am einfachsten gewesen, auf all die langatmigen Umschreibungen zu verzichten, er hätte sich mit einem schlichten roten Segel begnügen sollen, dann wäre es der Rezensentin auch möglich gewesen, das Buch zu lesen, so aber sei ihr das durch die blutigen

Schlachtgewänder verwehrt worden, das würde wohl jedem klar sein.

Das ist klar, sagte ich.

Ich hätte diese Kolumne ums Leben gern gelesen, sagte ich, das klinge alles sehr lustig und unterhaltsam. Ja, sagte sie, sie hätte auch großen Spaß dabei gehabt, denke sie, sie könne sich das gut vorstellen, es sei ihr wohl eine erfrischende Wohltat gewesen, auf diesen österreichischen Schriftsteller mit seinen Schlachtgewändern einzuschlagen, obwohl sie ihn gar nicht kenne und nichts von ihm gelesen habe, vielleicht sei er ja sonst sogar ein ganz guter Schriftsteller, das sei durchaus möglich, und sie sei offensichtlich so in Fahrt gewesen, daß sie noch eine zweite Buchbesprechung, die der Redakteur gar nicht verlangt gehabt, angefertigt und mit einer ähnlichen Polemik angefüllt habe, sie habe nämlich kurz zuvor das Buch eines weltberühmten portugiesischen Schriftstellers aufgeschlagen und gleich wieder zugeschlagen, weil der Dichter darin sein verknittertes, zerschlafenes Laken als Ozean bezeichnet habe, das ist doch nicht auszuhalten, sagte sie. Nein, sagte ich, dieser Vergleich ist schon unter olfaktorischen Aspekten unzulässig. Da lachte sie und sagte, genau, stell dir doch nur vor, der portugiesische Schriftsteller wacht nach einer schwülen Lissabonner Sommernacht verschwitzt auf, wickelt sich aus seinen klebrig feuchten, miefigen Laken, setzt sich auf die Bettkante, betrachtet sein zerwühltes Nachtlager und sagt, der Ozean meines Lakens. Das ist natürlich völlig indiskutabel, bestätigte ich, und auf gar keinen Fall können wir einem Portugiesen, einem Angehörigen des Volkes der weltbesten Ozeanspezialisten, ein solch verleumderisches Bild, den Ozean betreffend, erlauben. Aber vielleicht, fuhr ich fort, wollte der portugiesische Schriftsteller mit diesem mißglückten Vergleich ja weder auf die Ausdünstungen seiner Bettwäsche, noch auf die Unordnung des ganzen Arrangements anspielen, sondern auf die gewaltigen Ausmaße seiner Bettstatt. Vielleicht hat der Mann ein unglaublich großes Bett. Gut, sagte sie, das habe sie in ihrer Kolumne auch erwogen, sie habe geschrieben, wenn der Dichter mit dem Ozeanvergleich die Größe seines Bettes andeuten wolle, dann sei dem erstens entgegenzuhalten, daß solche maßlosen Übertreibungen nicht mehr lustig sind, und es zweitens doch viel anschaulicher gewesen wäre, wenn er zum Beispiel gesagt hätte, daß er ein Bett habe, in dem sieben ausgewachsene Basketballspieler bequem Platz fänden oder die deutsche Bischofskonferenz oder das portugiesische Kabinett oder die komplette B-Jugend von Sporting Lissabon, weiß der Kuckuck, oder er hätte sagen können, mein Bett ist so groß wie ein hochherrschaftlicher Salon im Palast des Tyrannen Salazar, so groß wie eine Zirkusarena, eine Stierkampfarena, so breit wie die Tejobrücke und so lang wie der Lissabonner Bahnhof, riesig, ich habe ein unvorstellbar riesiges Bett, ein Titanenbett, solche Beispiele habe sie gegeben und dann geschrieben, das beste wäre es aber doch wohl gewesen, er hätte uns einfach kühl und sachlich die Maße seines Bettes mitgeteilt, wenn er denn der Auffassung ist, der Welt dürfe die Größe seines Bettes nicht verschwiegen werden, er hätte sagen sollen, mein Bett mißt fünf auf zehn Meter, dann hätte er allen Mißverständnissen wirksam vorgebeugt. Das schlimmste bei der ganzen Angelegenheit ist doch, fuhr sie fort, daß verunglückte Vergleiche wie der Ozeanvergleich gemeinhin als Poesie verkauft werden, was für eine bildhafte, naturnahe, phantasievolle Sprache hat dieser Dichter, rufen die Leute entzückt aus, dabei handelt es sich doch klarerweise um die schlampigste, verwaschenste, ungenaueste Sprache, die sich denken läßt, völlig verquast, und der portugiesische Schriftsteller mag sich gedacht haben, egal, in Portugal, wo man mir den Ozeanvergleich niemals durchgehen lassen würde, wird es niemand bemerken, schließlich lesen die Portugiesen kaum, der Durchschnittsportugiese besitzt nullkommadrei Bücher, das, übrigens, hatte der portugiesische Schriftsteller selbst einmal in einem Interview gesagt, fügte sie ein, und die Franzosen und die Deutschen, die so verrückt nach meinen Büchern sind, werden sagen, ach, diese Portugiesen, was für eine Poesie in ihrer Liebe zum Meer.

Mascha gefiel mir sehr, wie sie da leidenschaftlich von ihrer Literaturkritik erzählte, wie sie sich ereiferte und über die Schlampereien der Schriftsteller schimpfte, ihr früheres Leben war ihr eben nicht völlig gleichgültig, es ist nicht alles weit weg und verloren, wie sie noch am Kanal gesagt hatte, da war noch soviel Lust an ihrer Literaturbeschäftigung, an ihrer Arbeit, das freute mich, und ich fand, sie hatte in allem recht, und sagte, es ist eine Schande, daß diese bornierte Zeitung deine Rezensionen abgelehnt hat, du solltest sie anderen, moderneren, seriöseren Zeitungen anbieten, wenn ich eine Zeitung hätte, ich würde deine Schmähschriften auf der Titelseite bringen, in jeder Ausgabe wärst du vorne drauf, und die Leser würden begeistert sein, es würde sich im ganzen Land wie ein Lauffeuer verbreiten, daß, endlich, eine sachkundige Kritikerin die Bühne betreten hat, die schonungslos mit allem Kitsch und aller schlampiger und stümperhafter Schreiberei ins Gericht geht, daß es eine Freude ist, und gleichzeitig rühmt unsere Heldin die wenigen klaren, schönen, geistvollen, lustigen Bücher, die man von Zeit zu Zeit doch noch findet, hoffe ich. Sie lachte und sagte, sicher, ich bin doch ein freundlicher Mensch. Ja, das bist du, Mascha, denke ich jetzt hier in der Nacht an meinem Tisch. Ich werde diesen Bericht über den Tag unserer Begegnung so klar und vollständig und präzise schreiben, wie es mir irgend möglich ist, das habe ich dir versprochen, und dann bitte ich dich um deine vorbehaltlose, ja schonungslose Kritik, ich muß mir also die größte Mühe geben.

Ich denke, sagte sie, meine übertriebene, ja fanatische Ablehnung ungenauer, unklarer sprachlicher Bilder war die Folge meines allgemeinen Widerwillens gegen Sprache überhaupt, in dieser Zeit, als ich von dem Gedanken besessen war, mein Denken und Sprechen stillzulegen, nicht mehr in Wörtern und Sätzen zu denken, und wenn mir dann ein Text untergekommen ist, der die vorgebliche Schönheit der Sprache herausgekehrt hat und mit blumigen Wörtern so tat, als sei es schön, wortreiche Beschreibungen einfacher Sachverhalte zu geben, dann habe ich das als persönlichen Angriff auf meine Sprachvermeidungsabsicht empfunden und um mich geschlagen. Ich wollte die Sprache auf das Allernotwendigste reduzieren, und da kommt ein Dichter, ein Schriftsteller daher und macht extra viele, wie mir damals schien, überflüssige Wörter und Sätze, die naturgemäß an der Sache, die er beschreiben will, vorbeigehen. Ich denke, sagte sie, ich war der Auffassung, daß die Aneinanderreihung von Wörtern nichts als eine

Notlösung ist, und daß es vernünftig ist zu verlangen, dieses Mittel nur insoweit anzuwenden, als es unbedingt erforderlich ist. Sie wisse jetzt, fuhr sie fort, daß sie damals in ihrem Furor weit über das Ziel hinaus geschossen sei, sie habe eine Reduktion von Sprache gefordert, die das Denken unmöglich mache, wie sie an sich selbst habe feststellen können, sie habe erst sich selbst und dann auch den Schriftstellern und allen anderen das Beschreiben verbieten wollen, weil die Unglücke und Qualen doch immer erst durch ihre Beschreibungen zu Unglücken und Qualen würden, so habe sie es damals jedenfalls empfunden, und wenn man die Unglücke nicht mehr beschriebe, dann würde man von ihnen verschont bleiben.

Sie habe übrigens selbst noch während unseres Spaziergangs ein Bild, ja eine Allegorie gebraucht, sagte ich, eine sehr stimmige und schöne, wie ich fände, das Haus für das Leben, die Lebenstrümmer, und fragte, ob sie sich denn in ihrer sprachempfindlichen Zeit dieses Bild würde haben durchgehen lassen. Sie lachte und sagte, sehr aufmerksam, und dann, sie sei sich nicht sicher, sie hätte wahrscheinlich nicht hinhören mögen, sie hätte wahrscheinlich gesagt, was soll das salbungsvolle Gerede, sagen wir doch klipp und klar, das Leben ist nichts als eine Verkettung von Unglücken, und es hat keinen Sinn, sich etwas vorzumachen, wenn wir am Boden liegen, sollten wir liegenbleiben und keinen sinnlosen Widerstand leisten, nicht aufstehen. Du bist aber noch einmal aufgestanden, sagte ich, und siehst du, es hat sich gelohnt. Ja, es hat sich gelohnt, ich bedauere es nicht und ich schäme mich auch nicht für mein Lebenstrümmerbild, ich baue ja schon die ganze Zeit.

Und dann, wir waren einen Moment schweigend an unserem Tisch gesessen, sagte sie plötzlich, stimmt es denn, daß Halluzinationen neurophysiologisch nicht von tatsächlichen Wahrnehmungen unterschieden werden können? Ja, sagte ich, das habe ich bei den Neurophysiologen gelernt, wenn du etwas halluzinierst, zeigt dein Nervensystem genau die gleichen Zustände, die es aufweist, wenn du das gleiche Bild, den gleichen Eindruck tatsächlich wahrnimmst, aus der Sicht des Nervensystems sind Halluzinationen und Wahrnehmungen dasselbe. Und nur um sie zu ärgern, rücke ich immer wieder bei den Philosophen und bei den Psychologen damit an, sie finden darauf keine Antworten in ihren Zettelkästen, es paßt nicht zu ihren naiven Vorstellungen von der menschlichen Erkenntnis, und ich reite auch deshalb so gerne darauf herum, weil es mich selbst zutiefst beunruhigt, ich sage mir immer wieder, selbst der geschickteste Neurophysiologe könnte mit all seinen ausgefeilten Apparaturen nicht feststellen, ob das, was sich alles an Merkwürdigkeiten in meinem Kopf abspielt, nur eingebildet und von mir halluziniert oder doch wirklich von mir erlebt ist. Das macht mir manchmal Angst, sagte ich.

Sie überlegte kurz, dann sagte sie, mir macht das keine Angst, vielleicht hätte es mich früher beunruhigt, jetzt nicht mehr, es ist doch gleich, wo sich das Leben abspielt, ob nur im Kopf und alles nur halluziniert oder tatsächlich und wirklich, wenn es doch für uns selbst sowieso nicht zu unterscheiden ist, Hauptsache, es gefällt uns.

Das stimmt, sagte ich, eigentlich muß man es so sehen, Hauptsache, es gefällt uns.

Heft VI

Was für ein kalter und gefühlstoter Mensch muß Maschas Mann doch sein, daß er so wenig Anteilnahme an ihrer lebensbedrohlichen Krise gezeigt hat, denke ich jetzt hier an meinem Wohnzimmertisch, wenn sie ihn auch nicht liebt, nie geliebt hat, es wäre doch seine Pflicht gewesen, alles zu versuchen, sie vor diesem Abgrund zu retten, sie ins Leben zurückzuholen, und sei es gegen ihren Willen, er aber hat mit der größten Gleichgültigkeit zugesehen, wie sie mehr und mehr in sich versank. Ein Verbrechen, denke ich, diesen ja eigentlich doch so lebendigen und lebensfrohen Menschen einfach aufzugeben und sich selbst zu überlassen, wie er langsam vom Treibsand verschlungen wird. Sie schläft nebenan in meinem Studierzimmer, und meine Wohnung ist erfüllt von ihrem Atem, ihrem Herzschlag. Mascha bei sich zu haben, ist ein großes Glück, und es will mir nicht in den Kopf, wie dieser Mann es so untätig zulassen und hinnehmen konnte, sie zu verlieren, erst dort in seinem Bonner Dorf, wie sie sich neben ihm in seinem Haus und vor seinen Augen Stück für Stück selbst verlor, dann endgültig, als sie auf die Steininsel verschwand, von der er nichts hören wollte, für die er sich nicht interessierte. Sie hätte ihre Reisevorbereitung nicht vor ihm verborgen, er hätte sie aber nicht nach ihren Plänen befragt, er hätte sie schon seit Monaten und Jahren gar nichts mehr gefragt, jedenfalls nichts von Bedeutung, und das wäre ihr auch ganz recht gewesen, auch sie hätte ihn schon längst nichts mehr gefragt, was auch, er wäre ihr schon lange fremd gewesen und hätte sie nur noch abgestoßen, was sich in den Monaten nach Karls Tod bis zur Unerträglichkeit gesteigert hätte, ihr wäre gar nichts anderes übriggeblieben, als ihre Sachen zu packen und zu verschwinden, hatte sie mir während unseres ausgedehnten Abendessens gesagt. Wenn ich bedenke, was sie mir heute abend über ihren Mann und ihre Haltung ihm gegenüber ausgeführt hat, denke ich jetzt, muß ich zugeben, er hätte es sicher nicht leicht gehabt, sich Mascha noch einmal zu nähern, er hätte mit äußerster Behutsamkeit vorgehen müssen, er hätte versuchen müssen, sie zu trösten, sie aufzuheitern, ihr vielleicht eine lustige Geschichte erzählen, Mascha lacht doch so gerne, aber vielleicht weiß er keine lustigen Geschichten, nein, er weiß mit Sicherheit keine lustigen Geschichten, und vielleicht hätte das alles auch gar nichts genützt, und Mascha hätte ihn nicht das winzigste Stückchen an sich herankommen lassen, das kann sein, aber er hätte es doch wenigstens versuchen müssen. Aber ich habe leicht reden, ich habe gar nichts tun müssen, Mascha war an mich herangetreten, ohne mein Zutun habe ich sie bekommen, er hätte sich mühen und plagen müssen, aber er hat sich nicht gemüht und nicht geplagt, nichts hat er getan, keinen Finger hat er krumm gemacht, und das werfe ich ihm vor, um ihretwillen. Wäre er jetzt hier, stelle ich mir vor, würde ich ihm eine gesalzene Strafpredigt halten, ich würde ihm Vorhaltungen machen noch und noch, von Gefühlskälte und Gewissenlosigkeit würde ich ihm sprechen, innere Verwahrlosung und übelste Verkommenheit würde ich ihm vorwerfen, ich würde ihm für den nächsten Augenblick eine tüchtige Tracht Prügel und für den nächsten Tag eine Anzeige wegen unterlassener Hilfeleistung in Aussicht stellen, dann würde ich ihn die Treppe hinunterwerfen und ihn unten auf der Straße verprügeln bis Blut kommt, dabei habe ich noch nie einen Menschen verprügelt, ein Tier ja, einen Hund habe ich einmal verprügelt, aber einen Menschen noch nie, und das werde ich auch nie tun, von Maschas Mann einmal abgesehen, der sich auf etwas gefaßt machen kann. Und während jetzt um mich herum alles doch so friedlich ist, hier in meinem schlafenden Haus, stelle ich mir vor, wie ich in sein tristes Ministerium gehe, das er selbst, wie Mascha mir beim Abendessen erzählt hatte, in seinen frühen, noch lebendigeren Ministeriumsjahren einmal als Saustall, später dann sogar als Augiasstall bezeichnet hatte, in sein Büro platze, ihn am Kragen packe und hinausschleife, ihn durch die Gänge prügle und ihn unter schweren Hieben und Tritten und Beschimpfungen in das Büro des Ministers treibe, ihn dem Minister vor die Füße werfe und sage, Herr Minister, dieser verkommene Mensch hier hat seine Frau, meine Mascha, sehenden Auges in den Abgrund laufen lassen, er muß bestraft werden, aber ich sollte meine Zeit nicht weiter mit solch unnützen Phantasien vergeuden, so verführerisch sie mir auch sind, wie verlockend ist zum Beispiel der Gedanke, Maschas Mann in seinem Bonner Haus aufzusuchen und ihm dort erst die Möbel geradezurücken, wie man so schön sagt, ihm dann seine Tracht Prügel zu verabreichen, um ihn anschließend darüber aufzuklären, daß wir in Berlin nicht mit Wattebällchen werfen, er möge sich vorsehen, die bevorstehende Verlegung seiner Behörde nach Berlin sei für ihn durchaus mit Gefahren verbunden, aber Schluß jetzt, ich muß in dieser Nacht, und sie ist schon halb verstrichen, mit meinen Aufzeichnungen fertig werden, ich habe es versprochen. Ich werde Mascha sagen, wenn sie in meinen Notizen auf Bemerkungen stoße, die nichts mit unserer Begegnung und auch nichts mit meinem Spaziergang vor unserer Begegnung zu tun haben, wenn sie zum Beispiel auf Bosheiten gegen ihren Mann stoße, die im wesentlichen körperliche Gewalt zum Gegenstand hätten, Szenarien etwa, in denen ich ihren Mann unter erbarmungslosen Mißhandlungen erst durch sein Bonner Dorf und dann nach Bonn auf den Marktplatz treibe, ihn dort an den Pranger stelle und in einer flammenden Rede die lieben Mitbürgerinnen und Mitbürger kanzlermäßig auffordere, diesen Mann ob seiner Gewissenlosigkeit nach Belieben abzustrafen, so solle sie es mir nachsehen, es sei dem Alkohol geschuldet, das werde ich als Entschuldigung anführen, so werde ich es machen, denke ich und trinke weiter meinen Wein.

Wir hatten uns unsere jeweiligen beruflichen Sackgassen berichtet, sie mir ihre Feuilletonverunmöglichung, ich ihr meine Wissenschaftsverunmöglichung, von der ich denke, daß sie unwiderruflich ist, während Mascha, ich werde sie darin bestärken, ihre Literaturarbeit wieder aufnehmen wird, vielleicht nicht ihre Theaterarbeit, aber Literaturkritiken muß sie wieder schreiben, das hatte ich ihr gesagt, so gute Kritiken schreibt niemand sonst, hatte ich zu ihr gesagt, wir werden dir eine Zeitung finden. Sie hatte das zwar abgetan, sie hatte gesagt, sie stünde der Kunst zwar nicht mehr ganz so unversöhnlich und mit dieser kompromißlosen Strenge gegenüber, wie auf dem Höhe- und Endpunkt ihrer Rezensionsraserei, aber sie habe sich die Kunst doch völlig verbaut, im Kern würde sie die Kunst doch immer noch auf die gleiche Weise beurteilen, sie würde kaum etwas gelten lassen, nur sehr wenigen Kunstformen und Kunstwerken sei sie noch zugänglich, der Großteil der Künste und Kunstwerke sei ihr verschlossen. Fast alles in der Kunst käme ihr überflüssig und hingestümpert vor, sie werde nicht mehr die Geduld aufbringen können, sich dieser *hingestümperten Pseudokunst*, so sie, auszusetzen. Sie verstünde zwar nichts von der Malerei, hatte sie gesagt, aber neulich habe sie bei sich feststellen müssen, daß schlechte Bilder eine völlig übertriebene, ja krankhafte Aufwallung in ihr verursachen würden, und sie habe daraus den Schluß gezogen, sie müsse sich strikt von der Malerei fernhalten und auch von den meisten anderen Künsten, vor allem vom Theater, der Gedanke ans Theater würde sie augenblicklich in die schlechteste Laune versetzen. Am Fraenkelufer sei sie auf einen Mann gestoßen, der sich doch tatsächlich mit seiner Staffelei vor einem Baum aufgestellt und allen Ernstes diesen Baum abgemalt habe, das sei ihr pervers vorgekommen, obwohl es doch ein vergleichsweise harmloser Zeitvertreib sei und auf jeden Fall besser, als wenn der Mann statt dessen die Leute belästigt hätte. Der Mann *hat* die Leute belästigt, hatte ich gesagt, um Leute, die mit ihrer Staffelei in der Landschaft herumstehen und irgendein Gebüsch abmalen, müssen wir immer einen großen Bogen machen, wir dürfen nicht riskieren, ihre abgemalten Büsche sehen zu müssen, es würde uns unweigerlich schlecht werden und wir müßten sofort auf die Wiese kotzen. Das war ein lustiges Gesprächsintermezzo gewesen, auch Mascha hatte ihren Spaß daran gehabt, das ist ja das Wunderbare an ihr, daß sie jederzeit, auch inmitten der ernsthaftesten Kunstdebatte, für eine vergnügliche Abschweifung zu haben ist, das stört die Ernsthaftigkeit unserer Gespräche nicht im geringsten, im Gegenteil, es erhebt sie zum noch höheren Geistesgenuß, und ich hatte mich durch ihr Lachen anspornen lassen und gesagt, neben einen Maler, und sei er auch nur ein Landschaftsmaler, auf die Wiese zu kotzen, entspräche zwar nicht unseren Vorstellungen von Höflichkeit, und wir würden uns daher nach Kräften zu beherrschen suchen, aber je näher wir dem grotesken Bild des perversen Landschaftsmalers kämen, desto drängender würde doch der Brechreiz in uns aufsteigen, und spätestens wenn wir neben dem Landschaftsmaler und vor seiner Staffelei stünden, würden wir die Beherrschung verlieren und direkt neben ihn auf die Wiese kotzen, wenn nicht gar mitten auf sein unmögliches Bild und dazu noch in seinen Farbmalkasten, und das wäre nun wirklich eine Ungezogenheit, vor der wir zurückschreckten, weshalb wir immer einen weiten Bogen um die Landschaftsmaler machen müßten. Mascha hatte dem noch wörtlich hinzugefügt, genau, wir müßten sofort auf die Wiese und auf das Bild und in den Malkasten kotzen, ist es doch eine ungeheuerliche Perversion, ein stümperhaftes Landschafts- oder Naturbild zu malen, es ist der Gipfel der Phantasielosigkeit und ein sträflicher Mißbrauch künstlerischer Mittel für private Kitschzwecke, es sollte verboten werden, in aller Öffentlichkeit die Natur abzupinseln, und im übrigen kann der Landschaftsmaler froh sein, wenn ihm jemand auf sein stumpfsinniges Machwerk kotzt, vielleicht hat er ja Glück, und die halbverdaute Mahlzeit, die sich da über seinem abgemalten Baum ausbreitet, arrangiert sich zu einem kleinen Kunstwerk, zu dem der Landschaftsmaler mit seiner empörend unterentwickelten Kunstfertigkeit selbst niemals in der Lage wäre. Wenn einer unbedingt ein Bild von einem Gebüsch oder einem Baum haben wolle, solle er das Gebüsch, den Baum unauffällig photographieren, es gebe keinerlei Rechtfertigung dafür, sich mit seiner Staffelei schamlos mitten in die Landschaft zu stellen. Ich hatte ihr in allen Punkten vorbehaltlos zugestimmt und angefügt, das gleiche müsse aber auch über die Porträtmaler gesagt werden, denn gemalte Porträts seien eine ebensolch perverse Stümperei wie abgemalte Büsche, sähe man einmal von den Werken einiger weniger großer Künstler wie Picasso ab, denen es in ihrem hohen Kunstgrad gelinge, Aspekte eines Antlitz' zu zeigen, die der Photographie auf immer verborgen bleiben würden, alle anderen gemalten Porträts aber würden doch auf schmerzhaft lächerliche Weise hinter jedem einfachen Automatenphoto zurückstehen, mit dem Pinsel hingestümperte Porträts verdienten gleichfalls ihr Verbot und die gesellschaftliche Ächtung, auch wenn sie im stillen Kämmerchen angefertigt würden, ein Ausstellungsverbot für solcherlei Zumutungen sei das mindeste, was man verlangen könne, es grenze an Körperverletzung, gemalte Kitschporträts öffentlich auszustellen. Da gebe sie mir völlig recht, hatte Mascha die Sache weitergeführt, alles Abgemalte, seien es nun Büsche oder Gesichter oder Tiere oder Bauwerke, alles in irgendeiner Weise gegenständlich Gemalte sei eine gemeine Verhöhnung der Malerei und erniedrige die Malerei von einer Kunst zum bloßen perversen Kitsch. Für die Malerei gelte der gleiche Grundsatz wie für jede andere Kunst, daß sie nämlich nur erträglich sei und auch nur als Kunst bezeichnet werden könne, wenn sie sich ausschließlich auf sich selbst bezöge, ein Kunstwerk dürfe immer nur sich selbst bedeuten, nichts, was außerhalb seiner selbst liege. Das gelte für die Musik, die zum abscheulichsten Kitsch verkomme, wenn sie aus sich herauszutreten versuche und sich als Programmusik prostituiere, gleichermaßen wie für die Literatur, die unerträglich sei, wenn sie nur dazu benutzt würde, ohne jede Sprachkunst irgendwelche Geschichten zu erzählen, Literatur dürfe sich nie in bloßem Erzählen erschöpfen, eine Erzählkunst ohne Sprachkunst gebe es in ihren Augen nicht, das bloße Erzählen habe nichts mit Literatur und nichts mit Kunst zu tun, und leider treffe man nur höchst selten auf Sprachkunst, wenn man ein Buch aufschlage, wann treffe man schon auf eine Literatur wie Wolfs *Pilzer und Pelzer*, das sei doch die seltenste Ausnahme, und für das Theater sei es am schwierigsten, eine eigenständige Kunstform darzustellen, weil fast alle Theaterstücke doch mit irgendeiner sogenannten Botschaft daherkämen, moralisierend, kritisierend, irgend etwas propagierend, daß es zum Davonlaufen sei, Brecht sei ein übles Paradebeispiel dafür. Die Malerei, war sie fortgefahren, habe es neben der Musik am leichtesten, der Versuchung, sich auf etwas anderes als sich selbst zu beziehen, zu widerstehen, man müsse sich doch als Maler geradezu selbst vergewaltigen, um etwas abzumalen, es sei doch viel natürlicher, ein Bild zu malen, das überhaupt nichts darstelle als nur sich selbst, wie es auch viel leichter sei, ein Musikstück zu komponieren, das nicht irgend etwas nachäffe, sondern nur für sich stehe und in sich geschlossen sei. Wie sehr müßten doch die Maler bei den Nazis gelitten haben, wenn man sie gezwungen habe, diese schauerlichen Blut- und Bodenbilder hinzuschmieren, wie es gleichermaßen eine entsetzliche Strafe für die Maler in der DDR gewesen sein müsse, in den direkt aus der Naziunkultur hervorgegangenen sogenannten sozialistischen Realismus hineingezwungen worden zu sein, was für eine Barbarei, hatte sie wörtlich gesagt und noch einmal, was für eine Barbarei, die Nazischmierereien sind zusammen mit dem sogenannten sozialistischen Realismus das dunkelste Kapitel in der Geschichte der Malerei.

Die Künste habe sie sich gründlich verbaut, hatte sie zwar gesagt, und doch bin ich überzeugt, daß Mascha ihre Literaturarbeit wieder aufnehmen wird. Gerade ihre leidenschaftliche Polemik gegen alles in ihren Augen *Hingestümperte* in der Kunst beweist, wieviel ihr die Künste bedeuten, wie sehr sie im besonderen an der Literatur hängt. Jetzt sträubt sie sich noch, aber sie wird zur Literatur zurückkehren, sie muß es, das ist klar. Ich werde nie mehr zurückgehen können in den Wissenschaftsbetrieb, aus dem ich mich lebenslänglich selbst ausgesperrt habe, ich werde mich einen Privatgelehrten nennen und in meinem Taxi und auf meinen Spaziergängen und in meinem Studierzimmer und nachts in den Kneipen meine eigenen Wissenschaften betreiben.

Und als wir damit fertig waren, erst ich mit meinem Wissenschaftsdesaster, dann sie mit ihrem glanzvollen Abtritt von der Kritikerbühne, sagte Mascha, ich hätte wenigstens tatkräftig am Weg in mein Abseits, ins wissenschaftliche Abseits selbst mitgearbeitet, ich hätte mich nicht nur treiben lassen, ich hätte selbst das Heft in die Hand genommen, aus Sicht der Professoren vielleicht das falsche Heft, aber das sei ihr doch tausendmal lieber als anderer Leute Stillstand, die sich ohne den geringsten Widerstand nur treiben ließen, bis sie eines Tages weggespült und tot seien, wie ihr Mann, den sie für seine Wehrlosigkeit verachte. Seit Jahren, bald könne man sagen, seit Jahrzehnten, dämmere und verfaule, ja verwese er da in seinem Ministerium vor sich hin, ohne jede Lebensäußerung, ohne auch nur das geringste Interesse an seiner Arbeit, ohne auch sonst irgendein Interesse. Sie selbst habe ihre berufliche Existenz auf ganz ähnliche Weise wie ich vernichtet, radikal und aus eigenem Antrieb, sie habe alles zerschlagen, aber ihr Mann habe sich immer nur geduckt und alles hingenommen, nie ein Widerwort gegeben, nie ein Zeichen der Würde erkennen lassen. Als sie ihn vor mehr als zwanzig Jahren kennengelernt habe, sei er noch voller Hoffnung gewesen, etwas Wichtiges tun zu können, er habe Ambitionen gehabt, sie habe ihn dafür gemocht, sagte sie, nie geliebt, die Liebe hätte sie zu diesem Zeitpunkt schon verloren gegeben, die Liebe habe sie an Karl verloren gehabt, gemocht habe sie ihn für seinen Eifer und seine Pläne, er sei damals ein politischer Mensch gewesen, aus dem innerhalb von nur wenigen Jahren ein trüber, durch und durch unpolitischer Mensch geworden sei, ein Beamter, kein Mensch. Ihr Mann habe sich, ohne Widerstand zu leisten, sehr bald aufgegeben, er habe nicht die Größe gehabt, aufzustehen und zu gehen, anfangs habe er noch, wenn auch nicht dort, wo er es hätte tun müssen, in seinem Ministerium nämlich, sondern nur in seinem Haus und in ihre Ohren hinein, geschimpft und seinem Ärger Luft gemacht, dann sei er aber bald verstummt und habe alles widerstandslos über sich ergehen lassen.

Es war mir schon aufgefallen, als sie ihre Rückkehr von der Steininsel erwähnt hatte, daß sie von dem Haus ihres Mannes immer nur als von dem seinen sprach, nie von dem auch ihren, nicht einmal sagte sie *unser Haus* oder *zu Hause* oder *daheim*, es war immer nur von seinem Haus die Rede, aber ich fragte sie nicht nach dem Grund, ich hielt es, während sie mir von ihrem Mann und von ihrer Bonner *Trauerzeit*, wie sie es nannte, erzählte, für unangemessen, sie wegen einer solchen Nebensächlichkeit zu unterbrechen. Vielleicht hat sie ja früher, als sie noch bei ihm war, von seinem Haus als von dem ihrigen gesprochen, und sie spricht jetzt, weil sie sich ihm ganz und gar nicht mehr zugehörig fühlt, nur noch von seinem Haus, nicht mehr von dem gemeinsamen, es ist ja auch nicht mehr ihr Zuhause, und ich weiß, Mascha wählt ihre Worte immer mit Bedacht, sie erlaubt sich keine Schlampereien.

Anfangs, als er als junger Mann im Ministerium begonnen habe, sei er noch voller Elan gewesen, sagte sie, er habe gesagt, das Wirtschaftsministerium sei das zweitwichtigste, die Wirtschaftspolitik sei der für die Gesellschaft zweitwichtigste Politikbereich, der wichtigste sei natürlich die Bildungspolitik, aber gleich danach käme die Wirtschaftspolitik, am wichtigsten für eine Gesellschaft sei die Bildung ihrer Menschen, am zweitwichtigsten aber sei wirtschaftliche Prosperität, dieses Wort habe er ständig im Mund geführt, Prosperität, alles andere habe sich dem unterzuordnen. Er habe das anfangs immer mit großer Leidenschaft verkündet, ständig habe er davon geredet, daß Kultur ohne eine gesunde und florierende Wirtschaft nicht möglich sei, und damit habe er wohl auf ihre berufliche Orientierung angespielt, sie habe damals Literatur- und Theaterwissenschaft studiert, Kunst sei nur möglich und nur dort auf hohem Niveau anzutreffen, wo es den Menschen wirtschaftlich gutgehe. Es sei ihr gelegentlich auf die Nerven gegangen, wenn er ihr gegenüber immer wieder die Wirtschaft über die Kunst gestellt habe, sie habe es aber ertragen, weil sie froh über seine Tatkraft gewesen sei, es habe ihr gefallen, daß er ein Ziel gehabt, daß er etwas habe anpacken wollen, und sie habe ihn, ohne viel nachzudenken, darin noch bestärkt, ein Fehler, wie sie sehr bald habe feststellen müssen, sie habe ihm immer gesagt, ja, geh da hin, man wird dich gut gebrauchen können. Er habe dann aber bald lernen müssen, sagte sie, daß er als kleiner Beamtenanwärter und später auch als kleiner und mittlerer und selbst als höherer Beamter überhaupt nichts habe bewirken können, er sei mit einer völlig falschen Vorstellung, die sie auch nicht korrigiert habe, weil sie sich darüber keine Gedanken gemacht habe als junger Mensch, in das Ministerium gegangen, er habe gedacht, er könne Politik machen, das sei natürlich schrecklich naiv gewesen, die Politik würde natürlich nicht von den Ministerialbeamten gemacht, das wisse eigentlich jedes Kind, aber ihr Mann sei mit dieser sträflich naiven Vorstellung in das Ministerium gegangen und habe da sein blaues Wunder erlebt.

Die ersten Jahre habe er es nicht wahrhaben wollen und habe sich heftig gegen die Einsicht gesträubt, daß ein Ministerialbeamter überhaupt nichts zu sagen habe, ein Ministerialbeamter habe doch ausschließlich irgendwelche *Vorgänge*, wie man in den Behörden sage, zu bearbeiten, die ihm andere, ihm vorgesetzte Ministerialbeamte auf den Tisch legten, das sei zwar allgemein bekannt, aber ihr Mann habe sich anfangs noch etwas vorgemacht und die Augen verschlossen, bis er es nach zwei, drei Jahren nicht mehr habe verdrängen können und zugeben müssen, daß er nur ein kleiner Wicht in einer monströsen Behörde wäre und gar nichts ausrichten könnte. Da spätestens hätte er gehen müssen, eigentlich hätte er es nach ein paar Monaten schon begreifen müssen und sagen, so nicht, Leute, nicht mit mir, und seinen Hut nehmen und gehen, sagte Mascha wörtlich und weiter, aber er tat es nicht, er blieb und bearbeitete weiter die langweiligsten Vorgänge, die man ihm auf seinen Tisch legte, und er begann, seine Würdelosigkeit mit wüsten Beschimpfungen gegen das Ministerium zu kaschieren, die sicher alle berechtigt waren, die ihm aber nur dazu dienten, von seiner Rückgratlosigkeit abzulenken, er sprach ständig von der Selbstbezogenheit seiner Behörde, das Wirtschaftsministerium sei ein sich selbst genügender bürokratischer Koloß ohne jede Außenwirkung, und er steigerte sich oft in wahre Haßtiraden hinein und sagte dann zum Beispiel, Hunderte und Tausende von Regierungs- und Oberregierungsräten, Ministerialdirektoren und -dirigenten, Heerscharen von Referenten schrieben jeden Tag ganze Berge von Berichten und Vermerken, die nie bis zu einer entscheidungsbefugten Stelle nach oben drängen, stapelweise zirkulierten diese Berichte und Vermerke nur auf den unteren und untersten Ebenen, bis sie ihr Verfallsdatum erreicht hätten und in den Reißwolf kämen, und eigens für die Zirkulation dieser Berichte und Vermerke, um also diese unzähligen und ihrer Selbstbezüglichkeit wegen immer völlig bedeutungs- und wirkungslosen Berichte und Vermerke innerhalb der unteren Ebenen in Umlauf zu bringen und eine Weile in Bewegung zu halten, beschäftige jedes Ministerium eine ganze Division von Büroboten, die die Berichtsberge mit ihren albernen Aktenwägelchen kreuz und quer und hin und her durch die weitläufigen Gänge karrten, so redete er dann, und irgendwann konnte ich es nicht mehr hören, ich sagte, selber schuld, jeder weiß, wie es in einer Behörde zugeht, jeder weiß, welche Verschwendung sie sind, du bist selbst schuld, wenn du dir das antust, und da begriff er, daß er mit seinen Beschimpfungen gegen das Ministerium, so zutreffend sie auch waren, sich selbst lächerlich gemacht hat, schließlich hat man ihn in seinem Ministerium nicht an den Stuhl gebunden, er hätte jederzeit seinen Hut nehmen und gehen können, und er verstummte, aber das Ministerium hat er bis heute nicht verlassen.

In den ersten Jahren ihres Zusammenlebens sei er noch um sie bemüht gewesen, er habe immer davon gesprochen, ihre Liebe gewinnen zu wollen, von der sie ihm gleich gesagt habe, es gebe sie nicht, sie würde ihn nicht lieben, sie würde ihn durchaus mögen, das ja, sie könne ihn sich gut als Freund, ja als Lebensfreund vorstellen, sie würde ihn auch heiraten, wenn es ihm denn so viel bedeuten würde und wenn er damit leben könne, daß sie ihn nicht liebe, und sie sei auch zärtlich und liebevoll mit ihm umgegangen, sie habe das Bett mit ihm geteilt, aber Liebe sei es nie geworden, wie er es sich angeblich immer erhofft hätte, immer habe er in den ersten Jahren davon gesprochen, eines Tages würde es eine Liebe sein. Ihre Liebe habe schon seit Jahren Karl gegolten, vergeblich, Karl habe sie immer nur als Freundin, als kleine Schwester betrachtet, er habe sie im

Grunde nicht ernst genommen, er habe sie insgeheim belächelt, und sie habe sich ihrem Mann nur angeschlossen, um sich Karl endgültig aus dem Herzen zu reißen, so wie Tschechows Mascha sich ihren Kostja aus dem Herzen habe reißen wollen, indem sie den langweiligen Lehrer geheiratet habe. Ihr Mann habe das hingenommen, das hätte sie damals schon alarmieren müssen, denn jetzt im nachhinein sei ihr klar, daß diese Unterwürfigkeit ihres Mannes, die er selbst als Großherzigkeit und Geduld und Zeichen seiner Liebe zu verkaufen suchte, nur ein Zeichen seiner Charakterschwäche, ja Charakterlosigkeit gewesen wäre, es habe nur kurze Phasen in seinen jungen Jahren gegeben, in denen etwas wie Tatkraft und Entschlossenheit bei ihm durchschimmerte, aber das wären nur zaghafte Fünkchen gewesen, die er sich im Ministerium schnell habe austreten lassen, seither glühe nichts mehr in ihm, alles in ihm sei erloschen. Früher, in den ersten Jahren, als er sich noch um sie bemüht habe, sei er oft mit ihr in die Theaterstücke gegangen, die sie zu besprechen hatte, er habe ihre Kritiken gelesen und manchmal sogar die von ihr besprochenen Bücher, er habe das zwar immer nur ihr zuliebe getan, das habe sie gespürt, er selbst habe nur wenig oder gar kein Literaturverständnis gehabt, er habe überhaupt keinerlei Kunstverständnis gehabt, das sei nicht zu übersehen gewesen, aber sie habe ihn doch gerne an ihrer Beschäftigung mit der Literatur teilhaben lassen, sie habe ihn ja gemocht, und sie habe sich gesagt, vielleicht würde er durch sie an die Literatur herangeführt und würde sie sich eines Tages aus eigenem Antrieb selbst erschließen, das sei aber nicht geschehen, im Gegenteil, er habe doch recht bald, schon nach zwei oder drei Jahren, seine Anteilnahme an ihrer Arbeit merklich und dann nach der Heirat immer deutlicher zurückgenommen. Sie habe ihn auch nicht mehr nach seinem Ministeriumsalltag befragt, der sie nicht mehr interessiert habe, seit den Tagen, als er so heftig auf die Bürokratie dort geschimpft und sie ihn auf seine Inkonsequenz hingewiesen und gesagt habe, er sei selbst für sein Leben verantwortlich, nicht die Bürokratie irgendeines blödsinnigen Ministeriums. Sie seien beide für einander in den Jahren verstummt, sie hätten nur noch schweigend und im Grunde ohne jegliche gegenseitige Anteilnahme, ohne jedes Interesse füreinander nebeneinanderher gelebt, sie hätten sich immer weiter auseinandergelebt und hätten schon nach wenigen Jahren keine gemeinsame Sprache mehr gehabt, Gleichgültigkeit sei die zwischen ihnen vorherrschende Stimmung gewesen.

Die erst schleichende und dann rasch fortschreitende Entfremdung zwischen ihnen sei, denke sie jetzt, schon am Tag ihrer Heirat unumkehrbar gewesen, die Heirat habe ihre Entfremdung tatsächlich endgültig besiegelt. Er habe in ihren Augen die Heirat als Zeichen seines Erfolgs verstanden, er habe sich am Ziel gesehen, einerseits sei es ihm eine Genugtuung gewesen, sie, trotz ihrer ihm seit Jahren bekannten Liebe zu Karl, zur Frau genommen zu haben, andererseits habe die Heirat seine muffigen Spießervorstellungen vom bürgerlichen Leben bedient, jetzt wäre er nicht nur Beamter mit einem kleinen Haus in einem lebensfeindlichen, durch und durch spießigen Bonner Dorf, jetzt wäre er dazu noch verheiratet, das sei im Grunde sein Lebensziel von Anfang an gewesen, nichts sonst, wenn er das in jüngeren Jahren auch würde vehement bestritten gehabt haben, jetzt wäre er an seinem deprimierenden Lebensziel angekommen und hätte sich eigentlich sofort begraben können, was er dann in Wahrheit ja auch getan habe. Ihr Mann habe sich seit dem Tag ihrer Heirat immer weniger um sie bemüht, er habe sich damit zufriedengegeben, daß er in ihr jetzt eine Ehefrau gehabt habe, er habe sein geheucheltes Interesse an ihrer Arbeit rasch aufgegeben, er habe es jetzt wohl für entbehrlich gehalten, er sei sich ihrer sicher gewesen. Sie habe unter dem Rückzug ihres Mannes gelitten, sie habe sich doch erwartet gehabt, daß ihre Freundschaft in der Ehe erhalten bleiben würde, diese Freundschaft zu ihm habe ihr viel bedeutet, sie habe sich immer gesagt, es sei besser, mit einem Menschen zusammenzuleben, dem gegenüber man sich nicht in Liebe verzehre, eine Freundschaft sei die viel aussichtsreichere Grundlage für ein Zusammenleben, auch für eine Ehe. Rundherum müsse man doch immer sehen, wie Menschen, die sich aus Liebe zusammengetan hätten, früher oder später schrecklich litten, wenn sie nämlich feststellen müßten, daß sich ihre Liebe oder die ihres Geliebten verflüchtigt habe und abgestorben sei, daran würden doch die meisten Ehen und Partnerschaften zerbrechen, den Leuten würde es so gut wie nie gelingen, sich eine Freundschaft zu bewahren, die es ihnen ermöglichen würde, weiter miteinander zusammenzuleben, die Menschen würden sich doch immer, wenn sie ihre Liebe verglimmen und schließlich endgültig erlöschen sähen, die gröbsten Gemeinheiten antun, sie würden sich beschimpfen und verletzen und demütigen, wo sie nur könnten, bis die Ehe oder Partnerschaft vollends zerrüttet und ein Zusammenleben nicht mehr möglich sei. Sie habe sich erhofft, in ihrem Mann einen Lebensfreund zu haben, eine stabile Freundschaft ohne die Sollbruchstelle leidenschaftlicher Liebe habe sie sich erhofft, sie habe tatsächlich daran geglaubt, aber schon kurz nach ihrer Heirat habe sie feststellen müssen, daß sie sich gründlich getäuscht und einen schweren Fehler begangen habe. Ihr Mann habe sich noch am Tag der Eheschließung, so denke sie jetzt, innerlich endgültig von ihr abgewendet, er hätte die Sache für erledigt gehalten, er konnte das Thema abhaken, sagte Mascha wörtlich, er hatte erreicht, was er wollte, er hatte mich im Sack, er verfügte jetzt über alle Zutaten, um seinen kleinbürgerlichen Existenzbrei anzurühren, darum allein ist es ihm gegangen, er hat mich betrogen, er hat mich benutzt. Sehr bald schon habe er sich damit abgefunden, daß sie seine ursprüngliche Liebe zu ihr nicht erwidert habe, und sie habe mit der Zeit auch immer stärker daran gezweifelt, ob es seine angeblich so innige, seine angeblich bedingungslose Liebe überhaupt je gegeben habe, und sie sei schließlich zu der Überzeugung gekommen, daß diese angebliche Liebe genauso geheuchelt gewesen sei, wie sein Interesse an ihrer Arbeit, das von Anfang an immer nur ein vorgetäuschtes war, nie ein wirkliches, und ebenso habe sie sich von ihm etwas vormachen lassen, als sie ihm anfangs seine Liebesbeteuerungen noch abgekauft habe. Diese von ihr ernst genommenen Liebesbeteuerungen wären für sie eine schwere Belastung gewesen, sie habe sich, überflüssigerweise, wie sie jetzt wisse, ernsthaft mit ihnen befaßt, es wäre ihr damals keineswegs leichtgefallen, ihm wieder und wieder ins Gesicht sagen zu müssen, sie könne seine Liebe nicht erwidern, daß ihre Freundschaft zu ihm aber letztendlich doch viel wertvoller als jede Liebe sei, weil sie da sei und lebendig und gelebt, während ihre Liebe abwesend und ungelebt und wahrscheinlich bald tot und ausgemerzt sei, die Freundschaft zu ihm sei das wirkliche Leben, habe sie ihm oft gesagt, die Liebe zu Karl dagegen nur ihre eigene Geisteskrankheit, von der sie sich eines Tages befreit haben würde. Sie habe sich immer die größte Mühe gegeben, in der Liebesfrage schonend mit ihm umzugehen, sie habe ihn nicht verletzen wollen, sie habe schließlich sehr gut gewußt, wie schmerzhaft, wie quälend eine unerwiderte Liebe sei, das habe sie ihm nie antun wollen und sei daher immer mit der größtmöglichen Behutsamkeit vorgegangen, wenn er sie mit seinen Liebesschwüren konfrontiert habe, und jetzt komme es ihr wie der gemeinste nur menschenmögliche Betrug vor, daß ihr Mann sie mit seinen geheuchelten Liebeserklärungen und vorgetäuschten Liebesleiden zum Narren gehalten hätte über lange Zeit, nur um seine Eheabsichten in die Tat umsetzen zu können. Sie selbst habe sich damals immer gesagt, wie glücklich sie wäre, wenn Karl sie zur Lebensfreundin genommen hätte, so wie sie sich ihrem Mann als Lebensfreundin angeboten habe, so hätte sie sich von Herzen gern und natürlich ungleich lieber Karl als Lebensfreundin angeboten, aber sie habe gewußt, daß Karl darüber gelacht haben würde, und eine solche Abfuhr habe sie sich ersparen wollen. Sie habe sich immer vorgestellt, ein Leben an Karls Seite wäre auch ohne seine Liebe ein glückliches Leben gewesen, und deshalb habe sie sich doppelt hintergangen gefühlt, als ihr bewußt geworden sei, daß ihr Mann ihr das Liebestheater vorgespielt habe, denn es sei ihr sehr großzügig ihrerseits vorgekommen, ihm die Lebensfreundschaft anzubieten, sie habe sie zwar selbst auch für sich gewollt, als Ersatz zwar nur, Karl wäre ihr natürlich um Welten lieber gewesen, trotzdem habe sie ihr Freundschaftsangebot wie ein unbezahlbares Geschenk an ihn empfunden, und es habe sie zutiefst gekränkt, daß er sie hinters Licht geführt, daß er in Wahrheit ihr Geschenk auf gemeine Weise ausgeschlagen habe. Er hat mir ins Gesicht gespuckt, sagte sie wörtlich und weiter, er hat mich hart für meine Blauäugigkeit bestraft. Natürlich habe ich mir alles selbst zuzuschreiben, ich weiß, ich hätte ihn niemals heiraten dürfen, ich hätte ihn sofort, als er mich damals mit seinem Heiratswunsch konfrontierte, durchschauen müssen, ich hätte sofort ahnen müssen, worauf eine Ehe mit ihm hinauslaufen, daß unsere Freundschaft damit beendet sein würde, das hätte ich wissen müssen, zumal ich mir selbst nichts aus der Ehe mache, noch nie gemacht habe, auch damals nicht, das Institut der Ehe schien mir schon immer als ein vorsintflutliches und ganz und gar überflüssiges, es war mir vollkommen gleichgültig, und gerade deshalb habe ich sofort zugestimmt, ihn zu heiraten, als er mich so dringlich darum bat, ich dachte, was soll's, mir ist es einerlei, ob ich nun verheiratet bin oder nicht, das kümmert mich nicht, und wenn es ihm so ein Herzenswunsch ist, warum nicht. Das war sträflicher Leichtsinn, wie ich jetzt weiß, und ich habe meine Strafe bekommen.

Wir saßen und redeten schon Stunden, immer noch genügend gute Sachen vor uns auf unserem Wohnzimmertisch, und Mascha erzählte weiter, sie war trotz der bedrückenden Einzelheiten ihres Berichts munter und wach und gelöst, sie trank meinen Wein und nahm sich zwischendurch eine Olive, ein paar Krümel Brot, ein winziges Stückchen Käse, so schnabulierten wir gemütlich vor uns hin. Sie sprach gerne über diese dunkle Bonner Zeit, es tat ihr gut, das war ihr anzumerken, und ich hörte ihr aufmerksam zu, ich hätte ihr die ganze Nacht zuhören können, wir zeigten nicht die geringsten Ermüdungserscheinungen, und keiner von uns dachte an die Zeit, ich nicht, das weiß ich, und sie nicht, wie ich denke, nein, wie ich ebenso weiß, an Schlaf dachten wir zuallerletzt, nicht eine Sekunde war in unseren Köpfen von Schlaf die Rede, wir waren mittendrin.

Natürlich wollte er ein Kind, sagte sie, nicht des Kindes wegen, nein, um seiner Kleinbürgerlichkeit willen, ein Kind gehörte für ihn zur Ausstattung seiner Spießerexistenz wie das Auto oder ein Hund, wie sein kleines Haus mit dem kleinen sterilen Garten in dem öden Bonner Kaff, in dem nachts sogar die Straßenlaternen ausgeschaltet werden, das war mir von Anbeginn klar, in dieser Frage konnte er mich nicht täuschen, wenn er mich sonst auch in vielem lange getäuscht hat, darin nicht. Als er, bald nachdem die Heirat beschlossene Sache war, anfing, von einem Kind zu sprechen, war mir sofort bewußt, das ist kein Herzenswunsch, hier geht es nur um sein ihm eingraviertes Familienklischee, und trotzdem willigte ich ein, für mich war ein Kind ein Herzenswunsch, ein Kind, habe ich gleich gesagt, ja. Es war mir schon am ersten Tag meines Zusammenlebens mit ihm, noch lange vor der Heirat, klar, ich würde mit diesem Mann, hier in der tiefsten Provinz, ein zweitklassiges Leben leben, ein Ersatzleben, nicht das Leben, was ich mir jahrelang erhofft und so sehnlich gewünscht hatte, an Karls Seite in der Stadt, in einer richtigen Stadt, ein erfülltes, ganz und gar auf die Kunst ausgerichtetes Geistesleben, ich würde mich an der Seite meines Mannes statt dessen mit einem Kompromißleben zufriedengeben müssen, und ich dachte, da ist es doppelt wichtig, meine Lebensinhalte nicht zu vernachlässigen, alles mir Wichtige und Bedeutsame soweit als irgend möglich pflegen und ausbauen, darauf mußt du achten, sagte ich damals immer zu mir, sonst gehst du hier ein, sonst gehst du hier zugrunde, und neben meiner Literaturbeschäftigung wollte ich ein Kind in meinem Leben, ein Kind schien mir damals eine lohnenswerte Lebensaufgabe, und sie war es ja auch, ich brachte ein Kind auf die Welt, und es ist ein gelungener Mensch daraus geworden, ein lustiger und geistreicher und lieber und schöner Mensch, mein Sohn, ja.

Wo ihr Sohn stecke, fragte ich sie, und was er treibe, denn mir kam sofort, als sie ihren Sohn zur Sprache brachte, die Frage in den Sinn, warum er seiner Mutter nicht beigestanden ist in dieser gefährlichen Krise, wenn er doch ein so geistreicher und lieber Mensch sei, wie ist das denn zu verstehen, sagte ich zu mir, das ist mir ja ein schöner Herr Sohn. Ihr Sohn halte sich schon seit einiger Zeit in Amerika auf, sagte sie, er sei ein junger Kerl und versuche sich dort im Journalismus, bislang zwar ohne jeden zählbaren Erfolg, vielleicht würde er sich auch herumtreiben und den Journalismus nur vorschützen, zur Bemäntelung seiner privaten Vergnügungen, aber das sei ihr auch recht, er würde seinen Weg schon machen, da hätte sie keinen Zweifel. Und klug wie sie ist, meine Mascha, sagte sie gleich, ohne meine folgerichtige Frage abzuwarten, sie habe ihren Sohn nicht über Karls Tod und auch nicht über ihre Pläne, sich auf der schrecklichen Steininsel zu verschanzen, unterrichtet, sie habe ihn nicht beunruhigen und ihn nicht aus seinen *journalistischen Bemühungen*, so sie mit sanft ironischem, aber doch liebevollem Unterton, herausreißen wollen, er hätte in Amerika doch gleich alles stehen und liegen lassen, das sei ihr bewußt gewesen, und er habe ihr aus ihrer Lebensmüdigkeit doch auch nicht heraushelfen können, deshalb habe sie sich nicht an ihn gewendet. Ich wollte doch auch gar nicht gerettet werden, sagte sie, ich wollte verschwinden, vollständig.

Dann kam sie gleich wieder auf ihren Mann zurück, über ihren Sohn wollte sie jetzt nicht weiter sprechen, sie war mit ihrem Mann noch nicht fertig und sagte, nur einmal noch habe ihr Mann ihr gegenüber das Ministerium zur Sprache gebracht, als er vor der letzten Wahl gesagt habe, er hoffe auf einen Regierungswechsel, die sogenannten Liberalen müßten endlich verschwinden, sie hätten mit ihren unfähigen Ministern das Wirtschaftsministerium in den letzten Jahren völlig heruntergewirtschaftet, sie hätten das Wirtschaftsministerium zu einem wahren Augiasstall verkommen lassen, der letzte sogenannte liberale Wirtschaftsminister habe sich mit dem dümmlichen Ausspruch, die Wirtschaft finde in der Wirtschaft statt, selbst aus der Politik verabschiedet und sich auf diese Weise die Genehmigung erteilt, sein Ministerium endgültig dem Verfall anheimzugeben. Sie habe sich über dieses politische Lebenszeichen ihres Mannes gefreut, schon jahrelang habe sie nichts dergleichen mehr von ihm vernommen, er sei ihr nur noch abgestumpft und desinteressiert vorgekommen, und sie habe sich an jenem Abend zu ihm setzen und mit ihm auf die sogenannten Liberalen schimpfen wollen, es habe sich aber schnell herausgestellt, daß es sich bei der überraschenden politischen Wortmeldung ihres Mannes nur um ein Strohfeuer gehandelt hätte, er habe gleich wieder aufgegeben und sich sogar gegen sie gestellt und sie abgewürgt, als sie ihm gegenüber angehoben habe, auf die sogenannten Liberalen einzuschlagen. Es sei ihr ein Vergnügen gewesen zu sagen, die sogenannten Liberalen seien einerseits die Verkörperung von Skrupellosigkeit, Dekadenz, Eigennutz, Habsucht und Gewissenlosigkeit, andererseits seien sie der Inbegriff von Inkompetenz und Faulheit schlechthin, gerade ihre Führungskräfte seien alle ohne Ausnahme steindumm und zugleich in beispielloser Weise großsprecherisch, korrupt und geldgierig, eine ganz üble Bande seien diese sogenannten Liberalen, denen man die Selbstbezeichnung *liberal* bei Androhung empfindlicher Strafen verbieten sollte, denn sie verstünden unter dem Wort *liberal* nichts anderes als die Selbstbereicherung auf Kosten anderer. Ihren Vorsitzenden sollte man im übrigen sofort hinter Gitter bringen wegen der unerträglichen Dummheiten, die er in jedes nur irgend erreichbare Mikrophon absondere, und sie sei gerade so schön dabei gewesen, als er ihr ins Wort gefallen sei und gesagt habe, sie wisse ja nicht, wovon sie rede, sie verstünde nichts von Politik und möge den Mund halten. Das sei ihr letztes politisches Gespräch und eines ihrer letzten Gespräche überhaupt gewesen. Sie glaube heute, daß die Gemeinheit, mit der er das Gespräch über die sogenannten Liberalen abrupt beendet hatte, Zeichen seines schlechten Gewissens sich selbst gegenüber gewesen wäre, ihre Rede habe ihm die Tatsache ins Gedächtnis gerufen, daß er aus freien Stücken und ohne mit der Wimper zu zucken, eben gerade auch unter den abstoßenden sogenannten liberalen Ministern seinen trüben Dienst versehen und Vorgang um Vorgang, einer unbedeutender und langweiliger als der andere, bearbeitet habe, und diese Erinnerung an seine Würdelosigkeit habe er nicht ertragen. Die Beschimpfungen, die sie gegen die sogenannten Liberalen ausgestoßen habe, habe er direkt auf sich bezogen, es sei ihm von ihr, unbeabsichtigt, ein Spiegel vorgehalten worden, wieder sei doch für ihn die Beschreibung der Widerwärtigkeiten des Wirtschaftsministeriums zu einer Beschreibung seiner eigenen Widerwärtigkeit geworden, seiner Charakterlosigkeit, der Büttel dieser raffgierigen Banditen zu sein, die unsere Gesellschaft ruinierten. Ihr Mann sei durchaus nicht dumm, sagte sie, er wisse sehr gut, welche Abscheulichkeiten gerade auch in seinem Ministerium vor sich gingen, und es sei ihm zweifellos die ganze Zeit bewußt, daß seine dienstbeflissene Willfährigkeit gegenüber den sogenannten Liberalen, die sich das Wirtschaftsministerium unter den Nagel gerissen hätten, um es als Instrument der Politik stillzulegen und in einen Selbstbedienungsladen zu verwandeln, ekelerregend sei, widerwärtig und abstoßend, sagte sie wörtlich und weiter, diese Einsicht hat er tatsächlich bis heute immer erfolglos von sich abzuwehren versucht, immer hat er sich gesagt, ich tue nichts Schlimmes, ich begehe keine Verbrechen, ich habe mir nichts vorzuwerfen, und gleichzeitig wußte und weiß er genau, daß er sich selbst natürlich sehr viel vorzuwerfen hat, daß er nämlich nie auch nur den geringsten Anstand, geschweige denn Widerstand gezeigt, immer nur wachsweich sich alles gefallen hat lassen und immer brav getan, was man ihm befahl, und noch nicht einmal die Kraft hatte, aufzustehen und zu gehen, das hätte ihn doch nichts gekostet, einfach aufstehen und gehen, es wäre doch so einfach gewesen. Aber er hatte sich schon nach wenigen Jahren, im Grunde von Beginn an, gefügt, und als er dann zum Beamten auf Lebenszeit ernannt worden ist, war es endgültig vorbei mit ihm, das war sein Begräbnis, sagte Mascha, immerhin ein Staatsbegräbnis.

Ich weiß nicht warum, aber jetzt, während ich diese Notizen, Maschas Mann betreffend, mache, denke ich auf einmal, er heißt bestimmt Dieter. Das ist ein unsinniger Gedanke, ich weiß, aber ich kann ihn nicht abschütteln, Dieter heißt er, denke ich auf einmal mit großer Hartnäckigkeit ganz gegen meinen Willen, ich will mich nicht mit dem Namen dieses Mannes befassen, ich will nur notieren, was Mascha mir über ihn gesagt hat, und sie hat nichts über seinen Namen gesagt, und jetzt stört mich dieser Dieter mit seinem saudummen Namen bei der Arbeit, ich denke andauernd, er heißt wahrscheinlich Dieter, es ist zum Verrücktwerden. Ich muß das jetzt aufschreiben, um es loszuwerden, um es mir aus dem Weg zu räumen. Im Hinterkopf habe ich wohl während meiner Aufzeichnungen, ihn betreffend, die ganze Zeit nach einem auf ihn passenden Namen gesucht, ohne es zu bemerken, habe vielleicht eine Anzahl von ekligen Namen zusammengestellt und auf ihre Eignung für ihn, den verlogenen Untertan, geprüft, hatte vielleicht sogar Hans-Dietrich in die engere Wahl gezogen, aber von den Liberalen will er ja nichts wissen, obwohl es doch zu ihm passen würde, zu diesem mir so abscheulichen Menschen, dachte vielleicht, wie heißt so einer am besten, Helmut womöglich, Heinz, Heinz-Rüdiger, Günther, was für ein häßlicher Name, Günther fand ich schon immer eklig, vielleicht aber auch Gerd, der Name Gerd könnte auch dabei gewesen sein, oder Hartmut, Giesbert, auweia, wer weiß, was ich in meinem Hinterstübchen noch alles für Namen an die Tafel geschrieben habe, Winfried, zum Beispiel, oder gar Gernot, man stelle sich vor, und plötzlich unterbricht mich ein vielstimmiger Chor bei der Arbeit und ruft laut nach vorne, Dieter! Dieter! Dieter heißt der Mann!, und ich will es erst nicht hören, aber der Chor gibt keine Ruhe, bis ich es zur Kenntnis genommen habe und verspreche, mir eine Dieter betreffende Notiz zu machen, und ich schreibe auf einen Kneipenzettel: Dieter die Fresse polieren. Ich hoffe, jetzt ist Ruhe.

Maschas Namen hatte ich sofort ganz selbstverständlich als den ihr zugehörigen Namen empfunden, dieser Name war für mich von Anfang an stimmig, und obwohl sie mir schon am Kanal gesagt hatte, Mascha sei nicht der ihr von ihren Eltern gegebene Name, war sie doch gleich Mascha für mich gewesen. Hätte sie sich als Gabi vorgestellt, zum Beispiel, ich hätte ihr nicht geglaubt, ich hätte ihr gesagt, da mußt du dir schon was Besseres einfallen lassen, eine Gabi bist du nicht, eine Gabi auf keinen Fall, aber an der Mascha hatte ich nicht den geringsten Zweifel, obwohl sie mich ausdrücklich darauf hingewiesen hat, daß Mascha nicht ihr ursprünglicher Name ist. Das Bild, das man sich von einem Menschen machen will, denke ich jetzt in der Nacht hier an meinem Wohnzimmertisch, erlaubt nur bestimmte Namen und schließt andere kategorisch aus. Maschas Mann, denke ich, könnte zwar ohne weiteres Dieter heißen, und er heißt auch aller Wahrscheinlichkeit nach Dieter, es gäbe vielleicht noch ein paar Alternativen, Dietmar etwa, oder Dietrich, er heißt jedenfalls so, wie die dickbebrillten Streber, die wir als Kinder immer mitsamt ihren Schulranzen in die Mülltonne geworfen haben, so wie Dieter, den wir regelmäßig in die Mülltonne geworfen haben, hingegen könnte er unter gar keinen Umständen Tom heißen, Tom niemals, Tom heiße ich, Tom wirft Dieter in die Mülltonne, nicht umgekehrt.

Mascha war doch sehr nachsichtig mit mir, denke ich jetzt, denn sie hätte doch, gerade nach unseren kunstkritischen Erörterungen, mit gutem Grund die Bilder an meinen Wänden als Beispiel für hingestümperte Pseudokunst nehmen können, alle diese von mir selbst gemalten Bilder sind schließlich ausnahmslos gegenständlich, das Porträt der blauen Katze, der verzagte Junge mit dem Fußball unterm Arm auf der mit Hundehaufen übersäten Wiese, der Frosch mit den beiden Fliegen, die Giraffe, die nicht mehr aufs Bild paßt, der Elefant, von dem nur der Rüssel zu sehen ist, der dafür doppelt, mein ganzer selbstgemalter Zoo an meinen Wänden, nichts als Stümperei, aber Mascha hatte nichts Schlechtes gesagt, sie hatte sogar freundlich gefragt, von wem die lustigen Bilder seien. Das war geschickt von ihr, denn hätte sie sich etwa nach dem Urheber dieser Malereiverhöhnungen erkundigt, ich hätte vielleicht geschwindelt und gesagt, sie stammten von meiner vierjährigen Nichte und hingen nur aus Gründen innerfamiliärer Höflichkeit an meinen Wänden, so aber hatte ich sofort alles zugegeben und gesagt, ich würde mir grundsätzlich nur selbstgemalte Bilder an die Wände hängen, weil ich kein Geld für einen Picasso hätte und alles unterhalb Picassos sei mir keinen Groschen wert, da würde ich mir meine Bilder lieber selber malen, und ich hatte zur Rechtfertigung der Gegenständlichkeit meiner Bilder ins Feld geführt, daß ich keines der Tiere abgemalt, daß ich sie mir vielmehr allesamt ausgedacht hätte, auch den verzagten Knaben mit dem Fußball unterm Arm, der würde zwar mich selbst darstellen, es handele sich also um ein Selbstporträt, ich hätte aber bei der Anfertigung des Bildes nicht in den Spiegel geschaut, mich also nicht abgemalt, weshalb man mich auch nicht erkennen könne, ich sei ja in Wirklichkeit zehnmal älter und doppelt so groß, jedenfalls in Bezug auf den Fußball des Knaben. Das hatte sie gelten lassen und noch einmal gesagt, es seien lustige Bilder, und jetzt schaue ich der blauen Katze mit den schiefen Augen in ihr verschlagenes Gesicht und sage zu ihr, siehst du, du bist eine lustige Katze, dafür habe ich dich ja auch gemalt, nur aus diesem Grund, nur um mich über dich lustig machen zu können, und du kannst nicht weg, das ist der Trick. Und jetzt denke ich, ich werde die verschlagene blaue Katze zur Hauptdarstellerin einer lustigen Tiergeschichte machen, vielleicht komme ich heute nacht noch dazu. Mascha mag lustige Tiergeschichten, das ist mir nicht entgangen. Ich hätte vielleicht sagen sollen, ich würde neben meinen Drehbüchern hauptsächlich lustige Tiergeschichten verfassen, sie hatte ja diesen Vorschlag gemacht, sie hatte die Vermutung geäußert, meine Bilder seien Illustrationen lustiger Geschichten, da hätte ich ja sagen sollen und mir schnell eine ausdenken, statt meine stümperhaften Gedichte zuzugeben, aber auch da war sie ja gnädig gewesen.

Mascha schwieg nach ihren bedrückenden Mitteilungen über ihren Mann, diesen abgestumpften, geistlosen Ministerialbeamten, zu dem ich wirklich keinen Namen brauche, seine Funktionsbezeichnung ist mehr als ausreichend, und es war völlig überflüssig, daß mir meine hinterhäusigen Geister ständig ihr Dieter! Dieter! nach vorne gebrüllt haben, ich brauche keinen Dieter, der Ministerialbeamte reicht mir vollauf. Ich glaube nicht, daß sie von mir irgendwelche Kommentare erwartete, es gab zu dem Ministerialbeamten von meiner Seite nichts zu sagen, und unzulässige phantasierte Strafexpeditionen gegen ihn waren da noch nicht in meinem Kopf, das hätte ich mir in ihrer Gegenwart nicht gestattet, also sagte ich nichts. Ich stand statt dessen auf und öffnete das Fenster und verdünnte die von mir verqualmte Luft mit einer ordentlichen Portion frischer kalter Schneenachtluft, und es war nicht nur mein Zigarettenqualm, der Verlangen nach frischer Luft machte, nein, Maschas Mitteilungen waren im wahren Wortsinn bedrückend gewesen, wir mußten beide frischen Atem schöpfen. Ich stand schon einen Moment am geöffneten Fenster, da trat sie neben mich, und jetzt schauten wir zu zweit in die stille kalte Nacht hinaus und erfrischten uns an der sauberen Luft. So standen wir eine Weile schweigend da, sie dicht bei mir, ich spürte ihre Schulter an meinem Arm, da sagte sie, was treibst du noch für Künste, du malst doch nicht nur, diese Bilder sind doch Illustrationen lustiger Geschichten, stimmt's? Nein, sagte ich, leider nicht, zu keinem der Bilder gibt es eine Geschichte, außer zu dem Bild des verzagten Jungen mit dem Fußball unterm Arm, aber die ist sehr kurz, sie besteht nur aus einem einzigen Satz und der lautet: Der Rasen war unbespielbar. Das sei eine traurige Geschichte, sagte sie, aber zusammen mit dem Bild sei es eine lustige Geschichte, und sie schlug vor, den Satz direkt auf das Bild zu schreiben. Ich war sofort von ihrer Idee begeistert und nahm das Bild von der Wand und löste es aus seinem Rahmen. Unter dem Knaben mit dem Ball war

Platz genug und ich schrieb die Geschichte zum Bild aufs Bild: Der Rasen war unbespielbar. Du hast recht, sagte ich, jetzt haben wir eine lustige Geschichte.

Wir saßen wieder am Tisch, der Vorrat an frischer Luft würde für eine Weile reichen, und da kam sie auf ihre Frage zurück, ob ich nicht, von meinen Drehbüchern abgesehen, gelegentlich etwas schreiben würde, Geschichten, sie könne sich vorstellen, ich würde Geschichten schreiben, sie hätte heute mehrmals zwischendurch gedacht, ich würde bestimmt solche Geschichten aufschreiben, wie ich sie ihr erzählt hätte. Ich stellte mich erst dumm und sagte, was für Geschichten? Das weißt du genau, sagte sie, denken wir nur an den kanarischen Papagei. Nein, sagte ich, ich würde keine Geschichten schreiben, ich verstünde nichts von Literatur, ich würde vielleicht hin und wieder ein Buch lesen, nicht sehr oft, ich hätte auch nicht sehr viele Bücher, wie sie sehe, mein Bücherregal sei nicht gerade das eines belesenen Menschen, ein ganzes Regalbrett nehme allein Donald Duck für sich in Anspruch, ein zweites sei mit französischen Comics belegt, und in den Regalen in meinem Studierzimmer finde sich ausschließlich wissenschaftliche und philosophische Literatur, nein, für die schöngeistige Literatur hätte ich nicht das Zeug, billige Drehbücher, dazu würde es noch reichen, aber Literatur, nein. Sie lächelte während meiner Ausführungen, ich hatte den Eindruck, sie nimmt mich nicht ernst, und so war es auch, denn sie sagte, so heftig, wie du es abstreitest, kann es sich nur um eine Lüge handeln. Gib zu, du schreibst manchmal etwas auf. Das ja, sagte ich, dazu bin ich als Wissenschaftler gezwungen, ich muß meinen schlafmützigen Studenten ihre Scheine ausfüllen. Mascha ließ sich nicht beirren, sie sagte, du weißt genau, was ich meine, komm mir nicht mit Seminarscheinen, du brauchst auch nicht erwähnen, daß du deinen Fahrgästen gelegentlich eine Quittung ausstellen mußt. Also, was schreibst du? Sie ließ nicht locker, aber ich genierte mich zu sehr, ihr meine dilettantischen Gedichte zuzugeben, die ich mir in meinem Taxi manchmal zum Zeitvertreib zusammenschustere, ich dachte, ich kann doch der bedeutendsten und zugleich strengsten Literaturkritikerin des Landes nicht meine unbeholfenen Reime vorlegen oder gar vortragen, sie würde sich doch gleich ein Taxi rufen und nie mehr einen Fuß über meine Schwelle setzen, davor hatte ich wirklich Angst, sie, die nicht nur etwas, sondern die alles über Literatur weiß, sie würde sich möglicherweise übergeben müssen, wie stehe ich dann da, dachte ich, wie ein Depp stehe ich dann da, nein, von meinen Gedichten verrate ich nichts, und ich sagte, nun gut, ich schreibe dem Glockenkirchenpfarrer ab und zu einen Brief. Da kämen wir der Sache schon näher, sagte sie, von den Briefen hätte ich ihr ja schon erzählt und sie würde sie auch gerne einmal lesen, was ich aber außer den Briefen noch zu Papier bringen würde, wer so unterhaltsame Filmszenen, wie die mit der Wiener Pelztante, und dazu noch dem Pfarrer böse Briefe schriebe, würde garantiert auch andere Sachen schreiben. Ich zuckte mit den Achseln. Und da schlug der Blitz ein: Du schreibst Gedichte, stimmt's? Ich wußte nicht, wohin mit meinem Blick, ich wollte ihr nicht mit meinen Augen ein Geständnis ablegen, ich schaute erst auf dem Tisch herum, dann im Zimmer umher und spürte die Schamesröte in mir aufsteigen. Sie lachte und rief dabei wiederholt, ja!, ein Gedicht!, bitte ein Gedicht!, bis ich schließlich aufgab und sagte, ich gestehe, manchmal mache ich mir ein Gedicht oder zwei, und fügte gleich an, aber ich schreibe sie nicht auf und vergesse sie dann schnell, ich sitze in meinem Taxi und mache mir ein Gedicht, und schon nachts in der Kneipe ist es wieder weg. Ob sie erst einen Hausdurchsuchungsbefehl erwirken müsse, sagte sie da, oder ob ich nicht doch lieber freiwillig mit einem Gedicht herausrücken wolle. Du bist ein schlimmer Quälgeist, sagte ich, na gut, ich sage dir ein Gedicht auf, aber nur dieses eine, es steht in meinem Kopf, aber du mußt mir versprechen, daß du mich nicht auslachst und daß du nicht davonläufst. Versprochen, sagte sie. Ich wußte ja, was von ihren Versprechungen zu halten ist, die Geschichte mit dem Tischtuch hatte ich noch nicht vergessen, aber was blieb mir anderes übrig, sie würde ja doch keine Ruhe geben, bevor ich ihr nicht ein Gedicht in ihre unbarmherzigen Kritikerfänge ausgeliefert hätte. Ich steckte mir eine neue Zigarette an und fragte sie, ob sie früher einmal geraucht habe. Sie sagte, Tom, das nützt dir alles nichts. Das Gedicht. Gut, sagte ich zu mir, wenn sie ihr Versprechen bricht und Anstalten macht, wegzulaufen, springe ich zur Tür und schließe uns ein und warte, bis sie sich beruhigt hat, dann werde ich ihr sagen, es sei alles nur Spaß gewesen, ich schriebe überhaupt keine Gedichte, ich hätte mir das vorgetragene aus dem Ärmel geschüttelt, ich verstünde eben nichts von Lyrik, räusperte mich und sagte, also, es ist ein Gedicht über den Konjunktiv, nichts weiter. Dann sagte ich es auf:

Ich wünschte,
sie schrübe.
So schrieb ich:
Ach, schriebst Du!
Da schrieb sie:
Gern schrüb ich,
allein –
ich weiß nicht, was.

Mein Herz klopfte, ich duckte mich in Erwartung einer vernichtenden Kritik. Lächelnd saß sie da auf ihrem Stuhl, mit dem Rücken ganz dicht beim Ofen, und sagte erst nichts, quälend lange Sekunden sagte sie nichts, ich dachte, was geht in ihr vor, sucht sie nach einem höflichen Ausweg aus der Affäre, die sie selbst heraufbeschworen hat, und dann sagte sie: *Ich* schrüb dir, ich wüßte auch schon, was. Und dann gleich, ein schönes Gedicht, es gefalle ihr. Ich war mir erst nicht sicher, ob sie wirklich meinte, was sie sagte, ich suchte in ihren Augen die Antwort darauf, und da glaubte ich ihr plötzlich uneingeschränkt, ich fand nichts als Zustimmung und Freundlichkeit in ihren Augen. Sie mag mich sehr, das weiß ich jetzt und das wußte ich auch da schon, vielleicht mag sie mich sogar so sehr, wie ich sie mag, ja, das ist möglich, und ihre ungeteilte Zustimmung zu meinem Konjunktivgedicht habe ich womöglich zum Teil ihrer Zuneigung zu verdanken, nicht allein meiner Dichtkunst, auf die ich mir jetzt trotzdem viel einbilde und wohl auch einbilden darf, nachdem die Königin der Kritiker mein Gedicht gelobt hat.

Später in der Nacht, als ich sie auf der Liege in meinem Studierzimmer zugedeckt hatte und mich für die

Nacht von ihr verabschieden wollte, bat sie mich, die Geschichte von dem Salto schlagenden Schaf, die ich ihr als Gutenachtgeschichte erzählt hatte, in meine Aufzeichnungen aufzunehmen. Das ist dann deine erste aufgeschriebene Geschichte, hatte sie gesagt, wenn du die Wahrheit gesagt hast, was ich nicht glaube. Ich hatte ihr ins Ohr geflüstert, sie habe recht, ich hätte geschwindelt, ich hätte einen ganzen Schuhkarton voll kleiner Geschichten, und *das* war natürlich geschwindelt, ich habe keineswegs einen ganzen Schuhkarton voll Geschichten, aber ich denke mir bald neue Geschichten aus, für Mascha, nur kleine kurze Geschichten, keine große Literatur, für Literatur braucht man Sprachkunst, hat Mascha gesagt, und über Sprachkunst verfüge ich nicht, Dichtkunst ja, Dichtkunst habe ich jetzt, aber Sprachkunst, nein, und ich darf auch ohne Sprachkunst kleine Geschichten schreiben, ich bin nämlich kein Schriftsteller, ein Schriftsteller darf das nicht, ein Schriftsteller muß mit seiner Sprachkunst große Literatur zustande bringen, ich bin nur ein wissenschaftlicher Chauffeur, das ist mein Vorteil, ich darf mir, ganz ohne Sprachkunst, lustige Geschichten ausdenken, und mit der verschlagenen blauen Katze fange ich an, vielleicht noch heute nacht.

Die merkwürdige Widersprüchlichkeit in Maschas Literaturbeurteilung, einerseits ihre hohen und höchsten Ansprüche an die Kunstfertigkeit des Schriftstellers, andererseits ihr Spaß an lustigen kleinen Episoden, die Forderung nach höchster Sprachkunst und ihre Verachtung bloßen Geschichtenerzählens auf der einen, auf der anderen Seite ihre unbekümmerte, fast kindliche Freude an harmlosen, ganz schlicht erzählten kleinen

Geschichten, denke ich jetzt, ist vielleicht auch eine Folge von Überanstrengung mit Literatur, sie hat sich über Jahre immer ein Übermaß an Literatur zugemutet, denke ich. Sie mußte ganz zwangsläufig die künstlerische Meßlatte immer höher und noch höher legen, um ihrer Abscheu gegen die Literatur als Folge von Überfütterung eine Begründung geben, um sagen zu können, ich verabscheue dieses Buch, dieses Buch verursacht mir Übelkeit, weil es diesem und jenem Kriterium guter Literatur nicht gerecht wird. Kleine lustige Geschichten von gescheiterten Wissenschaftlern kann sie sich privat als Mascha ganz entspannt anhören, weil sie keinen Literaturanspruch erheben. Von Schriftstellern geschriebene Bücher sind dagegen alle mit dem großen Literaturanspruch ausgestattet, und Mascha mußte sie sich vom Halse schaffen, indem sie streng und dann immer noch strenger mit ihnen verfuhr, sonst hätten die Bücher ihr bald zur Gänze die Luft abgedrückt. Jetzt denke ich, die Literatur hatte eine große Mitschuld an Maschas Fluchtversuchen aus der Sprache, aus dem Denken, es waren nicht nur ihre *Lebensunglücke*, von denen sie gesprochen hat, die unglückliche und vergebliche Liebe zu Karl und schließlich dessen Tod mögen die entscheidenden Verletzungen gewesen sein, die schlimmsten Qualen, die sie durch die Verweigerung ihrer Beschreibung von sich abhalten wollte, aber ohne die Literatur, denke ich jetzt hier an meinem Wohnzimmertisch, wäre sie gar nicht auf den Gedanken gekommen, die Sprache als ursächlich für ihr Leiden zu bestimmen, ohne die Literatur hätte sie gar nicht die Mittel dafür gehabt, sich so weit in den Gedanken der Sprachauslöschung zu vertiefen. Tatsächlich hatte sie nach dem lustigen Teil unserer kunstkritischen Erörterungen gesagt, sie trage schon seit den Tagen ihrer ersten literaturwissenschaftlichen Studien, sie sei da kaum über zwanzig gewesen, die Idee des idealen Romans mit sich herum, der völlig ohne jeden erzählerischen Inhalt sei. Sie könne nicht sagen, ob sie selbst auf diesen schwierigen, bis heute von ihr nicht zu Ende gedachten Gedanken gekommen, oder ob sie mit ihm im Zuge ihrer Studien konfrontiert worden sei, das wisse sie nicht mehr, aber bis heute würde sie darüber nachdenken, und ganz verstärkt habe sie sich während ihrer letzten Wochen als Kritikerin mit dem Gedanken beschäftigt, wie der Roman zu schreiben wäre, der auf jegliche Geschichte verzichte. Wolf sei diesem ihrem Idealroman mit seinem *Pilzer und Pelzer* schon recht nahe gekommen, aber ganz ohne Geschichten sei auch er nicht ausgekommen, Beckett hatte sie noch erwähnt, Beckett sei ihrem Idealroman wahrscheinlich noch näher gekommen als Wolf, aber das Ideal habe auch er nicht gefunden, und dann hatte sie noch zwei Namen genannt, die mir unbekannt waren und die ich vergessen habe. Mascha hatte gesagt, ihr Unwillen gegen Geschichten, gleich welcher Art, sei schon immer latent in ihr angelegt gewesen als Vorahnung dessen, was ihr später zur Gewißheit geworden sei, daß menschliches Unglück aus den Beschreibungen der Unglücke, daß alles Menschliche letztendlich aus nichts anderem als Beschreibungen bestünde, und um sich das Unglück vom Leibe zu halten, habe sie nach einer Literatur Ausschau gehalten, die Sprache als Kunst über die Welt der Beschreibungen hinaus erhebe, eine Sprache, in der man mit höchstem Kunstgenuß spazierengehen könne, ohne mit Beschreibungen und also Unglücken behelligt zu werden. Und jetzt denke ich, so wenig ich davon verstehe, ihre Idee vom Roman ohne erzählerischen Inhalt muß notgedrungen im Lauf der Jahre in ihr zur Besessenheit geworden sein, angesichts der Hunderte und Tausende von Büchern mit ihren Abertausenden von Geschichten, mit denen sie sich zu befassen hatte, und sie traf wahrscheinlich nicht nur einmal, nicht nur wie zuletzt auf diese verblüffende Weise bei Tschechow, auf Geschichten in den von ihr zu besprechenden Büchern, die ihr aus ihrem eigenen Leben bekannt waren, oft wird sie in diesen Büchern auf Unglücksbeschreibungen gestoßen sein, die von ihr selbst geschrieben hätten sein können, das ist gar nicht anders vorstellbar; Mascha selbst hatte von der Gleichförmigkeit menschlichen Unglücks gesprochen, und damit hatte sie natürlich recht, das weiß auch ein unbelesener Mensch wie ich.

Mascha hatte diese jetzt in mir aufgekommene Vermutung, ihre tiefe Abneigung gegen in der Literatur erzählte Geschichten sei eine Folge ihrer Literaturüberanstrengung, nicht bestätigt. Nach meinem glorreichen Gedichtvortrag fragte ich sie, wie es komme, daß sie so sehr an meinen kleinen Geschichten interessiert sei, von denen sie irrtümlich annehme, ich würde sie aufschreiben, wo sie doch des Erzählens in der Literatur so überdrüssig sei. Sie sagte, sie möge meinen Humor, es gefalle ihr, daß ich die Dinge gelassen und immer nur so sehen würde, wie es mir angenehm sei, wenn du willst, daß ein Papagei die Tauben rupft, sagte sie, dann machst du dir einen Papagei, der die Tauben rupft, das gefällt mir. Dagegen protestierte ich natürlich sofort und aufs schärfste, ich sagte, meine liebe Mascha, diesen Papagei, der die Tauben rupft, habe ich mir keineswegs selbst gemacht, es gibt ihn leibhaftig, und wärst du nicht gerade von einer spanischen Steininsel gekommen, ich würde morgen mit dir auf diese kanarische Insel fahren und dir den Papagei, der mein Freund ist, persönlich vorstellen. Siehst du, sagte sie, wenn du willst, daß der Papagei dein Freund ist, sagst du einfach, der Papagei sei dein Freund, und dann ist er für dich dein Freund, das ist es, was ich meine, das gefällt mir. Das ist ganz einfach, sagte ich, so, wie ein berühmter Schriftsteller einmal einen seiner Erzähler hat sagen lassen, er sei der Sultan seiner Gefühle, so kann man sich selbst auch zum Kalifen seiner Gedanken ausrufen, und schon bestimmt man für sich selbst und ganz alleine, wie die Welt aussieht. Man dürfe sich seine Welt nur nicht zu extravagant ausstatten, sonst finde man bald keine Menschen mehr, mit denen man sie teilen könne, und man sei verloren. Am schönsten ist es, sagte ich, wenn man auf geistesverwandte Menschen trifft, mit denen man gemeinsam die Welt beobachten und ausschmücken kann, es ist ein großes Vergnügen, zusammen mit einem anderen Menschen die Welt nach seinen Wünschen zu beschreiben. Und ich gab Mascha ein Beispiel, ich sagte, ich lag einmal mit einem Freund faul an einem portugiesischen Strand, als der Freund plötzlich aufschnellte und mit einem weithin hörbar ausgerufenen Arschloch! wie von der Tarantel gestochen mit der flachen Hand auf den Sand schlug. Ich erkundigte mich nach der Ursache seiner Aufregung, da sagte er, die Zornesröte im Gesicht, dieser blöde Käfer hier rennt mir dauernd über den Wanst. Mich hat's fast zerrissen vor Lachen, ich kugelte mich in dem heißen Sand, und als ich mich schließlich einigermaßen beruhigt hatte, sagte ich zu ihm, du kannst doch zu einem Käfer nicht Arschloch sagen. Natürlich könne er das, sagte er, für ihn sei der Käfer sogar ein Oberarschloch, er habe ihn mehrmals von seinem Bauch geschnippt, und andauernd sei der unverschämte Käfer, dieses Arschloch, wiedergekommen und über ihn drüber, so drückte er sich aus. Was er mit diesem Arschloch von einem Käfer angestellt habe, wollte ich wissen. Eine Handvoll Sand und dann ordentlich was aufs Haupt, sagte er und schlug abermals kräftig auf die gleiche Stelle neben sich. Wenn wir wollen, schloß ich, können wir einen Käfer zum Arschloch erklären und ihm eine tüchtige Abreibung verpassen, das ist doch schön, wir müssen nur auf die Idee kommen, dann müssen wir uns nichts gefallen lassen. Ein Käfer kann das nicht, ein Käfer kann niemanden zum Arschloch erklären, aber wir können es, und deshalb ist auch der Tauben rupfende Papagei mein Freund, so einfach ist das, dazu muß man nicht erst Schopenhauer lesen.

Aber wir haben es doch nicht nur mit Käfern und Papageien zu tun, wandte Mascha ein. Mit den Menschen ist es doch nicht so einfach, mit den Menschen können wir nicht so verfahren, daß wir immer eine Freude an ihnen haben. Die Menschen durchkreuzen mit ihren eigenmächtigen Bosheiten unsere Absicht, sie uns vergnüglich zu betrachten. Den Menschen entkommt man nicht so leicht wie einem portugiesischen Strandkäfer. Sie wünschte sich, fuhr sie fort, sie könne sich unter den Menschen so unbekümmert bewegen, wie ich in meiner ausgedachten Welt mit all den lustigen Tieren umherspazieren würde, sie habe immer den Fehler gemacht, die Menschen verstehen zu wollen, und sie habe gerade die Menschen, die ihr am meisten bedeutet hätten, mit ihrer Sucht, alles in und an ihnen verstehen zu wollen, verschreckt. Sie habe sie nie so sehen können, wie es ihr angenehm gewesen wäre, sie habe die Menschen, gerade die ihr liebsten, nie einfach in ein gutes Licht stellen und sie sich freundlich machen können, sie habe sie immer verstehen und sich in sie hineinversetzen wollen, und damit habe sie die Menschen vergrault. Immer nur alles verstehen, das ist tödlich, sagte sie, zu diesem Schluß bin ich gekommen, man muß, um zu überleben, die Augen verschließen und den Verstand abschalten, man muß blind und taub sein. Wenn man immer alles versteht an den Menschen, wird man erst einsam, dann verrückt und schließlich stirbt man daran. Menschen sind nicht dazu da, verstanden zu werden. Je mehr einer die Menschen versteht, desto weniger kann er mit ihnen sein, habe ich lange Zeit gedacht. Menschen, die glauben verstanden worden zu sein, durch und durch verstanden worden zu sein, wenden sich ab. Verstandene Menschen fühlen sich durchschaut, sie sind ja auch durchschaut, und das mögen sie nicht. Verständnis, was Menschen betrifft, sagte sie, muß also immer geheimgehalten werden. Gezeigtes Verständnis führt immer in Menschenlosigkeit, in Einsamkeit und Verlassenheit und damit in den Tod. Wenn du leben willst, denke ich schon lange, mußt du die Augen verschließen, oder, wenn du deine Augen offen hast, mußt du lügen, du mußt schweigen und dich dumm stellen, niemals darfst du sagen, ich sehe, ich verstehe. Verstehen, sagte sie schließlich, ist, was Menschen betrifft, immer fruchtlos, und dazu ist es tödlich.

Maschas düstere Rede hat mich erst überrascht, ich hatte nicht damit gerechnet, nach meiner Strandkäfergeschichte war ich auf leichtere Kost gestimmt, aber jetzt in der Nacht, hier über meinen Notizen am Wohnzimmertisch, denke ich, das ist die seltene Gabe, die ich an Mascha entdeckt habe, sie hat nicht die geringsten Schwierigkeiten, in einem vordergründig scherzhaften Geplänkel ernsthafte und schwierige Überlegungen unterzubringen, sie kann ihren Spaß an kleinen lustigen Randbemerkungen haben, und wenn es der Sachstand unserer Erörterungen gebietet, wird kein Spaß mehr gemacht, dann kommen wir zum Ernst zurück.

Vielleicht nimmst du die Menschen zu ernst, sagte ich, man darf die Menschen nicht überfordern mit seinen Erwartungen, sonst überfordert man sich selbst als Mensch gleich mit. Natürlich müssen wir an die Menschen höhere Erwartungen haben als an Käfer und Papageien, aber wir dürfen keine übermenschlichen Ansprüche an sie stellen. An uns selbst müssen wir die höchsten Ansprüche stellen, keine unmenschlichen, aber die höchsten, das ist klar, uns selbst müssen wir das Äußerste abverlangen, wenn wir nicht mit der kaum zu ertragenden Ahnung leben wollen, wir würden uns selbst verschwenden, das ja, aber von den anderen Menschen dürfen wir nur ein Mindestmaß an Übereinstimmung erwarten, wir dürfen nicht versuchen, sie uns gleich zu machen, daran würden wir zwangsläufig scheitern, niemand wird uns je gerecht, wie wir niemals einem anderen Menschen gerecht werden, damit müssen wir uns abfinden. Wir dürfen nicht zu unbescheiden sein, was die Menschen betrifft, sagte ich, wir müssen uns damit begnügen, ab und zu auf jemanden zu treffen, der zu einem Käfer Arschloch sagt, dann ist es schon gut, dann macht die Sache Spaß. Hauptsache, es gefällt uns, hast du selber gesagt. Ja, sagte sie, Hauptsache, es gefällt uns, jetzt hier mit dir gefällt es mir, und als du von den Halluzinationen gesprochen hast, dachte ich, es gefällt mir hier bei dir, ganz gleich, ob ich alles nur halluziniere oder nicht, aber ich mit mir allein habe lange schon keine Freude mehr an mir und der Welt gehabt, deine Gelassenheit fehlt mir. Was sie Gelassenheit nenne, sagte ich, sei das Resultat meiner eigenen Weltverdrossenheit, ich sei aber eigennützig genug, mir die Welt so zurechtzubiegen, daß ich trotz der Verwerfungen allüberall immer noch mein privates Vergnügen am Leben hätte. Ich muß mir oft Zynismus vorwerfen lassen, sagte ich, wenn ich zum Beispiel spät nachts in der Kneipe inmitten einer hitzigen Menschenrechtsdebatte sage, wenn Mordbrennerei und massenhafte gegenseitige Vertreibung konstitutiver Bestandteil der moralischen Grundsätze aller Volksgruppen auf dem Balkan ist, soll es mir recht sein, was geht mich das an, ich halte den Krokodilen auch keine Vorträge über die Verwerflichkeit des Kannibalismus, dann bläst mir ein Sturm der Entrüstung entgegen, dann springt man mir an die Gurgel und sagt, wie kannst du es billigen, daß die Leute sich da gegenseitig abschlachten? Ich sage dann, ich muß es hinnehmen, was bleibt mir anderes übrig, wie ich es auch hinnehme, daß das höher zivilisierte Europa und das mächtige Amerika es nicht hinnehmen und dort alles in Schutt und Asche legen. Das stärkere Tier darf das schwächere in seine Schranken weisen, das ist schon in Ordnung. Wir höher Zivilisierten sind in Europa in der Mehrheit und wir dürfen den balkanischen Kannibalen auch mit Gewalt den Appetit verderben, dazu haben wir das Recht, aber wir können uns nicht in deren mörderische frühmittelalterliche Moralvorstellungen einmischen, die uns naturgemäß verschlossen sind und uns nur lächerlich vorkommen müssen, davon verstehen wir glücklicherweise nichts. Ich billige die höher zivilisierte europäische Moral, wie ich die, in unseren Augen, barbarische balkanische Moral zur Kenntnis nehmen muß, aber ich muß ja nicht auf den Balkan fahren, ich muß mich ja nicht unter die Krokodile mischen wie dieser exaltierte österreichische Schriftsteller, also sollen die machen, wie sie wollen, letztendlich kann mir deren Blutdurst nicht die Laune verderben, ich sitze hier mit meiner höher zivilisierten Moral gemütlich in meinem friedlichen Viertel und trachte niemandem nach dem Leben, und niemand will mir ans Leder, außer euch, die ihr mir jetzt an die Gurgel geht, und dann sagen die Leute, ich sei zynisch. Sie sagen, ich sei zynisch, dabei wehre ich mich nur gegen die Verbitterung, nichts weiter, ich will die Menschen als freundliche Menschen sehen und sehe ihnen deshalb vieles nach, selbst ihre himmelschreiende Dummheit und auch ihre Grausamkeiten, nein, die Grausamkeiten sehe ich ihnen nicht nach, die Dummheit schon, die Grausamkeiten nicht, aber ich kann nichts gegen sie unternehmen, ich muß sie zur Kenntnis nehmen, also denke ich an Krokodile und bin ein Zyniker.

Wahrscheinlich müssen wir den Menschen auch ihre Grausamkeiten nachsehen, sagte Mascha, wir kommen sonst nicht weiter und müßten an den Menschen verzweifeln. Wie mit den balkanischen Berserkern zu verfahren sei, das wisse sie nicht, es sei ihr auch gleich, man möge dereinst ein paar ihrer Anführer in ein holländisches Gefängnis stecken, das kümmere sie nicht, weil es unwichtig sei und nichts bewirke. Wenn dort Mord und Totschlag zum normalen Umgangston der Menschen untereinander gehörten, dann würde auch die Verurteilung ihrer Anführer nichts daran ändern, es sei daher unerheblich, ob wir den balkanischen Volksgruppen ihre Grausamkeiten nachsähen oder nicht, das mache keinen Unterschied, aber den Menschen, die in unser Leben getreten sind, sagte sie, diesen Menschen müssen wir ihre Grausamkeiten nachsehen, besonders die Grausamkeiten, die sie uns angetan haben und die sie uns fortlaufend antun, sonst stünden wir schnell alleine da. Ob sie damit auf ihren Mann anspiele, fragte ich sofort. Ach, sagte sie mit einer wegwerfenden Geste, mein Mann ist hauptsächlich grausam gegen sich selbst, er hat sich selbst zu lebenslänglichem Stumpfsinn verurteilt, er hat sich selbst aus dem Verkehr gezogen, er hat an sich die Höchststrafe exekutiert und sich begraben. Die grausame Nichtachtung, mit der Karl sie immer gestraft habe, sei für sie die schlimmste Grausamkeit gewesen, die man ihr in ihrem Leben angetan habe, unter dieser Grausamkeit habe sie immer gelitten, nicht unter den Grausamkeiten ihres Mannes. Die Gleichgültigkeit, mit der ihr Mann ihr schon seit Jahren begegne, sei natürlich eine Grausamkeit, sie könne sie ihm aber schlecht vorwerfen, schließlich sei sie ihm mit keiner geringeren Gleichgültigkeit begegnet, die Gleichgültigkeit zwischen ihnen sei bald eine gegenseitige gewesen. So wie ihr Mann mit der fürchterlichsten Grausamkeit gegen sich selbst vorgegangen sei und sich abgetötet habe, so grausam sei auch sie mit sich verfahren, indem sie über viele Jahre seine Bonner Gruft mit ihm geteilt habe, ich habe mich lebendig mit ihm begraben lassen, in dieser

Bonner Trauerzeit, sagte sie. Er habe sich ohne jede Gegenwehr dem völligen geistigen Stillstand überlassen, sie habe ihren Stillstand künstlerisch erzeugt, indem sie sich in einen rigorosen Kunstpurismus hineingesteigert, und den sie bis zum Wahnsinn zelebriert habe, sie habe sich ihre Falle selbst gebaut, eine perfekte Falle, sagte sie, die mich zur absoluten Unbeweglichkeit verdammte, die mich zum Stillstand brachte, mein Mann war auf seine Weise zum Stillstand gekommen, ich auf meine Weise, und so lebten wir jahrelang unbeweglich nebeneinander her, unempfindlich geworden für die Grausamkeiten, die wir uns selbst und uns gegenseitig unablässig angetan haben. Sie habe es auch nicht als Grausamkeit, sondern als Selbstverständlichkeit empfunden, daß ihr Mann nicht die kleinste, nicht die einfachste Frage gestellt habe, als sie nach ihren Wochen auf der Steininsel plötzlich ohne jede Vorankündigung wieder in seinem Haus aufgetaucht sei, er habe sie nur beiläufig gegrüßt, als er sie, aus dem Ministerium kommend, am frühen Abend in seinem Haus angetroffen habe, der Gruß sei mehr eine Zurkenntnisnahme denn ein Gruß gewesen, er habe sie nur flüchtig aus den Augenwinkeln zur Kenntnis genommen, nichts weiter, wie in all den Jahren zuvor, nicht gegrüßt, schon gar nicht *be*grüßt. Sie habe ihn doch mit einer gewissen Anspannung erwartet, denn sie sei sich bis zu diesem Zeitpunkt noch nicht restlos sicher gewesen, ob er sie erkennen würde, ob sie wirklich seine Ehefrau sei, sie habe ihn bei seinem Eintreten aber sofort wiedererkannt, und gerade durch die ihr wohlbekannte Beiläufigkeit seines Grußes und die darin ausgedrückte Interesselosigkeit an ihrer Person habe sie sich gleich auf gespenstische Weise zu Hause gefühlt, ich bin tatsächlich mit diesem Menschen verheiratet, schoß es mir durch den Kopf, sagte sie, ich kann mich gut erinnern. Er hat mir nicht die leiseste Frage nach meinem Verbleib gestellt, nichts, er hat seine Aktentasche in den Flur gestellt, seinen Mantel an die Garderobe gehängt, ist in seine Pantoffeln gestiegen und ins Wohnzimmer geschlürft, wo er den Fernseher eingeschaltet und sich in seinen Sessel hat sinken lassen. Sie habe ihn an diesem Abend zwingen müssen, auf ihre Fragen nach ihrer Vergangenheit zu antworten, es sei ihm nur lästig gewesen und er habe das ohne jede Scham auch gesagt, er habe gesagt, sie solle ihn nicht mit ihren psychologischen Sperenzchen behelligen, er wolle seine Ruhe haben, sie habe aber nicht abgelassen und ihn der Reihe nach mit allen von ihr bis dahin rekonstruierten Vergangenheitsfragmenten konfrontiert. Sie habe versucht, ihm zu verdeutlichen, daß es ihr mit ihren Fragen ernst sei, daß es sich dabei nicht um einen beliebigen abendlichen Zeitvertreib, sondern um Nachforschungen von für sie existentieller Bedeutung handele, er habe dafür aber nur eine spöttische Bemerkung übrig gehabt, indem er die Wörter *von existentieller Bedeutung* mit lächerlichem Pathos nachgeäfft habe. Sie habe sich davon nicht beirren lassen, sie habe ihn zu jeder einzelnen ihrer Erinnerungsnotizen, die sie sich auf der Steininsel gemacht gehabt hätte, befragt, und er habe schließlich widerwillig geantwortet. Er habe sich in seinen Antworten auf das Nötigste beschränkt, er habe im Grunde immer nur mit Ja oder Nein geantwortet, dabei unausgesetzt seine Ungeduld zur Schau stellend, nicht ein einziges Mal habe er von sich aus etwas angefügt oder korrigiert, selbst bei den Fragen, die sich auf ihren gemeinsamen Sohn bezogen gehabt hätten, habe er sich völlig desinteressiert gezeigt und nur die knappsten Antworten gegeben, er habe sich im Verlauf des ganzen Abends keine einzige eigenständige Äußerung entlocken lassen. Sie müsse zugeben, daß sie ihren Mann einem strengen Verhör unterzogen habe, von einer Unterhaltung, einem Gespräch könne man in diesem Fall nicht sprechen, es sei ein von ihr erzwungenes Verhör gewesen, zu dem ihr Mann sich erst bereit gefunden habe, nachdem sie ihm im Falle seiner Verweigerung für den nächsten Tag eine ungemütliche Szene im Ministerium in Aussicht gestellt habe. Ich witterte hier sofort eine womöglich lustige Veranstaltung, und, obwohl es der Ernsthaftigkeit von Maschas Bericht nicht angemessen war, fragte ich sie, was genau sie ihm in Aussicht gestellt und an welche Art von Aufführung im Ministerium sie gedacht hätte. Es sei nicht nötig gewesen, sagte sie, ihm vorab irgendwelche Einzelheiten auszumalen, allein der Gedanke, sie würde dort in seinem Ministerium auftauchen und ihn vor seinen Kollegen bloßstellen, habe gereicht, er habe murrend eingelenkt und gesagt, dann solle sie ihm in drei Teufels Namen ihre existentiellen Fragen stellen, aber sie möge sich kurz fassen. Schade, sagte ich, eine ungemütliche Szene in seinem Ministerium hätte ich ihm gegönnt, dieser Mumie. Das sei nicht ihre Art, sagte Mascha, sie könne gar keine Szenen veranstalten, sie habe ihrem Mann nie eine Szene gemacht, und es sei ein neuerliches Zeichen für das Desinteresse ihres Mannes an ihrer Person gewesen, daß er sich von dieser leeren Drohung habe einschüchtern lassen, er müßte mich doch kennen, sagte sie, er hatte mehr als zwanzig Jahre Zeit, mich kennenzulernen, und er kennt mich bis heute nicht, er weiß bis heute nicht, daß ich zu einer Szene, ganz zu schweigen von einer öffentlichen, gar nicht imstande bin, noch nie imstande war, ich habe mich doch statt eines Angriffs immer nur zurückgezogen und verkrochen, ich habe mich in seiner Gegenwart nie gehen lassen, ich habe mir ihm gegenüber nie die Blöße gegeben, die Fassung zu verlieren. Ich könnte deinem Mann gegenüber durchaus die Fassung verlieren, sagte ich mit einem angriffslustigen Grinsen, ich könnte ihm schon eine Szene machen, da in seinem verkommenen Ministerium, wenn du willst, reise ich gleich morgen nach Bonn ab. Das ist er nicht wert, sagte Mascha, außerdem wäre es unfair, es wäre ein ungleicher Kampf, mein Mann wäre dir ebensowenig gewachsen, wie jedem anderen halbwegs lebendigen Menschen, es ist unsportlich, auf einen Krüppel einzuschlagen. Ob er denn körperlich auch so ein Wrack sei wie geistig, fragte ich sie. Er sei ein schlapper Beamtensack, der sich nur noch mühsam von seinem Büro in die Teeküche und zurück schleppe, er habe seinen Körper in der gleichen Weise vernachlässigt wie seinen Kopf, er habe seinen Körper wie seinen Kopf nicht aktiv und aus eigener Kraft zugrunde gerichtet, wie es ihr doch tausendmal sympathischer gewesen wäre, er habe sich weder kaputt gesoffen, noch habe er je geraucht, er habe seinen Körper einfach nicht mehr benutzt, sowenig wie seinen Kopf, und jetzt gebe er eine noch viel jämmerlichere und zugleich abstoßendere Figur ab, als der versoffenste Trunkenbold vom Bahnhof Zoo, er sei in seiner inneren und äußeren Verwahrlosung viel weiter fortgeschritten als so mancher kluge Kopf, der seinen Körper aus Genußsucht und Übermut in unermüdlicher Kunst-

und Geistesarbeit heruntergewirtschaftet habe und schon mit vierzig oder fünfzig ins Grab steigen müsse. Ihr Mann habe sich schon mit Ende zwanzig in seiner Bonner Gruft einquartiert, aber sein Körper werde noch bis ins hohe Alter vor sich hin gammeln, bis man auch ihn endlich bestatten könne. Ihr Mann würde es sich nicht nehmen lassen, dem Staat noch lange Jahre mit seinen weitreichenden Pensionsansprüchen zur Last zu fallen, bis er sein längst verlorenes Leben auch körperlich aushauche, da sei sie sich sicher, das sei ihm in seiner ganzen Kleinbürgerlichkeit gar nicht anders möglich, er sei einer von den in diesem Land so zahlreichen Menschen, deren einziger Lebenszweck darin bestehe, auf ihre Pensionsansprüche zu pochen, das sei ihr spätestens seit seiner Verbeamtung auf Lebenszeit bewußt geworden, habe er doch seither bei jeder seiner albernen Beförderungen in eine geringfügig höhere Gehaltsstufe immer gleich ausgerechnet, was sich für seine Pensionsansprüche daraus ergebe, es sei nicht zu ertragen gewesen. Sie habe sich, als seine Selbstaufgabe schon deutlich zu erkennen gewesen sei, oft, wie sie sich jetzt erinnere, gefragt, ob es für ihren Mann nicht eine Rettungsmöglichkeit hätte sein können, wenn er sich irgendwelchen Lastern oder Ausschweifungen hingegeben hätte, wenn er dem Alkohol verfallen wäre oder anderen Genußmitteln, selbst an sexuelle Ausschweifungen habe sie gedacht, sie selbst hätte kein Interesse an übermäßigen sexuellen Übungen mit ihm gehabt, sie hätte es aber begrüßt, wenn er sich außerehelich sexuell versucht hätte, sie habe gedacht, vielleicht könne er sich auf diese Weise seine Lebensgeister wiederbeleben, er hätte ruhig sein halbes Beamtengehalt auf die Inszenierung seiner Perversionen verwenden sollen, das hätte sie sofort gebilligt, ja befürwortet, und sie habe ihm angedeutet, in dieser Hinsicht die gleichmütigste Ehefrau zu sein, die man sich denken könne. Er habe davon aber nichts wissen wollen. Sie habe ihren Alkoholkonsum von Jahr zu Jahr weniger gezügelt, sie habe sich zwar, bis auf wenige Ausnahmen, nie sinnlos betrunken, aber sie habe sich auch keinerlei verlogene Anstandsschranken mehr auferlegt, sie habe sich nicht für ihren Wein geschämt, er habe sich dadurch aber nicht verführen lassen. Mal ein Gläschen auf einer drögen Familienfeier, ein Glas billigen Sekt auf einer der zahllosen obligatorischen Büroumtrünke, mehr nicht, sagte sie, er hat ja noch nicht einmal Kaffee getrunken, nur immer seinen labbrigen Tee, diese nassen, kraftlosen Teebeutel morgens in seiner halb leer getrunkenen Tasse, so kam er mir selbst schon bald vor, wie ein ausgelaugter nasser Teebeutel, ohne jeden Gehalt, charakterlos. Sie sei dann von ihrer Idee wieder abgekommen, ein weniger braves und nicht in jeder Hinsicht so stur enthaltsames Leben könne ihren Mann aufrütteln und wieder zu dem interessanteren und wacheren Menschen machen, den sie sich zum Freund gewünscht habe und der er früher doch wenigstens in seltenen Phasen auch gewesen sei, sie habe doch schnell eingesehen, daß es sich dabei um einen unsinnigen und tatsächlich widersinnigen Gedanken gehandelt habe, denn die völlige Ereignislosigkeit, die absolute Gleichförmigkeit, die Einebnung noch der sanftesten Bodenwellen sei das Lebensziel ihres Mannes gewesen von Anfang an, er habe schon immer das geräuschlose Schattendasein mit Pensionsanspruch als dumpfer Kleinbürger angestrebt, er habe anfangs sich und anderen nur etwas vorgemacht, er habe Menschen für die Verwirklichung seines Kleinbürgerideals gebraucht, Menschen, die ein unverhohlener Spießer und für nichts zu interessierender Dummkopf niemals für sich hätte einnehmen können, er habe in arglistiger Täuschungsabsicht den jungen tatendurstigen politischen Mann vorgegaukelt, um Menschen anzulocken, wenigstens einen Menschen habe er gebraucht, wenigstens sie, um sie als Ehefrau in seine Spießergruft zu zerren, und kaum habe er sie sich als Ehefrau ergaunert, habe er die Maske auch schon fallen lassen und sich ganz ungeschminkt als den Lebensfeind zu erkennen gegeben, der er immer schon gewesen sei. Kaum war er verheiratet, kaum war er verbeamtet, konnte er seine Verstellung aufgeben und seiner kleinbürgerlichen Lebensverachtung freien Lauf lassen, sagte sie. Ihr Mann habe mit rücksichtsloser Grausamkeit gegen sich vorgehen müssen, um sich die von ihm erträumte deprimierende Kleinbürgerexistenz einzurichten, das sei ja das Paradoxe an den Kleinbürgern, einerseits erträumten sie sich ihre Abstumpfung und Abtötung und erhöben die totale Leblosigkeit zum höchsten Lebensziel, andererseits erfordere die Verwirklichung ihrer vollständigen Abstumpfung und Abtötung jahre- und jahrzehntelange äußerste Brutalität gegen jede, und sei es die geringfügigste, Lebensäußerung in ihnen, die sie trotz konsequentester Selbstunterdrückungsmaßnahmen anfangs immer noch an sich wahrnehmen müßten. Je näher ein Kleinbürger seinem Ideal, der leblosen Existenz, käme, desto verbitterter und unausstehlicher würde er. Ist ein Mensch einmal so weit fortgeschritten in seinem Abstumpfungsprozeß wie mein Mann, sagte sie, ist ein Zusammensein mit ihm nicht mehr möglich, nicht zu reden von einem Zusammenleben, er verpestet alles mit seiner Verbitterung, mit seiner Bosheit und Menschenverachtung.

Früher, sagte sie, habe sie das Bett mit ihrem Mann geteilt, und wenn sich dort auch nie die große Leidenschaft abgespielt hätte, sie hätte doch mitunter ihr Vergnügen daran gehabt, geekelt habe sie sich anfangs nie vor ihm, aber im Lauf der Jahre, in denen er vor ihren Augen innerlich abstarb, habe sie zunehmend Widerwillen bei dem Gedanken empfunden, ihm körperlich zu begegnen, bis sie schließlich seine bloße Nähe nicht mehr ertragen und nur noch Abscheu und Ekel für seine körperliche Person übrig gehabt habe. Sie habe sich aus dem ehelichen Schlafzimmer schon vor wenigstens fünf Jahren ausquartiert, am Ende habe sie keine, auch nicht die flüchtigste, körperliche Berührung mehr zugelassen. Er habe gegen ihren Auszug aus dem ehelichen Schlafzimmer nur matt protestiert, es habe sich bei seinem Protest um einen kleinbürgerlichen Reflex gehandelt, eine Ehefrau habe Tisch und Bett mit ihrem Ehemann zu teilen, so stehe es in der Spießerbibel, die jeder Spießer verinnerlicht hätte und die ihrem Mann oberstes Gesetz sei, sie habe seinen Einwand schlicht ignoriert, und er habe nicht weiter nachgesetzt. Sie hätte sich schon lange vorher sexuell von ihm zurückgezogen, auch das habe er hingenommen, sie denke, er habe sich in gleicher Weise von ihr sexuell zurückgezogen, ihre sexuelle Entfernung voneinander sei mit der zunehmenden wechselseitigen Gleichgültigkeit ganz folgerichtig im Einklang verlaufen, ihr wäre, von ihrem Ekel einmal abgesehen, ein sexueller Kontakt mit ihrem Mann als Gipfel der Verlogenheit vorgekommen, ihrem Mann sei die sexuelle Enthaltsamkeit vielleicht sogar zupaß gekommen, als willkommener, ja notwendiger Stützpfeiler seiner Spießergruft.

Nein, sagte Mascha, die Grausamkeiten meines Mannes berühren mich nicht, jedenfalls nicht mehr, schon lange nicht mehr. Und trotzdem, jetzt denke ich, sagte sie, und das ist das Merkwürdige, meinem Mann sehe ich seine Grausamkeiten nicht nach, ihm nicht, ihm werfe ich sie vor, Karl nicht. Die Grausamkeiten und Bosheiten meines Mannes, die mich gar nicht mehr erreicht haben, werfe ich ihm vor, Karl werfe ich seine Grausamkeit gegen mich nicht vor. Mein Mann ist ein erbarmungswürdiger Wurm, den man nicht ernst nehmen kann, und ich mache ihn für seine Bosheiten verantwortlich, Karl, der ein lebendiger und tausendmal stärkerer Mensch als mein Mann war, mache ich für seine Bosheiten nicht verantwortlich, ihm sehe ich sie nach, meinem Mann nicht, das ist das Merkwürdige.

Ihren Mann hat Mascha nicht ein einziges Mal mit seinem Namen erwähnt, keine einziges Mal hat sie als Dieter von ihm gesprochen, obwohl ich jetzt sicher bin, daß er Dieter heißt, während sie von Karl, ihrem Kostja, immer nur als Karl gesprochen hat. Von Karl konnte sie nicht anders als von Karl sprechen, das ist mir jetzt klar, Karl konnte sie nicht bei seiner Funktion nennen, es sei denn, sie hätte nur noch als Kostja von ihm gesprochen, wie sie es selbst später vorgeschlagen hatte, denn das war seine Funktion, Kostja, das war die Rolle, die Karl in ihrem Leben gespielt hat.

Ich habe früher übrigens auch geraucht, sagte sie, um auf deine Ablenkungsfrage von vorhin zurückzukommen.

Heft VIII

Es nützt nichts, nein, ich kann es mir nicht erklären, denke ich, ich habe es jetzt versucht und mich für eine viertel Stunde in meinem Kopf mit den unerwiderten Lieben meines Lebens beschäftigt, die ich natürlich auch hatte, wie jeder Mensch, in der Absicht, die unfaßliche Ausdauer zu verstehen, mit der Mascha sich ihr Unglück, Karl betreffend, über so viele Jahre erhalten hat, aber es hat mir nichts genützt, ich kann es nicht nachfühlen, nicht in dieser gewaltigen Ausschließlichkeit. Seit Jahren schon begnüge ich mich, was die Liebe betrifft, mit fernen und unwirklichen Gefühlshalluzinationen in meinem Kopf, ich lasse die Liebe nicht mehr aus meinem Kopf heraus, ich habe sie dort eingesperrt, da scheint sie mir sicher, und andere Menschen, jüngere zumal, würden meine solitären Liebesgeschichten, für die ich gelegentlich eine meiner Studentinnen im Kopf mißbrauche, als unglückliche Lieben bezeichnen, aber das wäre ein Irrtum. Ich leide nicht unter der Unwirklichkeit meiner harmlosen Verliebtheiten, nein, ich habe gelernt, sie mir zur tröstenden Beruhigung zu machen, die Gier, das Sichverzehren habe ich mir schon lange abgewöhnt, ich hätte sonst nicht so lange durchgehalten. Als junger Mann, ja, vielleicht bis zu meinem dreißigsten Lebensjahr, habe ich mir noch heftige Gefühlsstürme erlaubt, leidenschaftliche Liebesraserei, manche meiner Lieben zählten zu den glücklich genannten, also zu den, für eine Zeit, gemeinsam zu zweit gelebten, manche zu den unglücklich genannten, wenn sie mich nicht erhört hat, die von mir so arg Begehrte. Mehr als einmal in meinem Leben habe auch ich mich lange und heftig an eine vergebliche Liebe geklammert, habe die Angebetete, wie man oft so gedankenlos dahinsagt, tatsächlich angebetet, war über Monate, einmal sogar über fast zwei Jahre wie gelähmt in schon pathologischer Verzehrung nach ihr, Carla, meiner Portugiesin. Merkwürdig, Carla hieß sie, denke ich jetzt, zwei Jahre war ich zu keinem klaren Gedanken fähig wegen Carla, niemand, keine andere Frau konnte mich in dieser Carlazeit aus meiner Trance wecken, ich war nur noch von Carla besessen, sie war es, die ich um jeden Preis haben wollte, die ich aber nie bekommen habe, bis ich mich schließlich auch in diesem schwersten Fall aller meiner vergeblichen Verliebtheiten von ihr freimachen und sie aus meinem Kopf ausweisen konnte. Mit jeder unerwiderten und aussichtslosen Verliebtheit gelang es mir besser und schneller, mit ihr fertig zu werden und sie mir aus dem Kopf zu schlagen, ich habe sie mir tatsächlich, nach meinen ersten Gehversuchen in Sachen Liebe, nach meinen Lehrjahren, sozusagen, nicht mehr aus dem Herzen reißen müssen, wie Mascha sich die ihre, meine Mascha sich ihren Karl, Tschechows Mascha sich ihren Kostja, ich habe sie mir nur noch aus dem Kopf schlagen müssen, damit war die Sache erledigt, mehr oder weniger, früher oder später. Zu einem solchen schier endlosen Liebesleiden, wie Mascha es sich zugemutet hat über viele Jahre hinweg, war ich nie fähig, immer habe ich mich doch vergleichsweise schnell zurückgezogen, von Carla nicht so schnell, aber was sind schon zwei Jahre im Vergleich zu den weit mehr als zwanzig, die Mascha ihrem Karl nachhing, nicht annähernd so lange hätte ich mir das antun können, dafür bin ich immer zu eigennützig, letztendlich zu selbstverliebt gewesen. Und Carla, wenn ich jetzt an meine portugiesische Carla denke, die ich bis heute lebhaft vor Augen habe, obwohl ich sie sicher wenigstens fünfzehn Jahre nicht mehr gesehen habe, wenn ich jetzt an Carla denke, so kommt mir meine damalige Vernarrtheit in sie nur wie eine Kinderei vor, eine Lappalie, im Vergleich zu Maschas Liebeswahn für ihren Karl, wenn ich mich auch niemals vorher und niemals mehr nachher derart in eine aussichtslose Liebesidee verrannt habe, wie bei Carla. Ich hatte mir Carla als junger Student in den Kopf gesetzt, ohne sie auch nur im geringsten zu kennen, ich hatte nie ein Wort mit ihr gewechselt, allein ihre äußere Erscheinung, ihr Geruch vor allem, ihre Wärme, die ich mir einbildete spüren zu können, nur ihre körperliche Person war Gegenstand meiner gockelhaften Bemühungen, während Mascha ihren Karl ja sehr gut kannte, seit ihrer Jugend.

Ich erinnere mich noch sehr gut, wie ich in den Monaten meiner Carlabesessenheit selbst für meine nächsten Freunde nicht mehr ansprechbar war, wenn ich Carla in der Nähe vermutete. Und wenn Carla tatsächlich in der Nähe war, und ich suchte damals ständig ihre Nähe, meistens in einer bestimmten Kneipe, von der ich schnell herausgefunden hatte, daß Carla sich häufig mit ihrem, von mir nicht sonderlich geschätzten Freund dort aufhielt, war ich völlig in ihren Bann geschlagen und buchstäblich bewegungsunfähig. Meine Freunde hatten sich schließlich geweigert, mit mir diese Kneipe aufzusuchen, sie sagten, sie könnten genausogut mit einem paralysierten Affen auf ein Bier gehen oder sich mit Selbstgesprächen unterhalten, wenn diese Person, also

Carla, dort sei, sei ich kein besserer Gesprächspartner als eine im Bier schwimmende Fruchtfliege, diese Person, was an der schon sei, sagten sie immer, du hast völlig den Verstand verloren, ein ganz durchschnittliches Mädel ist das, nicht besonders hübsch und dazu wahrscheinlich noch brunzdumm, so redeten sie immer auf mich ein und gingen nicht mehr mit mir in Carlas Kneipe, in der ich aber natürlich weiter jede Nacht verbracht habe, um Carla zu sehen. Ich kann mich jetzt nicht mehr an ihren Geruch erinnern, aber ich weiß noch sehr gut, daß ihr Geruch für mich der entscheidende Liebesgrund an ihr gewesen war, ich hatte mir eingebildet, ich könnte ihren Geruch von dem aller anderen Menschen auf dieser Welt unterscheiden, und tatsächlich ist es mir mehrmals gelungen, sie anhand ihres Geruchs, den sonst niemand, keiner meiner Freunde, die ich als Zeugen herbeigerufen hatte, wahrnehmen konnte, gelungen, sie in unserem Institutsgebäude aufzuspüren, ich stieg die Treppe hinauf und sagte mir plötzlich, Carla ist hier in der Nähe, Carla muß hier irgendwo sein, und ich folgte der Fährte und fand sie, nicht immer, aber meistens, und dieser Geruch war nicht etwa ein aufdringliches Parfüm, nichts in irgendeiner Weise Hervorstechendes, es war ihr ganz eigener, für mich unwiderstehlicher, ja mich geradezu narkotisierender Geruch, der für alle anderen mir bekannten Nasen nicht existierte. Wie ein Tier habe ich Carla damals nachgespürt, wie ein brunftiger Kater habe ich mich an ihre Fersen geheftet, und wenn ich sie dann aufgespürt habe, in unserem Institut, in der Kneipe, dann habe ich sie angestarrt, habe die ganze Zeit ihren Blick gesucht, habe all meine Energien auf sie gebündelt, bis zur krankhaften Überhitzung habe ich mich auf sie fixiert, daß nicht nur meine Freunde, sondern auch alle anderen mich umgebenden Menschen von mir gewichen sind, sie müssen mich für verrückt gehalten haben, und ich war ja auch verrückt. Erst nach zwei Jahren, als ich, ein junger Mann, wie gesagt, von meiner Carlabesessenheit fast in den Wahnsinn und jedenfalls in eine beängstigende Einsamkeit getrieben worden war, keine andere Frau konnte mich verlocken, meine Freunde hatten sich weitgehend von mir zurückgezogen, erst dann faßte ich mir schließlich in größter Not, wie es mir damals vorkam, ein Herz und tat den mir, in Bezug auf Carla, immer völlig unvorstellbaren Schritt und sprach sie an. Ich wußte, es geht so nicht weiter, ich werde verrückt und für die Liebe für alle Zeiten untauglich, wenn ich es nicht wage und alles auf eine Karte setze und zu ihr gehe und sie anspreche, hol dir die endgültige und mit deutlichen Worten ausgesprochene Abfuhr, dann ist Schluß, dann leidest du für dich noch ein Weilchen, aber die Sache hat endlich ein Ende. Sie schien mir damals in meiner Verehrungsparalyse ganz unerreichbar, einer Göttin gleich, kein Mensch, weit über mir, und ich hatte lange Zeit gar nicht daran gedacht, sie anzusprechen, dieser Gedanke wäre mir lange Zeit völlig absurd vorgekommen, jede kannst du ansprechen, hatte ich mir immer wieder gesagt, jede andere, aber Carla nicht, Carla kann man nicht ansprechen, Carla ist göttlich, jede kannst du haben, Carla nicht.

Ich faßte mir also eines Nachts ein Herz und ging auf sie zu und sprach sie an, ich weiß nicht mehr wie, ich stammelte wahrscheinlich wirres Zeug, und sie, die sich schon lange furchtbar von mir bedrängt und verfolgt gefühlt und mich für verrückt gehalten haben muß, lud mich tatsächlich für den nächsten Tag in ihr besetztes Haus ein, um mit ihr und den anderen Hausbesetzern eine *Bullenfalle* in der Hofdurchfahrt auszuheben. Jedem anderen hätte ich einen Vogel gezeigt und ihm einen guten Tag gewünscht, eine Bullenfalle, so ein Unfug, ich hatte diese Hausbesetzer ja damals schon für pubertäre Hitzköpfe gehalten, aber mit Carla und für Carla hätte ich bedenkenlos in der ganzen Stadt an jeder Ecke und in jeder Hofdurchfahrt die großartigsten Bullenfallen ausgehoben, die sich denken lassen, und ich vollführte im Geist wahre Jubeltänze. Ich sah mich an Carlas Seite munter den Spaten schwingen, Schaufel um Schaufel mich mit ihr in die Erde wühlen und eine Grube ausheben, in die ein ganzer Bullenzug gepaßt haben würde, sie schließlich lachend und schwitzend in die Arme nehmen, tief drunten in unserer unglaublichen Bullenfalle, und ihr unter den Anfeuerungen der oben am Grubenrand stehenden Hausbesetzer einen ersten innigen Kuß geben. Ich weiß noch, ich betrank mich in dieser Nacht aufs verwerflichste, ich betrank mich so entsetzlich, daß ich der Wirtin ein Gedicht auf ihren Kneipenzettelblock schrieb, mit welchem diese mich noch Tage danach verhöhnte und vor meinen Freunden bloßstellte und beschämte. Ich bin natürlich pünktlich am nächsten Nachmittag bei Carla erschienen, war aber von dem vorangegangenen Alkoholexzeß derart übel zugerichtet, daß ich nicht in der Lage war, mich an den Ausschachtungsarbeiten für die Bullenfalle zu beteiligen. Zu meinem Erstaunen verzieh Carla mir meine Unpäßlichkeit, sie zeigte sich sogar bereit, sich mit mir abends in einer Kneipe meiner Wahl zu treffen, und so ging ich nach Hause, um mich für den großen Abend frisch zu schlafen. Ich hatte Carla eine Kneipe benannt, von der ich wußte, daß ihre mich störenden Kumpane dort nicht auftauchen würden, und wir hatten ein freundliches, teilweise auch lustiges Gespräch, sie hatte mir gestanden, daß sie mich tatsächlich für gestört gehalten habe, für verschroben, ich weiß nicht mehr, welches Wort sie dafür gebrauchte, vielleicht hatte sie sogar *verrückt* gesagt, möglich, und ich entschuldigte mich bei ihr für meine unverschämt zudringlichen Nachstellungen, für den Belagerungszustand, dem ich sie mit meinen unausgesetzten Blicken unterworfen hatte, und wir tranken und unterhielten uns, die Stimmung stieg von Minute zu Minute, wir waren freundlich miteinander und lustig, ich war gut in Form und befeuerte sie mit charmantestem Witz, ich fühlte mich großartig, stark und schön und unwiderstehlich, und dann mußte ich aufs Klo. Ich stand da an der Pißschüssel und schaute frohgelaunt umher, munter dabei mein Wasser abschlagend, und in meiner freudigen Erregung passierte mir dann das schreckliche Malheur: Ich hatte, ganz in Gedanken bei Carla, die Schüssel verfehlt, und der Urinstrahl spritzte vom Schüsselrand oder von der Wand, ich weiß es nicht, auf mich zurück, auf meine sogenannte Thermohose, ein grauenhaftes Kleidungsstück aus Kunststoff, das ich mir als armer Student für ein paar Mark in einem Billigladen gekauft hatte, und meine hellgraue Plastikhose verfärbte sich jetzt rund um den Hosenschlitz und den rechten Oberschenkel hinab dunkel. Das war das Ende, das war mir klar. Ich versuchte zuerst in heller Aufregung, den Schaden mit Papierhandtüchern einzudämmen, ergebnislos, wie sich denken läßt, eine nasse Synthetikhose mit synthetischer

Fütterung läßt sich nicht abtrocknen. Ich gab also auf und ging wieder in den Gastraum zu Carla zurück, in der vagen und, wie sich schnell herausstellen sollte, trügerischen Hoffnung, sie würde die Verunstaltung an mir womöglich einer Nachlässigkeit beim Händewaschen zuschreiben. Sie sagte nichts bei dem unappetitlichen Anblick, den ich ihr bot, stand dann aber bald, nachdem sie ihr Bier hastig geleert hatte, auf und verabschiedete sich unter einem Vorwand. Wochen später hatte ich noch einmal einen schüchternen Versuch unternommen, sie zu einer Verabredung zu bewegen, aber sie wies mich barsch ab und sagte, ich solle sie in Ruhe lassen und nicht mehr belästigen. Ich litt noch eine Zeit, natürlich, ich schämte mich vor allem für die peinliche Art meines Scheiterns, dann aber gelang es mir schließlich, mir Carla aus dem Kopf zu schlagen, und ich stürzte mich in ein neues Abenteuer, diesmal in eines der sogenannt glücklichen Sorte. Die Thermohose habe ich weggeworfen.

Mascha hat ihren Karl schon auf dem Gymnasium kennengelernt und bis zu seinem Tod war sie ihm verfallen. Sie habe Karl von Anfang an bewundert, sagte sie an unserem Wohnzimmertisch, schon als Gymnasiastin habe ich ihn bewundert, bewundert und verehrt und dann geliebt. Karl habe sich für einen hochtalentierten Dramatiker gehalten, er habe sich schon in der Schule, weit über das schulisch verlangte Maß hinaus, mit dem Theater beschäftigt, ständig habe er die Bücher der berühmten russischen und deutschen Dramatiker mit sich herumgetragen, monatelang habe er nur von der höchsten Kunst Shakespeares gesprochen, der unerreichte Shakespeare, der übermenschliche, habe er oft als Gymnasiast gesagt, während seine Mitschüler doch nur ihre privaten Vergnügungen im Kopf gehabt hätten und nahezu ausschließlich damit beschäftigt gewesen wären, beim jeweils anderen Geschlecht Eindruck zu schinden. Sie sei die einzige gewesen, sagte Mascha, die Karl für seine Theaterbeschäftigung bewundert und verehrt habe, sie sei ihm eine aufmerksame Gesprächspartnerin gewesen, ich war seine aufmerksame und eifrige Schülerin, ich habe die Stücke, die er mir, nach sorgfältiger Abwägung, wie ich mir immer vorstellte, gab, verschlungen und anschließend aufs genaueste mit ihm besprochen, stundenlang saßen wir oft auf einer Parkbank, in einem Café, bei mir, bei ihm im Zimmer und sprachen über Shakespeare, Büchner, Kleist, Tschechow, auch über Brecht, den Karl anfangs noch verehrt, später dann aber abgelehnt und schließlich verachtet hat, und immer sind wir die dramatischen Werke, die wir uns vorgenommen hatten, die Karl für meinen Unterricht bestimmt hatte, Szene für Szene, Satz für Satz durchgegangen, so daß wir oft über Wochen mit ein und demselben Stück befaßt waren. Karl habe ihr oft Fragen zu einzelnen Szenen, zu einem bestimmten dramaturgischen Kunstgriff, zum Hintergrund dieser oder jener Figur gestellt, die sie nicht habe beantworten können und die er dann für sie mit großem Eifer selbst beantwortet habe, er habe sie gelegentlich mit bizarren Auslegungen der durchgenommenen Texte konfrontiert, die sie nicht nachvollziehen habe können, und er habe dann so lange keine Ruhe gegeben, bis sie sie schließlich verstanden oder wenigstens gesagt habe, sie hätte sie verstanden. Karl habe sie ans Theater herangeführt, sagte sie, er sei ihr Lehrmeister gewesen. Was sie bei ihm noch während ihrer Schulzeit gelernt habe, sei hundertmal mehr wert gewesen als ihr ganzes Studium, das ihr von Beginn an seelenlos und blutleer vorgekommen sei im Vergleich zu ihren vielen Sitzungen mit Karl.

Schon als Siebzehnjährige sei sie Karl verfallen gewesen, sagte sie, sie habe die ausgiebigen Gespräche mit ihm wie nichts sonst genossen, und ihre glühende Liebe habe ihr schließlich keine andere Wahl gelassen, als sie ihm zu offenbaren, ich habe ihm eines Tages mitten in einem Gespräch über Tschechow gesagt: Ich liebe dich. Karl sei zurückgewichen, er habe sie erschrocken und, wie es ihr vorgekommen sei, auch unfreundlich und verärgert angesehen, er habe dann gefragt, wie das zu verstehen, ob das ein Scherz sei. Ich war so verstört von seinem abweisenden Blick, ich verfluchte mich dafür, ihm dieses Geständnis gemacht zu haben, ich hatte Angst, jetzt zieht er sich von mir zurück, jetzt ist alles kaputt, aber ich konnte ja nicht mehr zurück, und ich sagte, ich meine es ernst, ich liebe dich, ganz und gar. Ich wußte damals natürlich, jeder wußte es, daß er einen Blick auf eine andere Mitschülerin geworfen hatte, sozusagen seine erste Nina, die erste seiner vielen Ninas, aber die wollte nichts von ihm wissen, sie war ein dummes Püppchen, das mit einem hirnlosen Grobian ihren primitiven Freizeitvergnügungen nachging, und da dachte ich, in mir hat er einen Menschen, mit dem er seine Theaterleidenschaft teilen kann, da vergißt er das hübsche Dummchen schnell, aber darin hatte ich mich schwer getäuscht. Er hat dieses Dummchen, wie alle anderen, die ihr folgten, nicht schnell vergessen, und er hat sich doch sein ganzes Leben immer auf Frauen versteift, die weit unter seinem Niveau waren, mädchenhafte Püppchen, die nichts im Kopf haben als ihre primitive Vergnügungssucht, dumme Gören, die Glanz und Luxus verlangen und gleichzeitig zu keinem halbwegs klaren Gedanken imstande sind, das hat mich immer so verletzt, sagte Mascha, daß er diesen geistlosen Schicksen hinterherlief, die noch nie ein Theater von innen gesehen haben, es sei denn anläßlich einer Preisverleihung mit einer Riege von berühmtesten Berühmtheiten mit Blitzlichtgewitter und Champagner, diesen hohlköpfigen Ziegen, die noch nie ein Buch aufgeschlagen haben, wenn wir den gräßlichen Kitschromanen, die sie begierig verschlingen, die Bezeichnung *Buch* verweigern, daß er immer nur Augen für diese künstlichen Kunstschlampen hatte, die von Kunst nicht das geringste verstehen, die sich gleichermaßen an einen berühmten Schauspieler oder Regisseur wie an den allerdümmsten Rennfahrer oder Fußballspieler ranschmeißen, Hauptsache er ist berühmt, daß Karl auf diese Berühmheitsprostituierten reingefallen ist, daß er geradezu versessen auf sie war, das hat mich doch immer sehr gekränkt.

Karl habe sie, nachdem sie ihm ihre Liebe offenbart gehabt habe, streng zurechtgewiesen, er habe gesagt, sie sei im Begriff, alles zu zerstören. Er schätze sie als künstlerische Gesprächspartnerin, aber an Liebe, womöglich an körperliche Liebe, sei nicht zu denken, das solle sie sich aus dem Kopf schlagen, in dieser Hinsicht empfinde er nichts für sie. Sie sei, sagte Mascha, an diesem Tag arg betrübt, wie man sich denken könne, nach Hause gegangen, sie habe Karl seither, seit weit über zwanzig Jahren, wie ich mir im stillen ausrechnete, nie wieder mit ihren Empfindungen für ihn konfrontiert, aber sie habe alles daran gesetzt, die Verbindung mit ihm zu festigen und ihn nicht aus den Augen zu verlieren. Nur wenige Tage nach der verunglückten Liebesbekundung sei sie wieder mit ihm zur Besprechung des Tschechowstücks zusammengesessen, er sei, sowenig wie sie, nicht noch einmal auf das Thema Liebe zurückgekommen, sie beide hätten den Vorfall einfach übergangen und ihn beiseite geschoben, um von ihm nicht in ihrer Theaterbeschäftigung gestört zu werden.

Sie habe gedacht, sie müsse nur behutsam mit ihm vorgehen, Geduld mußt du haben, habe ich mir gesagt, sagte sie, eines Tages merkt er, was er an dir hat, eines Tages wird er aufwachen und feststellen, daß sich die hormonbedingte Vernebelung seiner Geister, die ihn auf die Fährte des hübschen Dummchens gesetzt, aufgelöst hat, und er wird dich anschauen und sagen, Mensch, was bist du für eine Frau, komm an meine Seite. Du darfst dich nur nicht aufdrängen, ihn nicht bedrängen, ihn nur nicht verschrecken, so habe ich gleich gedacht, schon als Siebzehnjährige, und dann über viele Jahre weiter, immer habe ich gedacht, es kommt der Tag, an dem er seiner rastlosen Hatz nach diesen dumpfen Betthäschen gründlich überdrüssig ist und mich an seine Seite nimmt, aber diesen Tag hat er nicht mehr erlebt, er nicht und ich nicht.

Mascha, sagte ich an dieser Stelle, was ich nicht verstehe, ich meine, du selbst weißt sehr gut, daß du eine bildschöne Frau bist, du wirst damals nicht weniger schön gewesen sein, wahrscheinlich noch viel schöner und nicht so abgemagert, wenn es deinem Karl nur um Schönheit gegangen wäre, hätte er mit dir doch den Hauptgewinn gemacht, eine wunderschöne Frau, und dazu noch eine außergewöhnlich kluge und geistreiche, das verstehe ich nicht. Mascha quittierte mein Kompliment nur mit einem kurzen Lächeln, das mir bestätigte, daß ihr ihre eigene Schönheit, wie ihre Klugheit, durchaus nicht unbekannt ist, dann sagte sie, sie habe oft darüber nachgedacht und sei zu dem Schluß gekommen, sie habe sich wohl für Karl durch ihre geistige Nähe zu ihm als Frau disqualifiziert, er sei immer nur Frauen nachgestiegen, die ihm geistig weit unterlegen gewesen wären, eine Frau, die ihm auf der Höhe seiner Geistesstufe begegnete, wäre für ihn für eine Liebesbeziehung nicht in Betracht gekommen, das sei kein seltenes Phänomen, es gebe viele Männer, die mit dieser Schwierigkeit zu kämpfen hätten, das wisse sie inzwischen. Was für eine Verschwendung, sagte ich. Es sei interessant zu beobachten, sagte sie, daß nur Männer mittleren und hohen Bildungsgrades unter dieser Behinderung litten, ungebildete Menschen paarten sich ganz wie von selbst in aller Regel untereinander, da mache es dem Mann, der ein bißchen etwas gelernt habe, nichts aus, sein Leben mit einer Frau zu verbringen, die auch ein bißchen etwas gelernt habe, erst ab einer gewissen Bildungsstufe trete das Problem bei den Männern auf, und das Tückische an der Sache sei, daß Frauen davon nicht betroffen seien, im Gegenteil, Frauen von hoher Bildung würden Männer niederer oder gar keiner Bildung nicht ertragen, was zur Folge habe, daß diese Frauen nur eine beschränkte Auswahl unter Männern gleicher Bildung hätten, würde doch ein stattlicher Teil von ihnen wegen ihres Hangs zu dümmlichen Püppchen nicht zur Verfügung stehen. Das habe doch aber auch sein Gutes, sagte ich, nämlich für die höher gebildeten Männer, die nicht unter diesem Handikap litten, die nicht nur den dümmlichen Püppchen nachstellten, denn sie hätten ja dann in bezug auf die höher gebildeten Frauen weniger Konkurrenz unter ihresgleichen, sozusagen einen Selektionsvorteil, ein Teil fällt weg, sagte ich, die müssen sich mit ihren Püppchen abplagen und ihnen teure Geschenke kaufen, und die, die übrigbleiben, haben euch klugen und geistreichen Frauen ganz für sich alleine und müssen euch noch nicht einmal Geschenke kaufen, stimmt's? Mascha lachte und sagte, ja, stimmt, für dich ist es gut, mach was draus. Ich bin dabei, sagte ich.

Es mag sein, daß Mascha recht hat, denke ich jetzt hier an meinem Tisch, vielleicht gibt es tatsächlich Männer, die ihnen ebenbürtige Frauen nicht lieben können, aber es muß sich um eine bedauernswerte Minderheit handeln, um eine winzige Minderheit, denke ich, denn wie unangenehm ist es doch, wenn man sich an eine auf den ersten Blick verlockende Person heranmacht und dann schon in den ersten Sekunden der Erkundungskonversation feststellen muß, diese Person kann nicht zwei und zwei zusammenzählen, sie kann nicht den einfachsten Satz fehlerfrei formulieren, dazu spricht sie einen unmöglichen Dialekt und gestikuliert, kaum macht sie den Mund auf, wie eine Aufziehpuppe, das ist doch immer wieder niederschmetternd, man hält große Stücke auf seine Menschenkenntnis und muß doch immer wieder feststellen, daß sie höchst unzureichend ist. Natürlich werden solche Fehlgriffe im Lauf des Lebens seltener und weniger drastisch, man verbessert seinen Blick für die Menschen ja lebenslänglich jeden Tag, und doch passiert es einem immer wieder, daß man sich täuscht und an eine völlig unmögliche Person gerät. Vielleicht sind die Männer, von denen Mascha gesprochen hat, erbarmungswürdige Masochisten, die gerade diesen Leidensmoment der Enttäuschung suchen, sie suchen die Selbstbestrafung, indem sie sich wider besseren Wissens von einer Person einreden, es handele sich um einen außergewöhnlich geistreichen Menschen, dann nähern sie sich ihr und holen sich die Enttäuschung ihres Lebens, weil sie feststellen müssen, sie haben eine geistig in der Vorschule Zurückgebliebene angesprochen. Und um das Leiden zu verlängern, entfernen sie sich nicht schleunigst von der schmerzlich dummen Person, wie es jeder gesunde Mensch doch sofort tun würde, sondern sie setzen sich weiter der quälendsten Niveaulosigkeit aus und suchen die Gesellschaft mit ihr. Aber ist das wirklich möglich, frage ich mich jetzt, kann Maschas Karl sein Leben lang, von solch perverser Selbstbestrafungssucht getrieben, Frauen von so himmelschreiender Dummheit nachgestiegen sein, wie Mascha sie mir beschrieben hat, ist das wirklich möglich? Vielleicht wird Mascha darüber verärgert sein, aber ich denke jetzt, sie hat womöglich ein wenig übertrieben, ein kleines bißchen nur, vielleicht waren die von Karl begehrten hübschen Dummchen, wie Mascha sie nannte, nicht alle tatsächlich so unfaßbar dumm, so dumm, daß es einem die Sprache verschlägt, so dumm wie zum Beispiel die Wirtin einer Kneipe in meiner Nachbarschaft, die kürzlich Mutmaßungen darüber angestellt hat, ob nicht ein betrügerisches Manöver der Regierung dahinterstecke, daß die letzte Bundestagswahl *schon wieder* auf einen Sonntag gefallen ist, sie hege schon lange den Verdacht, daß es bei den Wahlen nicht mit rechten Dingen zugehe, es müsse einen doch stutzig machen, daß sich die für die einzelnen Parteien errechneten Stimmenanteile immer zu hundert Prozent addierten, das könne man ihr nicht weismachen, ihr nicht, eine Wahlbeteiligung von hundert Prozent, niemals, sie selbst sei nämlich nicht zur Wahl gegangen, und wenn ich jetzt bedenke, wie viele haarsträubende Dummheiten ähnlichen Kalibers ich schon in meiner Dummheitensammlung und an meiner Küchenwand habe, muß ich doch zugeben, Mascha hat wahrscheinlich nicht übertrieben, wahrscheinlich waren die hübschen Dummchen allesamt so dumm wie die erwähnte Wirtin, die allerdings nicht hübsch ist, sie hat keine Tarnung, der wäre Karl mit Sicherheit nicht auf den Leim gegangen.

Karl ist nicht zu verstehen. Einen Menschen wie Mascha abzuweisen, wenn man sich doch nach einem Menschen, nach einer Frau sehnt, ist nicht zu verstehen, das ist, als würde ein schon lange Darbender ein lebensrettendes Stück Brot, das man ihm reicht, ein besonders köstliches und nahrhaftes Brot, zurückweisen. Karl hat in seinem ganzen Leben keinen für ihn so idealen Menschen gehabt wie Mascha, sie war doch der einzige Mensch, mit dem er auf höchstem Niveau seine Theaterleidenschaft teilen konnte, und tatsächlich war Mascha in seinen letzten Lebensjahren die einzige, die sich immer noch mit der größten Geduld mit seinen Theaterbemühungen, seinen Stücken, seinen Inszenierungsideen beschäftigt hat, während alle anderen um ihn herum nichts mehr von ihm hören wollten, für alle anderen galt er doch längst als gescheitert und verrückt und für das Theater unbrauchbar. Ich verstehe nichts vom Theater, und doch ist Mascha mir eine unvergleichliche Gesprächspartnerin, Maschas hoch beweglicher Geist ist allem zugänglich, und welch höchste Erotik funkelt aus einem solchen Geistesgenuß, wenn man ihn mit einer so schönen Frau wie Mascha teilt, nein, Karl ist nicht zu verstehen. Ich verstehe nichts vom Theater, Mascha hat sich in ihrem Leben noch nicht mit Mathematik beschäftigt, und doch können wir die lustvollsten Unterhaltungen über das Theater, über die Mathematik führen, um wieviel mehr hätte Karl das möglich sein müssen, dem das Theater doch alles bedeutet hat. Karl genoß die Theatergespräche mit Mascha, das wohl, aber die unwiderstehliche Erotik des gemeinsam unternommenen geistigen Höhenflugs, die für mich schon immer zu dem höchsten aller Genüsse gehörte, blieb ihm verborgen, ließ er nicht aufkommen, und das bei einer seltenen Schönheit wie Mascha, Karl ist nicht zu verstehen. Daß Maschas Mann nichts mit ihr anfangen konnte, ist klar, er konnte sich nicht in Maschas Höhen emporschwingen, ihm wird das Abenteuer gemeinsamer Geistesflüge für immer unbekannt bleiben, er muß weiter in den morastigen Niederungen ministerieller Vorgänge umherkriechen, das ist sein Los, aber Karl hätte alle Anlagen dazu gehabt, mit Mascha im höchsten Glück zu leben, das Menschen sich bescheren können, und er hat es ausgeschlagen und sich statt dessen mit hübschen Dummchen verausgabt, bis seine Lebensgeister ihn nach und nach und schließlich vollends verlassen haben, nein, Karl ist nicht zu verstehen.

In ihrer gemeinsamen Theaterbegeisterung hätten Karl und sie sich mehr und mehr von den anderen Schülern und auch von deren Unternehmungen zurückgezogen, sie seien ihren Festen und anderen Zerstreuungen ferngeblieben, ihr eigener Freundeskreis, ohnehin nicht sehr groß, sei zusehends geschmolzen. Unter ihren Mitschülern habe sie als schüchtern und wenig unterhaltsam gegolten, Karl habe man dagegen für einen verschrobenen Spinner gehalten, der in maßloser Selbstüberschätzung mit den Namen der großen Dramatiker hausieren gehe, als sei er ein mit diesen wenigstens vergleichbares Genie. Während man Karl im allgemeinen nicht ernst genommen und sich über ihn lustig gemacht habe, sei sie in den Augen ihrer Mitschüler ein langweiliges Mauerblümchen gewesen, mit dem es nicht lohne, sich abzugeben. Ihr Rückzug in die Theaterbeschäftigung mit Karl habe diesen Eindruck natürlich entscheidend befördert, wer es nötig habe, sich dem die Vergeistigung heuchelnden Spinner Karl anzuschließen, könne ja kaum etwas zu bieten haben, sagte sie und weiter, Karls Chancen bei den von ihm so begehrten hübschen Mädchen, die mit einem halbstarken Rüpel auf dem Moped zum Tanzen fahren und nicht mit einem Bücherwurm über dramaturgische Bögen parlieren wollten, sanken durch seine Beschäftigung mit mir auf Null. Einerseits war Karl in eines der dümmsten von den hübschen Mädchen vernarrt, andererseits hat er nie begriffen, daß er diese Göre mit seinem Theatergerede nicht beeindruckte, wie es natürlich seine Absicht war, sondern abstieß, denn sie wußte damit nichts anzufangen, natürlich nicht, aber Karl hat es nicht begriffen, es ging nicht in seinen bornierten Kopf, daß nicht alle Frauen ihm gleich zu Füßen liegen, wenn er mit seinen Dramatikern daherkommt, seine Versuche, das hübsche Dummchen mit dem Theater zu locken, glichen dem Versuch, eine Prostituierte mit einem liebevoll gepflückten Strauß Gänseblümchen zu bezahlen, heillos naiv.

Wir sonderten uns immer stärker ab, sagte sie, bald

waren wir nur mehr noch Außenseiter, allenfalls beim Deutsch- oder Kunstlehrer beliebt, und das schadete unserem Ansehen natürlich noch zusätzlich. Karl litt unter dieser Abseitsstellung, der hübschen Mädchen halber, ich nicht, ich fühlte mich bei ihm, trotz der Abfuhr, die er mir nach meiner Liebeserklärung erteilt hatte, am richtigen Platz, ich genoß unseren Ausschluß, er schien mir etwas Besonderes, unsere künstlerischen Besprechungen waren für mich der Höhepunkt eines jeden Tages, eine kostbare exklusive Privatveranstaltung, zu der niemand sonst Zutritt hatte, so kam es mir vor, und ich war glücklich in dieser Zeit, ja, ich denke, ich war glücklich wie nie mehr danach. Karl war nicht glücklich, er wollte auf unsere Begegnungen nicht verzichten, sie waren ihm zum einzigen Forum seiner Gedanken geworden, aber sie füllten ihn nicht aus, er wollte damals schon hoch hinaus, er wollte anerkannt sein, er wollte berühmt werden, ein berühmter Dramatiker, dem die Welt, vor allem die weibliche, huldigte, er war schon als junger Mann getrieben von einem krankhaft übersteigerten Ehrgeiz, und so konnten ihn unsere künstlerischen Sitzungen allein nicht befriedigen. Für ihn war unsere gemeinsame Arbeit an einem Stück nur die Probe, womöglich nur die Vorbesprechung zur Probe, für mich war sie die Aufführung selbst, und zwar jedesmal eine grandiose Aufführung. Er brauchte mich als Zuhörerin, als Spiegel, der ihm die Umrisse seiner Inszenierungsideen sichtbar machte, und natürlich brauchte er mich als Beifallspenderin, als aufmunternde Wahrsagerin seines nahen Erfolgs, die ich ihm gerne war, ich war von ihm überzeugt, auch wenn ich vieles, was er mir von seinen Plänen vortrug, nicht verstand, jedenfalls nicht auf Anhieb, aber ich war mir sicher, er wird es schaffen, er wird ein großer Dramatiker.

Ob sie denn in ihren Sitzungen auch Stücke von Karl besprochen hätten, fragte ich, worauf sich ihr Vertrauen in Karls Talent denn gegründet habe, ich könne schließlich auch über die Werke großer Schriftsteller reden, und doch sei ich zu keiner auch nur halbwegs akzeptablen Niederschrift fähig, über etwas sprechen und es können, sei doch unbestritten zweierlei, ich selbst könne zum Beispiel ohne weiteres einen großen von einem nur guten Klavierspieler unterscheiden, mehr als einmal hätte ich die Philharmonie schon nach den ersten Takten des Klavierspielers unter Protest verlassen, weil ich sofort gemerkt hätte, daß es sich allenfalls um einen guten, wenn nicht sogar um einen nur mittelmäßigen, keinesfalls aber um einen großen Klavierspieler gehandelt habe, und dabei könne ich selbst noch nicht einmal das einfachste Kinderlied auf dem Klavier spielen.

Karl sei vom Theater durchdrungen, beseelt und besessen gewesen, sie habe nie daran gezweifelt, daß er es früher oder später nicht mehr beim Studium der dramatischen Weltliteratur würde belassen können, sie sei von Anfang an davon überzeugt gewesen, daß er sich selbst ans Stückeschreiben machen würde, alles in ihm sei ganz unfehlbar darauf angelegt gewesen, sich als Dramatiker zu versuchen, sagte sie, und als es dann schließlich soweit war, als er mir die ersten vagen Hinweise auf sein schriftstellerisches Schaffen gab, um mir dann schließlich die feierliche Mitteilung zu machen, sein erstes Stück sei schon weit fortgeschritten, er würde mir an diesem Tag etwas daraus vortragen, kam es mir schon wie sein Durchbruch vor, als stünde er schon im

Scheinwerferlicht der großen Theaterwelt, mir war ganz festlich zumute, ich war stolz, die Freundin des gefeierten Karl zu sein, der der Welt sein erstes Stück schenkt, da war nicht der leiseste Zweifel in mir, daß Karls Erstling neben die Großen und Größten der Weltliteratur zu stellen sein würde. Und was für eine entsetzliche Katastrophe war dann sein Vortrag, was für eine Niederlage, es hätte fast das Ende unserer Theaterbeziehung bedeutet, das Ende unserer Freundschaft, unsere Freundschaft bestand ja aus nichts anderem als aus dieser Theaterbeziehung. Und oft habe sie in ihrem späteren Leben gedacht, es sei vielleicht eine vertane Chance gewesen, diesen Schock nicht zum Bruch ihrer Verbindung mit Karl genutzt zu haben, damals sei sie vielleicht noch heilbar gewesen, später nicht mehr, damals als junges Ding, so sie, hätte sie, von der bitteren Enttäuschung bestärkt, ihre Karlbesessenheit noch überwinden können, habe sie oft gedacht, sie hätte sich viel Leiden und Trauer erspart, sagte sie, und hätte er mich nicht umarmt, zum erstenmal umarmt, es wäre vielleicht zum Bruch gekommen.

Noch vor dem Abitur, sie sei vielleicht neunzehn gewesen, habe er ihr, nach wiederholten geheimnisvollen Andeutungen, Fragmente seines ersten Stücks vorgelegt. Es habe sich nur um unzusammenhängende Dialogfetzen gehandelt, die in einem ihr damals völlig überdreht erscheinenden Pathos getönt hätten, sie hätte nichts, kein Wort, verstanden. Dieser Augenblick der ersten Offenbarung seiner schriftstellerischen Bemühungen sei für sie noch schlimmer, noch vernichtender gewesen, als seine schroffe Zurückweisung ihres Liebesantrags zwei Jahre zuvor. Sie habe nicht ein noch aus gewußt, einerseits wollte sie ihn nicht kränken, ihn nicht entmutigen mit ihrem Unverständnis, andererseits sei es ihr unter keinen Umständen möglich gewesen, ihren so inniglich geliebten Karl zu belügen, das hätte sie als Hochverrat an ihrer Freundschaft empfunden. Sie habe ihn, sich einen Aufschub erhoffend, gebeten, ihr die Blätter mit seinen Aufzeichnungen zu überlassen, damit sie sich in aller Ruhe und mit der nötigen Sorgfalt mit ihnen beschäftigen könne, er habe das aber abgelehnt, er habe gesagt, es sei ihm wichtig zu hören, was sie von seinem Text gerade in seiner Vortragsweise halte, denn er hatte ihr seine Schriften nicht etwa in die Hand gegeben, er hatte sie ihr stehend, wie sie auf meine Nachfrage erklärte, in sie *peinlich berührendem Pathos deklamiert*, sie habe schon wegen seines sie völlig verstörenden Vortragsstils nicht die Möglichkeit gehabt, den Inhalt seiner Sätze auch nur in Umrissen zu erfassen. Er habe schon oft, wenn sie sich gegenseitig aus den von ihnen durchgenommenen Stücken vorgelesen hätten, eine für ihren Geschmack übertriebene, der jeweiligen Aussage nicht angemessene Tonlage gewählt, aber eine derartig überspannte, gespreizte Sprechweise habe sie noch nie zuvor von ihm vernommen. Sie habe tatsächlich während seiner ersten Sätze gedacht, es handele sich um eine parodistische Einlage, er mache sich über irgendeinen, in seinen Augen, affigen Schauspieler lustig, und sie habe gelacht, woraufhin er seinen Vortrag sofort unterbrochen und gedroht habe, er werde ihr zeitlebens nicht ein einziges Wort seiner Schriften mehr anvertrauen, wenn sie noch einmal lache, es handele sich um einen todernsten Stoff. Sie habe sich bei ihm entschuldigen müssen, mehrfach, und erst nach langem

Betteln und Flehen ihrerseits habe er sich beknien lassen und seinen Vortrag wiederaufgenommen.

Nachdem Karl fertig gewesen sei, habe er sich zu ihr gesetzt und nur, atemlos und voller Vorfreude auf ihren Beifall, gefragt: Und? Sie sei erst nicht in der Lage gewesen, ihm zu antworten, dann habe sie ihn um Überlassung seiner Aufzeichnungen gebeten, um Zeit zu gewinnen und in der Hoffnung, sie würde in der geschriebenen Fassung den Text eher verstehen als in Karls sie so irritierenden Vortragsweise, und als er ihr das abgeschlagen habe, habe sie wieder geschwiegen und auf den Boden geschaut, sagte sie und weiter, ich konnte ihm nicht in die Augen sehen, ich war verzweifelt, ich wußte nicht, was ich tun sollte, und Tränen stiegen in mir auf. Er hatte das bemerkt, und das Fatale, er dachte, ich weinte vor Rührung über seinen Vortrag, er nahm mich in die Arme und sagte, wein doch nicht, es ist doch nur ein Theaterstück, und jetzt schluchzte ich hemmungslos und weinte mich aus, jetzt hatte Karl mich zum erstenmal in die Arme genommen, jetzt hatte er mich überhaupt zum erstenmal wirklich, nicht nur flüchtig, sondern wirklich und fest körperlich berührt, ich wußte nicht, wo mir der Kopf stand, endlich, endlich in seinen Armen, und alles nur aus einem schrecklichen Mißverständnis heraus, soll ich lügen, dachte ich kurz, soll ich lügen und meine Tränen als der Rührung geschuldet verleumden und dafür seine Umarmung genießen, dann sofort, nein, das wäre ein Verbrechen, ein Verrat an ihm und gleichzeitig eine Entwertung meiner Liebe zu ihm, es war entsetzlich, ich wäre am liebsten gestorben. Als ich mich schließlich etwas gefaßt hatte, sagte ich, Karl, verlang bitte nicht von mir, etwas zu deinem Stück zu sagen. Ich habe nichts verstanden. Ich habe nichts verstanden außer Atom-U-Boot.

Atom-U-Boot? fragte ich.

Sie wisse nicht mehr, vielmehr, sie habe es schon damals nicht gewußt, worum es in Karls Stückfragmenten gegangen sei, sie könne mir leider keine Kostprobe geben. Sie könne sich nur noch dunkel daran erinnern, daß mächtige Naturgewalten darin vorkamen, von grauenvollen Qualen sei die Rede gewesen, und an einer Stelle hätte Karl laut und anklagend ausgerufen, Atom-U-Boot!, Atom-U-Boot!, Atom-U-Boot!, das sei ihr noch lebhaft im Gedächtnis, weil es praktisch das einzige ihr verständliche Wort gewesen sei. Es habe sich alles in allem wahrscheinlich um jugendlichen Weltschmerz gehandelt, und gerade dieser Umstand habe sie damals so erschreckt und enttäuscht, denn sie habe sich da doch schon wenigstens zwei Jahre lang mit Karl in der Weltliteratur aufgehalten, dieser Rückfall in pubertäres Wehklagen sei ihr aufs peinlichste unwürdig vorgekommen.

Sie seien lange schweigend nebeneinander gesessen, sie habe mehrere Versuche unternommen, in seinem Gesicht einen Hinweis auf seine Gedanken zu finden, er habe lange nur vor sich hin gestarrt, ohne ein einziges Mal ihre Blicke zu erwidern. Schließlich sei er aufgestanden, habe seine Papiere zusammengerafft, sich seine Jacke über die Schultern geworfen und das Zimmer verlassen. Sie sei ihm gefolgt, und sie seien schweigend nebeneinanderher wenigstens eine Stunde ziellos durch den Park gelaufen, bis er schließlich stehengeblieben sei und gesagt habe, sag mir, was du denkst, das bist du mir schuldig. Sie seien dann weitergelaufen, schweigend, sie habe nicht sprechen können, ihr Hals sei zugeschnürt gewesen, dann sei Karl plötzlich wieder stehengeblieben, sagte sie, er stellte sich vor mich hin und nahm mich in die Arme, ganz liebevoll und doch fest und sicher, er streichelte meinen Kopf und sagte schließlich, sag es mir ins Ohr, dein Urteil ist mir wichtig, und sei es das vernichtendste. Jetzt in seinen Armen, mein Kopf an seiner Schulter, löste ich mich langsam, und dann flüsterte ich ihm ganz leise ins Ohr: Ich habe kein Wort von deinem Stück verstanden, und alles klang furchtbar kitschig.

Deine erste Theaterkritik, sagte ich zu Mascha, und gleich ein Verriß, alle Achtung, was für ein fulminanter Start.

Sie lachte und sagte, ja, meine erste Theaterkritik, und sie wurde belohnt, Karl stieß mich nicht etwa von sich, damit hatte ich doch gerechnet, nein, er hielt mich weiter in seinen Armen und gab mir einen Kuß auf die Stirn und sagte, danke.

Er hätte die Blätter mit seinen Aufzeichnungen noch im Park und unter ihrem Protest in kleine Schnipsel zerrissen und sie von einer Brücke ins Wasser schneien lassen. Sie habe ihm das verbieten wollen, sie habe ihn geradezu angefleht, sein Stück nicht zu vernichten, er solle ihr noch die Möglichkeit geben, es zu lesen, vielleicht könnten sie gemeinsam an dem Text arbeiten, er habe sich aber nicht beirren lassen, er habe nur gesagt, sie habe recht, das Stück tauge nichts, er wolle es nicht mehr sehen und er wolle nicht, daß es irgend jemand jemals zu Gesicht bekomme.

Es habe fünf Jahre gedauert, bis Karl wieder mit einem von ihm verfaßten Theaterstück an sie herangetreten sei. Sie hätten sich gleich am Tag nach der katastrophalen Welturaufführung wieder einem Stück gewidmet, sie glaube, einem Beckett, das wisse sie nicht mehr genau, dann, doch, es sei ein Beckettstück gewesen, sie sei sich fast sicher, sie hätten sich beide, wie um die Schmach vom Vortag zuzuschütten, geradezu fanatisch auf das Beckettstück gestürzt, und sie hätten nie wieder ein Wort über Karls Erstling verloren.

Und jetzt, hier über meinen Notizen, denke ich, ich hatte doch unschätzbares Glück mit meinem Gedicht, und hätte Mascha mir schon früher von dieser beschämenden Vorstellung Karls und ihrer unbestechlichen und zugleich unerbittlichen Kritik derselben berichtet gehabt, unter keinen Umständen, nicht unter der schlimmsten Folter hätte ich ihr auch nur eine Zeile eines meiner Gedichte preisgegeben, ich wäre wie selbstverständlich davon ausgegangen, daß meine Gedichte eine mit Karls Erstling vergleichbare Peinigung ihres hochentwickelten Kunstsinns für sie sein würden.

Und Karl konnte froh sein, daß Mascha ihm nicht weggelaufen ist, denke ich, sie hätte ja allen Grund dazu gehabt, aber sie ist ihm nicht weggelaufen, sie blieb weiter über all die Jahre seine treue Kunstfreundin, und er nutzte es nicht, er hat nichts daraus gemacht, denke ich jetzt, ja, er war ihrer nicht wert, er hat sie vergeudet, er hat sie darben lassen für nichts und wieder nichts, er hat sie für seine Eitelkeit, für sein Selbstmitleid mißbraucht, bis ihm auch das nicht mehr genügte und er sich von der Brücke stürzte. Ich verachte ihn, jetzt in diesem Moment, hier über meinen Aufzeichnungen, ihn betreffend, verachte ich ihn, ich verachte ihn viel gründlicher als Maschas Mann. Karl, was für ein abscheulicher Mensch, dieser skrupellose Schmarotzer. Ich verachte ihn zutiefst.

Von draußen höre ich schon die ersten berufstätigen Autofahrer, die sich an ihren Autos zu schaffen machen, was für ein Elend, denke ich mir, ich sitze hier in tiefer Nacht, am frühen Morgen, gemütlich bei meinem Wein und schreibe mein Lebensglück auf, und diese armen Menschen müssen sich um ihre langweiligen Autos kümmern und sie freischaufeln, wie grausam, wie erbärmlich. Diese Leute müssen sich jetzt mit ihren Autos in den Morgenstau einreihen, sie werden ein heilloses Chaos anrichten und sich auf den glatten Straßen blutige Nasen holen, sie werden sich mit Polizei und Gerichten und Versicherungen herumschlagen müssen wegen der zahllosen Schäden, die sie mit ihren noch längst nicht abbezahlten Autos auf dem Weg zum Stau verursacht haben, sie erscheinen mit mehrstündiger Verspätung an ihren Arbeitsplätzen und werden fristlos entlassen, zerbrechen unter der Last ihrer Schulden, verwahrlosen, richten sich und ihre Familien zugrunde, begehen Verbrechen und landen, völlig ruiniert, im Gefängnis und bringen sich um, stelle ich mir vor, während ich hier geborgen in meiner Stube sitze, Mascha bei mir, und denken und leben darf, ganz unbehelligt und ungestört, und ich werde, sobald ich mit diesen Notizen fertig bin, Pläne schmieden für den neuen Tag mit Mascha, ich werde mir zum Beispiel vornehmen, auf unserem gemeinsamen zweistündigen Spaziergang mit ihr den Versuch zu unternehmen, meine verschüttete Bewußtseinserklärung wieder freizulegen. Ich hatte abends an unserem Tisch, als ich ihr vom Verlust meiner Bewußtseinserklärung berichtete, das warme Gefühl, die Konturen meines verlorenen Juwels in der Ferne schemenhaft schimmern zu sehen, ja, hatte ich bei meinen Ausführungen gedacht, ich nähere mich der Sache wieder an, was für ein Vergnügen, und jetzt sage ich zu mir, mach es wie Kleist, *die Verfertigung der Gedanken beim Reden*, wie er es nannte, sprich mit Mascha, sie ist die denkbar beste Zuhörerin in dieser wie in jeder Sache, und vielleicht findest du auf diese Weise deine verlorengegangene Bewußtseinserklärung wieder. Mascha hat heute in den vielen Stunden unseres Gesprächs womöglich auch so manchen ihrer Gedanken, so manche Erinnerung einfach durchs Sprechen erst wiedergefunden, vieles war in ihr nur einfach zu lange nicht mehr gedacht und erinnert worden, denke ich jetzt, und sie hatte sich geirrt, als sie anfangs am Kanal sagte, alles sei verloren oder ganz weit weg, ihre Vergangenheit bedeute ihr nichts mehr, sie hatte nur einen aufmerksamen Zuhörer und Gesprächspartner gebraucht, sie hatte nur zu sprechen anfangen müssen und dann weiter sprechen und sprechen, und schon tauchten längst vergessene, nein, vergessen geglaubte Lebensstückchen wieder auf. Heinrich hat mit seiner geliebten Henriette gesprochen und schon war ein frischer Gedanke *verfertigt*, und er konnte sich hinsetzen und seinen Aufsatz *Über die allmähliche Verfertigung der Gedanken beim Reden* niederschreiben. Das ist ja das Wunderbare am Denken und Sprechen, man hebt an und denkt und spricht, und jede neugeborene kleine Gedankenzelle gebiert wieder eine neue und immer so weiter, bis man einen großen strahlenden Gedanken zustande gebracht hat, in dem man nach

Belieben umherstreifen kann. Mascha hat einen verhängnisvollen Fehler gemacht, als sie das Denken und Sprechen ausschalten wollte, das weiß sie jetzt, ich habe es ihr gesagt, ich hatte, nachdem sie mir von Karls Brückensturz und der Düsternis, in die Karl sie mit seinem Sturz gestürzt, berichtet hatte, gesagt, siehst du, Mascha, das Denken und Sprechen ist für die Beschreibung der Unglücke und also für die Qualen verantwortlich, das ja, aber es ist auch die einzige Quelle menschlichen Genusses, denn der Mensch besteht aus Denken und Sprechen. Es ist die Quelle des Leids, wie die der Freude, und jetzt hier bei mir gefällt es dir, hast du gesagt, mir gefällt es auch, hier mit dir, und diesen Gefallen tut uns das Denken und Sprechen, nichts anderes. Das stimmt, hatte sie gesagt.

Es ist gut, daß ich erst jetzt, hier über meinen Notizen, meine tiefe Abscheu gegen Karl entdeckt habe und nicht schon während Maschas Mitteilungen über ihn, ich hätte sie doch sonst wahrscheinlich viele Male unterbrochen und gesagt, wie konntest du dich über so viele Jahre diesem unerträglich selbstsüchtigen und größenwahnsinnigen Möchtegerndramatiker ergeben, ihn geistig verhätscheln, bemuttern, dich von ihm auf so gemeine Weise mißbrauchen lassen, ich hätte vielleicht sogar gesagt, wenn er nicht selbst von der Brücke gesprungen wäre, würde ich ihn jetzt eigenhändig von einer Brücke werfen, und zwar nicht von einer Landwehrkanalbrücke, nein, von einer tödlich hohen Brücke, so wie er selbst sich eine ausgesucht hat, doch, das hätte ich vielleicht gesagt, so wie ich jetzt über ihn denke, und das wäre natürlich fatal gewesen, eine Katastrophe, Mascha hätte sofort geschwiegen und kein Wort mehr von Karl erzählt.

Ihre leidenschaftliche Liebe zu Karl habe sich nicht mit der Zeit beruhigt, wie es doch zu erwarten gewesen wäre, wie sie selbst es erwartet, ja erhofft gehabt hätte, sagte sie nach ihrem Bericht über Karls schmachvoll mißlungenen Erstling, ihre Liebe sei im Gegenteil während ihrer Studienjahre, in denen sie weiter regelmäßig mit Karl zu Theatergesprächen zusammengekommen sei, immer drängender und kompromißloser geworden, bis sie schließlich aus purer Verzweiflung, nur um den Verheerungen zu entkommen, die ihre vergebliche Liebe in ihrer Seele angerichtet hätte, ihren Mann geheiratet habe. Ihren Mann habe sie am Rande einer universitären Protestveranstaltung kennengelernt, er habe sich dort herumgedrückt und wichtig dahergeredet, um Menschen anzulocken, wie sie jetzt wisse, sagte sie, sie sei ihm auf den Leim gegangen und habe sich mit ihm angefreundet, erst nur ganz oberflächlich, aber im Lauf der Zeit sei er ihr zum Vertrauten geworden, sie habe ihren Karlkummer bei ihm abladen können, das habe ihr gutgetan, und er, ihr Mann, habe sich bereitwillig dafür hergegeben.

Einerseits hätte Karl ihr Studium immer nur belächelt, er habe oft gesagt, Theater- und Literaturwissenschaft studierten nur solche Leute, die selbst gerne schreiben würden, die sich aber eingestehen müßten, daß sie nicht das Zeug dazu hätten, andererseits sei er insgeheim froh darüber gewesen, denn er hätte es nicht ertragen, wenn sie sich, statt des Literaturstudiums, im Schreiben versucht hätte, er hätte mich nicht als Konkurrentin neben sich geduldet, sagte sie, darüber war ich mir im klaren, wenn ich ihn mit eigenen Schreibversuchen konfrontiert hätte, wäre es aus mit unserer Verbindung gewesen, aus und vorbei, er hätte den Gedanken nicht ertragen, daß seine Schülerin ihm tatsächlich nacheifert und ihn womöglich eines Tages überragt. Angesichts seines dauerhaften Mißerfolgs hätte er schriftstellerische Ambitionen meinerseits sofort als Provokation aufgefaßt, sagte sie, er hätte sich gesagt, schau an, da schwingt sich meine kleine Schülerin auf und macht sich über meinen Mißerfolg lustig, will wohl selbst einen kleinen Erfolg landen, mir vorführen, sieh mal, so geht das, ist doch gar nicht so schwer, nur um mich zu demütigen, so hätte er mit Sicherheit gedacht, und deshalb ist für mich von vornherein klar gewesen, daß ich mich weiter nur als Beobachterin der Literatur annähere, nicht als Literatin, obwohl ich mich als Schülerin noch gelegentlichen Träumereien hingegeben habe, in denen ich eine geheimnisvolle Dichterin darstellte, aber ich habe nie ernsthaft daran gedacht, selbst etwas zu schreiben, nie hätte ich mich dazu verstiegen, mir das Talent zum Schreiben anzumaßen, Karl war für mich das große, vielversprechende Talent, das nach Kräften zu fördern ich mir vorgenommen hatte.

Mir kam bei Maschas Worten der Gedanke, mich für ihr hartnäckiges Verhör, in dessen Verlauf sie mir das Geständnis meiner Gedichtemacherei abgetrotzt hatte, zu revanchieren, und sagte, ihre Worte noch sehr gut im Kopf, Mascha, so heftig, wie du abstreitest, selbst etwas zu schreiben, kann es sich nur um eine Lüge handeln. Sie lachte und schüttelte den Kopf und sagte, nein, nein, das mußt du mir schon glauben, ich schreibe nichts, nichts Literarisches, du schreibst heimlich Literarisches, ich nicht, ich habe nur Rezensionen geschrieben, im Gegensatz zu dir, der du Geschichten schreibst.

Ich schreibe keine Geschichten, sagte ich, aber du schreibst welche, du schreibst Romane und Erzählungen, Novellen, Fabeln und Parabeln, Tragödien, Komödien, Dramolette und dazu schreibst du noch Gedichte. Es wurde wieder lustig, und sie sagte, wenn du ein guter Erzähler werden willst, mußt du besser lügen, so wie du lügst, kauft dir keiner deine Geschichten ab, ich zuallerletzt, ich kenne mich aus, wie du weißt, und die dürftigste Lügengeschichte, die ich je gehört habe, ist deine Behauptung, du würdest keine Geschichten schreiben. Ich bin mir sicher, ich bräuchte keine fünf Minuten, um hier in deiner Wohnung ganze Stapel von Manuskripten aufzustöbern. Ich könnte mir eine Kriminalgeschichte vorstellen, sagte ich, in der eine ausgemusterte Literaturkritikerin von der fixen Idee verfolgt wird, ein bestimmter, ihr jedoch kaum bekannter, nach außen hin völlig harmloser Mann schreibe heimlich Geschichten, dabei ist der Mann völlig unschuldig, die Kritikerin läßt aber nicht ab von ihrer Wahnvorstellung und verfolgt den armen Mann bis in seine Wohnung, wo sie sich in einem vermeintlich unbemerkten Augenblick an die Durchsuchung seiner Schubladen macht. Sie wird von dem Mann dabei überrascht, und er stellt sie vor die grausame Wahl, entweder von ihm der Polizei übergeben zu werden und ins Kittchen zu wandern, oder augenblicklich seine Frau zu werden. Mascha sagte, die Kritikerin ist wahrscheinlich gerissen genug und sagt zu dem Mann, gut, ich werde augenblicklich deine Frau, aber vorher mußt du mir deine Geschichten zeigen. Und ich sagte, der Mann ist aber auch nicht auf den Kopf gefallen, er sagt nämlich, Moment, ich hole sie dir, er geht in seine Schreibstube, entnimmt einer Schublade ein dickes Heft, schreibt mit schwarzer Tinte *Meine heimlichen Geschichten* aufs Etikett, kehrt zu der Kritikerin zurück, zeigt ihr das dicke Heft, so daß sie das Etikett lesen kann, händigt es ihr aber natürlich nicht aus, sagt, so, wirst du jetzt bitte schön meine Frau, da verliert die erst so gewitzte Kritikerin vor lauter Gier auf die Geschichten den Verstand, sagt, ja, jetzt bin ich deine Frau, besiegelt das Zeremoniell mit einem Kuß, wie es sich gehört, und der Mann gibt ihr das Heft, das natürlich nur leere Seiten enthält, weil der Mann bekanntlich keine Geschichten schreibt. Nur auf der ersten Seite des Hefts steht ein Wort, ein einziges Wort, und es lautet: Angeschmiert! Mascha sagte, die Kritikerin findet ihren Verstand unverzüglich wieder und sagt, ich reiche in dieser Sekunde die Scheidung ein, und weil wir Güterteilung vereinbart haben, gehört mir die Hälfte deiner Geschichten, und sie schiebt den Mann lässig beiseite und schreitet entschlossen in des Mannes Schreibstube, wo sie mit sicherem Griff die heimlichen Manuskripte aus dem Regal fischt. Der Mann springt hinzu und will ihr die Blätter entreißen, er ruft dabei wieder und wieder, nicht meine Geschichten!, alles kannst du haben, nur meine Geschichten nicht!, und die schlaue Kritikerin lächelt ihn milde an und sagt, hört, hört, nicht meine Geschichten, warum nicht gleich so, warum erst dieses Theater. Jetzt, sagte Mascha, bleibt dem Mann nur noch eins, er muß aus der Geschichte eine wirkliche Kriminalgeschichte machen, indem er die Kritikerin umbringt, denn die würde nicht nachgeben, das steht fest. Jetzt steckt der Mann ganz schön in der Klemme, was? Ich überlegte kurz und sagte, er braucht Bedenkzeit, es wird ihm schon etwas einfallen, er sagt zur Kritikerin, gut, du darfst die Geschichten behalten, aber nur, wenn du sie jetzt wieder ins Regal zurücklegst und wenn du die Scheidung zurückziehst. Einverstanden, sagt die Kritikerin, sagte Mascha, sie legt die Manuskripte ins Regal zurück, und beide setzen sich zu einem gemütlichen Abendessen an den Wohnzimmertisch.

Ich stand auf und ging zu ihr und beugte mich zu ihr herab und gab ihr einen Kuß, einen zarten höflichen Kuß auf ihre freundlichen Lippen. Jetzt bist du meine Frau, sagte ich. Ihre Augen leuchteten mich an, sie lächelte, sie strahlte, dann sagte sie leise, und wo sind die Geschichten? In der Schreibstube, sagte ich. Wußte ich's doch, sagte sie. Ich habe gar keine Schreibstube, sagte ich. Doch, sagte sie, da ist deine Schreibstube, und zeigte auf die Wand zu meinem Studierzimmer.

Ich ging in die Küche und holte eine neue Flasche Wein hervor. So unvermittelt, wie ich mich aufgerichtet habe und aus dem Zimmer gegangen bin, muß sie denken, dachte ich, ich sei in mein Studierzimmer hinüber, um meine Geschichten hervorzuholen, die es ja gar nicht gibt, und so ging ich tatsächlich, die Weinflasche in der Hand, in mein Studierzimmer und kramte aus meiner Geheimschublade eine kurze Geschichte hervor, die ich als Schüler einmal geschrieben habe und in der ein einäugiger Polizist von einer Dampfwalze überfahren wird. Wieder bei Mascha im Wohnzimmer, gab ich ihr das Blatt, diese Miniatur von einer Geschichte, und sagte, hier, eine Anzahlung. Sie las die kurze Kurzgeschichte gleich begierig durch, während ich uns Wein nachschenkte. Mascha lachte kurz und sagte, es sei nicht nett von der Friseuse, daß sie den häßlichen einäugigen Polizisten vor die Dampfwalze schubse, andererseits könne man sie verstehen, schließlich sei der Polizist zudringlich geworden. Der Polizist war schrecklich verliebt in die Friseuse, sagte ich, da verliert man leicht die Beherrschung. Es wird ihm eine Lehre sein, er liegt noch heute da unterm Asphalt, platt wie eine Flunder.

Vielleicht wäre es für Karl ratsam gewesen, sich erst mit der Erfindung solcher kleiner lustiger Begebenheiten zu befassen, statt sich gleich ans große Drama zu wagen, vielleicht hätte er es so machen sollen wie du, sagte sie, erst mal eine Anzahl kleiner Geschichten schreiben, nur zur eigenen Unterhaltung, vielleicht wäre ihm dann ganz allmählich und wie von selbst, ohne diese übermenschlichen Anstrengungen, ein großer Wurf geglückt, wer weiß, aber das entsprach nicht seinem Charakter, er wollte gleich ins sogenannte ernste Fach, gleich in die große Kunst und in der großen Kunst gleich an die Spitze, in den Weltrang. Ich selbst hätte zwar keineswegs kleine Geschichten geschrieben, große schon gar nicht, wie sie sehr gut wisse, sagte ich und weiter, aber was Karl betrifft, magst du recht haben, es wäre klüger gewesen, er hätte sich zunächst einmal an kleineren Brötchen versucht, aber ich habe doch, nach allem, was du mir bis jetzt über ihn erzählt hast, den Eindruck, daß er gar nicht die Möglichkeit dazu gehabt hat, es scheint mir, ihm hätte der nötige Humor gefehlt, er war ja doch wohl ein sehr humorloser Mensch. Er habe durchaus Humor gehabt, sagte sie, wenn auch keinen freundlichen, er sei ein Zyniker gewesen, mit Vorliebe habe er sich über Theaterleute und Dramatiker lustig gemacht, auf die bitterste und gemeinste Weise, das sei zwar oft durchaus witzig gewesen und sie habe viel mit ihm gelacht, wenn er sich wieder einmal einen seiner

Kollegen vorgenommen hätte, nur habe sie dabei immer ein schlechtes Gewissen gehabt, es sei ihr doch immer bewußt gewesen, daß Karls Herabsetzungen ungerecht gewesen wären und sich allein aus seinem eigenen Mißerfolg gespeist hätten. Nur in Ausnahmefällen habe sie ihm von Herzen zustimmen können, wie etwa im Falle Tiefnoths, den sie nicht leiden könne, und gegen den Karl ein Thomas Bernhard unterschobenes Haßpamphlet in die Theaterkreise lanciert hätte, das habe für mächtigen Wirbel gesorgt, und Tiefnoth habe nur deshalb nicht vor Gericht ziehen können, weil Thomas Bernhard zu diesem Zeitpunkt schon tot gewesen sei. Tiefnoth hätte in der Kantine des Berliner Ensembles verkündet, er wolle Bernhard verklagen, und er hätte sich damit natürlich bis auf die Knochen blamiert, weil Bernhard da schon lange tot gewesen sei, die ganze Kantine wäre in schallendes Gelächter ausgebrochen, und als Heiner Müller sich mit seinem Whiskeyglas auf einen Stuhl gestellt und ausgerufen hätte, jawoll, der Bernhard gehört verklagt, da hätte es kein Halten mehr gegeben, die versammelten Künstler hätten sich allesamt auf dem Boden gekugelt vor Lachen, Heiner Müller mitten unter ihnen, und sein Whiskeyglas wäre Tiefnoth vor die Füße gerollt. Das müsse sehr lustig gewesen sein, sagte ich, ob sie die Szene habe miterleben dürfen, und ob die Bernhardschen Tiefnothbeleidigungen noch existierten. Nein, sagte sie, sie habe nur Karls mündlichen Bericht darüber, er sei eigens nach Berlin gefahren und habe sich über Monate ständig in der Kantine des Berliner Ensembles aufgehalten, er habe sich wohl nützliche Kontakte davon versprochen, und das von Karl verfaßte und Bernhard unterschobene Traktat sei verschollen, leider, es sei sehr amüsant gewesen, Karl habe darin in atemloser Weise auf Tiefnoth eingeschlagen, daß es eine Freude gewesen sei, aus dem Kopf könne sie es leider nicht mehr rekonstruieren. Womöglich läge noch ein Exemplar der Haßschrift beim Suhrkamp Verlag, es sei damals das Gerücht in Umlauf gewesen, Unseld wolle rechtliche Schritte prüfen, ob das stimme, wisse sie nicht, jedenfalls sei die Sache im Sande verlaufen, von Unseld habe man diesbezüglich nichts gehört.

Es ist an der Zeit, denke ich jetzt, ein neues Haßtraktat gegen Tiefnoth auf den Weg und unter die Theaterleute zu bringen, diesmal von Heiner Müller unterschrieben, dann haben wir gute Aussichten darauf, daß sich die Szene in der Kantine des Berliner Ensembles wiederholt, ich sollte mich gleich morgen ans Werk machen, vielleicht zusammen mit Mascha, auf unserem zweistündigen Spaziergang.

Der Tiefnothspaß sei der letzte wirklich lustige Streich Karls gewesen, er sei zu diesem Zeitpunkt schon so verbittert gewesen, daß er sich die meiste Zeit nur noch in bösartigen, nicht mehr komischen Schmähungen gegen die Kunst anderer, erfolgreicherer Dramatiker und Regisseure ergangen habe. Während ihrer Studienjahre habe er sich weiter seinen Schreibbemühungen gewidmet, ohne jeden Erfolg, gleichzeitig habe er über Jahre hinweg immer wieder Versuche unternommen, ins Regiefach vorzustoßen, erst habe er sich an den Kunsthochschulen um Aufnahme bemüht, erfolglos, dann habe er sich um Assistenzen beworben, aber bis auf wenige befristete Hospitationen an kleinen, unbedeutenden Bühnen sei er auch darin gescheitert, ein kleines

Stipendium habe er als junger Mann einmal erhalten, das sei der größte Erfolg in seinem Leben als Dramatiker gewesen. Diese gründliche, ja absolute Erfolglosigkeit hat ihn immer mehr verfinstert, sagte sie, er hat sich mehr und mehr gegen die Welt gestellt, nicht sein Unvermögen sei der Grund seines Scheiterns, sagte er immer wieder mit unüberwindlichem Trotz, sondern die Kleingeistigkeit, die Minderwertigkeit, die Kunstlosigkeit des Theaterbetriebs, nur das Mittelmäßige und Schlechte habe heutzutage eine Chance, die wirkliche Kunst, die hohe reine Kunst sei chancenlos, und deshalb sei auch er chancenlos, so dachte er immer und so sagte er es mir auch Mal um Mal, die Welt sei nicht reif für seine Kunst, er rannte immer tiefer in diese Einsamkeitssackgasse hinein.

Ich war jetzt, nachdem Mascha mir die Ausmaße einerseits seines Scheiterns, andererseits seines Selbstbetrugs mitgeteilt hatte, fest davon überzeugt, daß Karl nicht über das geringste Talent verfügte, so einer war das also, dacht' ich's mir doch, sagte ich im stillen zu mir, einer von dieser Sorte selbsternannter Künstler, die hier so zahlreich in den dunklen Ecken der Kneipen hocken und ihre Schreibhefte mit ihren Versen, ihren Weltschmerzklagen, ihren Skizzen und sonstigen Kunstversuchen anfüllen, einer von denen, die im betrunkenen Zustand dann von der Schlechtigkeit der Welt lallen, von der Kunstindustrie, die nur auf Leichtverdauliches aus sei und ihre, der wahren Künstler große Kunst schnöde verschmähe, die hab' ich gern, sagte ich zu mir, diese selbstmitleidigen Wichtigtuer, so einer also war dieser Karl, und ich sagte zu Mascha, mir scheint, mit dem Talent deines Karl war es vielleicht doch nicht so weit her, ich kenne nicht wenige dieser Leute, die sich für große Künstler halten und die sich ihr fehlendes oder doch zumindest unzureichendes Talent nicht eingestehen wollen und deshalb das Unverständnis der Welt anprangern, dabei liegt es doch auf der Hand, daß eine Kunst, die niemandem etwas sagt, allenfalls eine persönliche Privatkunst ist, die man für sich behalten und mit der man nicht die Leute belästigen sollte, denken wir nur an den Landschaftsmaler, von dem wir uns wünschen, er möge uns nie wieder mit seinem abgemalten Baum quälen.

Nein, sagte sie, sie sei, als Karl ihr Jahre nach dem Desaster seines Erstlings wieder einen selbstverfaßten Text gegeben habe, aufs angenehmste überrascht gewesen, sie habe im Grunde nie an seinem Talent gezweifelt, auch nicht nach seinem entsetzlichen ersten Vortrag, der um ein Haar den Bruch ihrer Verbindung nach sich gezogen hätte, und da, fünf Jahre später, habe er ihr einen Text anvertraut, der gefunkelt, ja gestrahlt habe, einen Text von unglaublicher poetischer Kraft habe sie da in den Händen gehalten, sagte sie und weiter, aber eben doch nur einen Prosatext, kein Theaterstück, obwohl Karl sagte, es handele sich um sein neues Stück, er werde es den Verlagen und Theatern anbieten, und es tat mir in der Seele weh, ich mußte ihm sagen, daß das Stück nicht spielbar ist, nicht so, wie er es aufgeschrieben hatte, all die poetische Kraft, all die glitzernden und schillernden Formulierungen waren nämlich ausschließlich Bühnenbildbeschreibungen und Regieanweisungen, die Dialoge waren dagegen kraft- und farblos, sie standen auch quantitativ in keinem Verhältnis zur Ausführlichkeit seiner Bühnenbildbeschreibungen, das Stück selbst nahm höchstens ein Viertel des gesamten Textes ein, und dieses Viertel war mehr oder weniger mißlungen, es wirkte wie eine einzige Verlegenheit auf mich, während seine Bilder und Regieanweisungen voll strahlender Poesie waren. Eine poetische Regieanweisung verfehlt ihren Zweck, sagte ich. Allerdings, sagte sie, stell dir vor, an einer Stelle sollte eine junge Schauspielerin lachen, und er beschrieb ihr Lachen, ich weiß es bis heute, wie ein verliebter romantischer Jüngling, er schrieb: Es klang wie eine Glocke, eine kleine gläserne Glocke mit einem Klang so klar, wie das Klingen zweier kostbarer Gläser aneinander, rein und sanft und unbescheiden. Er wollte sich über das Theater lustig machen, sagte ich. Keineswegs, sagte sie, es war ihm todernst damit. Als ich ihm versuchte, verständlich zu machen, daß er poetische Prosa mit dem Drama verwechselt hat, daß seine wortreichen Beschreibungen in einem Theaterstück nicht nur verschwendet, sondern sogar störend sind, wurde er furchtbar wütend und beschimpfte mich und sagte, mein Studium an der Universität hätte mich verwüstet, ich hinge einer althergebrachten, längst überkommenen Formenlehre an, die das Künstlerische kastriere, er aber würde sich nicht kastrieren lassen, auch von mir nicht, das Stück habe genau so und nicht anders zu sein, die detailreichen Beschreibungen seien unverzichtbar, um die Schauspieler exakt in die Stimmungslage zu versetzen, die nötig sei, um ihren Worten die richtige Farbe zu verleihen, außerdem sei ein gutes Theaterstück ein doppeltes Kunstwerk, das zur Aufführung gebrachte Bühnenstück sei das eine, das andere aber sei das Stück, wie es hier auf Papier vor mir liege, das eine sei zum Anschauen und Anhören, das andere zum Lesen, so müsse ein gutes Theaterstück sein, sonst tauge es nichts. Ich wandte ein, sagte sie, er solle doch einfach nur Prosa schreiben, mit all seiner Poesie, es müsse doch nicht immer gleichzeitig noch ein Theaterstück dabei herauskommen, aber das wollte er nicht gelten lassen, er sagte, wenn ich auf meinen unzeitgemäßen Vorstellungen beharrte, könnte ich ihm keine nützliche Gesprächspartnerin mehr sein.

Das Merkwürdige ist, fuhr sie fort, daß er die vielen Theaterstücke, die wir bis dahin gemeinsam studiert hatten, nie in dieser Hinsicht kritisiert hat, er hat nie bemängelt, daß sie alle mehr oder weniger der, wie er es nannte, althergebrachten Formenlehre folgten, niemals wäre er auf die Idee gekommen zu sagen, der Tschechow hätte nicht so sparsam mit seinen Bühnenbildbeschreibungen sein dürfen, der Kleist hätte seine Regieanweisungen mit all seiner ihm zu Gebote stehenden Erzählkunst formulieren müssen, das wäre Karl nie in den Sinn gekommen, aber er selbst pochte auf sein nicht spielbares Stück als Stück und doppeltes Kunstwerk. Es sei ja möglich, sagte ich, daß Karl, stur wie er offensichtlich gewesen sei, nachdem er sich einmal auf das Theater festgelegt gehabt hätte, nicht mehr davon hätte lassen können, obwohl er insgeheim hätte feststellen müssen, daß er nicht imstande war, halbwegs tragfähige Dialoge zu schreiben. Seine Dialoge waren tatsächlich immer völlig verunglückt, sagte sie, immer hat er all seinen Figuren seine altertümliche Kunstsprache aufgezwungen und sie dadurch zu Witzfiguren gemacht und der Lächerlichkeit preisgegeben, er hat einen unglücklich verliebten jungen Mann sagen lassen, ach!, Marie!, du stichst mir den eisigen Stachel deiner unnahbaren

Schönheit in mein blutendes Herz!, oder eine Mutter, die ihren Sohn durch einen profanen Autounfall verloren hat, mußte in den Himmel wehklagen, grausamer Gott!, habe ich nicht schon genug gelitten?, mußt du mir mein Herz aus der Brust reißen?, solche Sachen, nicht auszuhalten, sagte sie. Und er hat sich *doch* über das Theater lustig gemacht, sagte ich. Nein, leider nicht, sagte sie, das Theater, die Tragödie vor allem, war ihm heilig. Nie, unter gar keinen Umständen hätte er sich über das Theater lustig gemacht. Dann hat er nichts verstanden, sagte ich, er hatte keine Ahnung, und du hast ihn all die Jahre maßlos überschätzt. Er ist mit einer völlig verkitschten und verquasten Vorstellung vom Drama herumgelaufen, er war genau der, den deine und seine Mitschüler damals schon in ihm gesehen haben, der Kunst und Geist heuchelnde Spinner, das müssen wir doch sagen, wenn wir ehrlich sind.

Mascha schwieg, es tat mir leid, daß ich keine milderen Worte habe finden können, aber es war mir einfach nicht möglich, mein Unwillen gegen diesen Karl war von Minute zu Minute gestiegen, und jetzt im nachhinein, hier in der Nacht an meinem Wohnzimmertisch, erscheinen mir meine Worte fast noch zu mild. Mascha schwieg, und jetzt rollten ihr Tränen über die Wangen. Wie bereute ich jetzt mein harsches Gerede, ich hätte mich ohrfeigen können, sie weinte ganz lautlos, und ich rang um Worte, ich wollte meine Grobheit wiedergutmachen, nur wie, ich wußte es nicht, und ich sagte schließlich in der größten Einfallslosigkeit, es tut mir leid, Mascha, ich wollte dir nicht wehtun. Da sagte sie, es ist schon gut, Tom, es ist schon gut, du hast ja recht, er hat sich in sich getäuscht, sein Leben lang, ich habe mich in ihm getäuscht, sein Leben lang, es ist so traurig, wir haben uns in einer jahrzehntelangen gemeinsamen Lebenslüge vergeudet, so kommt es mir jetzt vor, wir haben uns selbst zum Narren gemacht in unserer uns selbst eingeredeten Theaterromantik. Mascha wischte sich die Tränen ab, sie wirkte auf überraschende Weise ausgeruht und gekräftigt nach ihrem kurzen stillen Weinen, und sie fuhr fort und sagte, Karl hat ja schreiben können, manchmal sind ihm ganz wunderbare Sätze geglückt, und wäre er bei seinen Wörtern, bei seinen Sätzen geblieben, hätte er sich nicht sklavisch dem großen Drama als Lebensziel untergeordnet, er hätte doch viel zustande bringen können, aber nein, er mußte unbedingt, wir mußten unbedingt auf die große Bühne, auf die Weltbühne, uns neben Tschechow stellen um jeden Preis, auf tragische Weise lächerlich kommt mir das jetzt vor, es konnte nur schiefgehen, das ist klar. Wir haben uns vorgemacht, das Theater warte nur auf uns, wir seien für das Theater vorgesehen, um es voran und zu neuer Blüte zu bringen, was für ein Größenwahn, was für ein Irrtum. Karl in seinem kindischen Stolz habe nicht mehr herausgekonnt aus diesem verhängnisvollen Lügengebäude, und sie habe das ihre dazugetan, sie habe ihn darin eingesperrt und nicht mehr herausgelassen, sie habe ihm immer sein Talent bestätigt, ja eingeredet, sie trage eine große Mitschuld an seinem Untergang, sie habe doch immer eitle Träume geträumt, eines Tages an der Seite des neuen Weltdramatikers auf der Weltbühne stehen, oder auch hinter dem Vorhang, als seine Mentorin, letztlich, wenn sie ehrlich sei, als seine Schöpferin, das müsse sie zugeben, so denke sie jetzt in diesem Moment, so komme es ihr plötzlich vor, während sie mit mir darüber spreche, es kommt mir jetzt so vor, sagte sie, als hätte ich ihn mir zum Lebensprojekt gemacht, als hätte ich ihn für meine Zwecke mißbraucht, für meine Theaterzwecke zurechtgebogen, mir meinen eigenen kleinen Tschechow basteln wollen, fast, als hätte ich mir Karl erfunden, als sei er kein eigenständiger, kein wirklicher Mensch gewesen. Ich habe mir mit Karl eine trügerische Kunstwelt geschaffen, wir beide waren bald nur noch Kunstfiguren, keine Menschen mehr. Ich war vielleicht die Schlauere, ich habe wohl für mich geahnt, daß ich es selbst niemals zu einer wirklich bedeutenden Dramatikerin oder Schriftstellerin würde bringen können, ich wußte das, ich habe mich feige im Hintergrund gehalten und Karl vorgeschickt, den ungestümen Karl, der in blindem Eifer auch gleich nach vorne gestürmt ist, kein Blick zur Seite, kein Blick zurück, er hat sich verrannt und verausgabt, und ich saß auf meinem Beobachterposten in sicherer Entfernung und beobachtete seine aussichtslosen Versuche, zu denen ich ihn angestachelt habe. Ich saß in meinem Versteck und ließ ihn in sein Verderben rennen, ja trieb ihn an, immer noch weiter in sein Verderben zu rennen, obwohl ich ihn doch nach seiner ersten vernichtenden Niederlage hätte aufhalten können, hätte sagen können, Karl, bleiben wir bescheiden, begnügen wir uns mit dem Genuß, anderer, berufener Dichter Kunst zu studieren, bleiben wir bei uns.

Ihr habt alles viel zu ernst genommen, sagte ich, die Kunst, die Literatur, das Theater, man darf die Künste nicht ernst nehmen, sowenig wie die Menschen, wenn man von einem Shakespeare als dem übermenschlichen spricht, kann man nur noch verlieren und verzagen, wenn man einen Tschechow auf einen monströsen Sockel hebt, in den man dazu noch das Wort *Weltliteratur* eingraviert, bleibt man selbst notgedrungen immer der nichtswürdige Wurm. Wenn man es in der Kunst, in der Literatur zu etwas bringen wolle, fuhr ich fort, müsse man sich immer vor Augen halten, daß selbst das bewundernswerteste Kunstwerk immer mangelhaft sei, daß Tschechow zwar nicht schlecht, aber auch nicht so rasend gut sei, daß man gleich in Ehrfurcht vor ihm erstarren müsse, denn sei man erst einmal erstarrt, bringe man natürlich nichts Vernünftiges mehr zustande. Ich verstünde zwar nichts von der Literatur, aber ich wüßte doch aus meinen langen Wissenschaftslehrjahren, daß man, egal in welchem Fach, nur gut werden und es zu etwas bringen könnte, wenn man die Besten, bei allem nötigen Respekt, zu seinesgleichen erklärte, du mußt zu deinem Vorbild immer sagen, sagte ich, nicht schlecht, mein Freund, hast du schon ganz gut gemacht, jetzt zeige ich dir mal, wie ich es mache, und dann machst du dich an die Arbeit und machst sie gut, so habe ich es immer gemacht. Und dann, um einen heiteren Ton in unser betrübliches Gespräch zu bringen, sagte ich, sieh mal, Mascha, ich habe es in meinen Wissenschaften bis zur Weltspitze gebracht, bis zum Gipfel und darüber hinaus, ich habe die wissenschaftliche Schallmauer durchbrochen und schwebe jetzt über den Dingen, und das war nur möglich, weil ich die Wissenschaften zwar immer hoch geachtet und sie für das Wichtigste überhaupt, aber dabei doch immer nur für schlichtes Menschenwerk gehalten habe, was sie ja unbestreitbar sind, nichts allzu Ernstes, einfach nur gewöhnlicher menschlicher Zeitvertreib.

Und jetzt in diesem Moment, gerade bei diesen Notizen fällt mir ein, daß ich heute, bevor ich mich zur Aufzeichnung dieses Berichts an meinen Wohnzimmertisch gesetzt habe, mit dem Tschechow am Fenster stand und zu ihm sagte, ist es nun dies, mein Freund, oder ist es das, und jetzt denke ich, klar, ich könnte ohne weiteres ein Tschechow zumindest ebenbürtiges Stück schreiben, wenn nicht ein besseres, eines, zu dem Tschechow nie imstande gewesen wäre, eines, das Shakespeare in seinem Grab vor Neid erblassen lassen würde, eines, zu dem Kleist gesagt haben würde, Hut ab!, gutes Stück!, eines, zu dem Bernhard gesagt haben würde, das muß der Peymann inszenieren, ich könnte, wenn ich wollte, aber ich will nicht, ich gehe nie ins Theater. Aber das ist ein überheblicher Gedanke, den ich nicht weiter verfolgen werde, obwohl er mir gefällt, wie gerne würde ich doch Mascha bald ein fulminantes Drama vorlegen, das sie sich von ihrem Karl immer erträumt und nie auch nur im entferntesten bekommen hat, ich stelle mir vor, ich würde sie in einer Woche zu unserem täglichen zweistündigen Spaziergang abholen und ihr beiläufig ein Manuskript übergeben, das sich für sie sofort als Weltliteratur herausstellt, und sie würde verwirrt fragen, wo ich dieses unglaubliche Stück herhätte, und ich würde ein Steinchen vom Weg in den Kanal kicken und unbeteiligt sagen, ach, in den letzten Tagen so nebenbei im Taxi geschrieben, es ist nichts weiter, nur ein kleiner Zeitvertreib.

Mascha nahm mein Heiterkeitsangebot mit der Wissenschaftsschallmauer nicht an, sie sagte, ja, wir haben alles viel zu ernst genommen, wir hätten uns nicht in diese Kunstwelt flüchten und uns in ihr verbarrikadieren dürfen, das war unser Fehler, wir haben uns von den Menschen zurückgezogen, schon in der Schule, wir haben uns unser eigenes reines und heiliges Kunstkloster gebaut, fest ummauert, darin haben wir uns verschanzt und nicht gemerkt, daß die wirkliche, die bedeutende Kunst nur von solchen Menschen geschaffen wird, die frei herumlaufen und nicht hinter dicken Klostermauern eingesperrt sind. Sie habe sich in ihrer Arbeit als Kritikerin zwar aus dem Kloster davongestohlen, Karl habe sie aber ins Turmverlies gesteckt, er habe in ihrem Kunstkloster Kunst machen sollen, was ein Ding der Unmöglichkeit gewesen sei, das wisse sie jetzt, das sei ihr in dem Moment schlagartig bewußt geworden, als man ihr die Nachricht von Karls Brückensturz überbracht habe.

Noch während ihres Studiums habe sie tatsächlich fest daran geglaubt, Karl würde es schaffen, Karl würde mit einem großen Drama ins Licht treten, sagte sie, das sei die Zeit ihres größten Leids gewesen, sie habe sich an Karl, an ihre Hoffnungen in Karl geklammert, die Vorstellung, Karl würde etwas Bedeutendes zustande bringen, sei in dieser Zeit ihr Lebensmotor und gleichzeitig die Quelle ihrer Trauer gewesen, jahrelang habe sie gedacht, Karl müsse etwas gelingen, dann würde die schreckliche Last von ihm abfallen, er könne die Fesseln abstreifen und gelassen durchatmen, sagen, jetzt, ich hab's geschafft, und sie in die Arme nehmen und glücklich mit ihr sein, und irgendwann habe sie diesen Zustand des Wartens und Hoffens nicht mehr ertragen, ihre Hoffnung sei immer stärker von einer bedrückenden Ahnung der Vergeblichkeit zugedeckt und schließlich erdrückt worden, und sie habe dem Drängen ihres Mannes nachgegeben und ihn geheiratet. Sie habe sich von der Heirat eine Entlastung, eine Entspannung versprochen, sie habe gedacht, Karl würde, befreit von dem Druck ihrer Liebe, gelassener an seine Vorhaben gehen, nicht mehr bis zur Bewegungslosigkeit verkrampft, wie es doch über Jahre der Fall gewesen sei, er würde durchatmen und sich sagen, gut, ich muß nicht mehr für Mascha schreiben, Mascha hat sich entfernt und gibt endlich Ruhe, ich bin frei. So sei es aber nicht gekommen, sagte sie, die Heirat habe Karl überhaupt nicht beeindruckt, die Heirat sei ihm völlig gleichgültig gewesen, sie habe nichts in ihm verändert, nichts an seinem Zustand, habe ihm nichts von seiner Besessenheit genommen, er habe sich weiter mit ungehemmter Wut seinen dramatischen Versuchen gewidmet, es habe da schon kein Zurück mehr für ihn gegeben. Sie selbst habe sich, das sei ihr allerdings erst nach seinem Tod und auch da nur sehr langsam klargeworden, schon lange, spätestens seit ihrer Bekanntschaft mit ihrem Mann, künstlerisch von Karl abgekoppelt. Sie habe sich zwar nicht gegen ihn gestellt, sie habe ihn, im Gegenteil, nach wie vor angespornt und ermutigt, es sei für sie aber schließlich unverkennbar gewesen, daß sie in ihren Kritiken letztlich immer gegen Karl gearbeitet habe, sie habe sich gegen alles gestellt, was sie im Theater an Karl und seine dramatischen Versuche erinnert habe. Wenn ich jetzt lese, sagte sie, was ich in meinen Kritiken gegen die Dramatiker vorgebracht habe, muß ich zugeben, daß alles gegen Karl gerichtet war, meine Verhöhnung des falschen Pathos, gegen Karl, meine hartnäckigen Hinweise auf Schlampereien in den Dialogen, gegen Karl, mein sarkastisches Gift gegen übertriebene, dem Stück nicht förderliche Bühnenbilder, gegen Karl, meine Polemiken gegen übertriebenes Sentiment, gegen Kitsch, gegen Karl, alles gegen Karl, während ich doch gleichzeitig immer noch regelmäßig mit Karl korrespondiert habe und auch oft mit ihm zusammengetroffen bin, um seine Stücke zu besprechen, über all die Jahre.

Nie habe sie in dieser Zeit Karl mit ihrem Unmut gegen seine, in ihren Augen schmalzigen und kitschigen Dramenentwürfe konfrontiert, sie sei immer nur bei ihrer, für alle seine Entwürfe gültigen und notwendigen Kritik geblieben, die Stücke seien nicht spielbar, er würde nach wie vor keine Theaterstücke schreiben, sondern nur Bilder entwerfen, manche davon in einer bewundernswert ausdrucksvollen Sprache, aber eben keine Bühnenstoffe. Sie beide, Karl und sie, hätten sich in diesem Netz verfangen, das sei die tödliche Stagnation gewesen, aus der sie nicht mehr herausgekommen seien, Karl habe immer wieder die gleichen Stücke hervorgebracht, die keine Stücke waren, wie ein trotziges Kind habe er immer wieder den gleichen Schnuller aus seinem Kinderwagen geworfen, und wie eine stoisch geduldige Mutter habe sie ihm immer wieder diesen gleichen abgelutschten Schnuller zurück in seinen Mund gesteckt und gesagt, so geht es nicht, sie seien über all die Jahre, bis zu seinem Brückensturz im letzten Frühjahr, nicht über dieses ermüdende Pingpong hinausgekommen, aber das sei ihr erst bewußt geworden, als Karl schon tot gewesen sei, sagte sie, als ich seinen Abschiedsbrief in den Händen hielt, mit seinem Abschiedsbrief hat Karl sich befreit, ist er aus dem Kunstgefängnis ausgebrochen, mit seinem Abschiedsbrief hat er endlich sein Ziel erreicht und das Theater von sich abgeschüttelt. Karls Abschiedsbrief, an sie adressiert, sei sein letztes Stück gewesen, ein Kunstwerk von ungeheurer Dichte, ein Theaterstück, nach dem es kein anderes Theaterstück mehr geben könne, und es sei ihr, als sie dieses kürzeste aller je geschriebenen Theaterstücke, Karls Abschiedsbrief, gelesen gehabt hätte, schlagartig bewußt geworden, daß Karl mit seinen scheinbar verunglückten Dramen immer nur gegen das Theater angekämpft hätte, er wollte sich immer nur befreien, sagte sie, das Theater endlich loswerden, aber er war sich dessen nicht bewußt, das ist die Tragik, er dachte bis zu seinem Tod, er kämpfe für das Theater, für die Kunst, dabei kämpfte er gegen die Theaterkunst, die ihm zum Kerker geworden war.

Karl habe ihr in seinem Abschiedsbrief auf schonungslose und doch kunstvolle Weise sein plötzliches Begreifen seiner und auch ihrer Lage mitgeteilt, indem er sie tatsächlich als Mascha angesprochen habe, liebe Mascha, sagte sie, liebe Mascha, stand in seinem Brief, hier ist mein letztes Theaterstück. Mascha weinte wieder, aber sie sprach weiter, sie achtete nicht auf ihre Tränen, sie sagte, nie zuvor hat er mich Mascha genannt, jetzt schrieb er, hier ist mein letztes Stück, ich widme es dir, meiner lieben Mascha, dein Kostja, ja, er hat mit Kostja unterschrieben. Diese kurze Mitteilung sei Karls letztem Theaterstück vorangestellt gewesen, das Stück selbst habe noch auf der gleichen Seite unter seiner Kostjaunterschrift Platz gefunden. Es sei mit *Das Möwenei* überschrieben gewesen und habe nur aus diesen wenigen Sätzen bestanden: Der Vorhang ist geschlossen. Mascha und Kostja treten vor dem geschlossenen Vorhang vors Publikum und deklamieren chorisch von der Rampe hinunter: Ihr könnt euch gar nicht vorstellen, was hinter diesem Vorhang ist! Dann verlassen sie die Bühne, Mascha geht nach links ab, Kostja nach rechts. Der Vorhang bleibt unten, der Zuschauerraum bleibt dunkel. Vor der Bühne beziehen schwerbewaffnete Sicherheitskräfte Stellung, um die Zuschauer daran zu hindern, eigenmächtig hinter den Vorhang zu spähen. Gleichermaßen sind die Ausgänge zu sichern, keiner verläßt den Saal. Die Sicherheitskräfte sind angewiesen, notfalls von der Schußwaffe Gebrauch zu machen. Jedwede Störung seitens der Zuschauer wird mit schweren Stockhieben geahndet. Nach zwei Stunden ertönt ein Gong, das Licht geht an. Die Sicherheitskräfte verschwinden hinter dem Vorhang. Die Toten werden weggeschafft, die Verwundeten versorgt. Das Stück ist aus.

Ich war sprachlos. Dieses wahrlich letzte Theaterstück ist eine Großtat, das muß ich zugeben, sagte ich im stillen zu mir, dieses Stück ist ein Meisterwerk, es ist das konsequenteste Kunststück, das mir je zu Ohren gekommen ist, so wenig ich es diesem mir doch so scheußlichen Menschen Karl gönne. Und in meinem Kopf verschwammen in diesem Augenblick Karls Konturen, auf einmal kam mir Karl in seiner Theatervernichtung vor wie ein Zerrbild Maschas in ihrem Kritikerfuror, dieses Stück ist von Mascha, dachte ich, nicht von Karl, Mascha hat das Theater geistig und mit klaren Worten bekämpft, Karl ist blind dagegen angerannt und hat schließlich mit einem letzten ungeheuerlichen Gewaltakt das Theater endgültig unmöglich gemacht, und in Wirklichkeit ist es Maschas Stück, kann das sein? Beide, Mascha und Karl, hatten dasselbe Ziel, beide mußten die Mauern ihres Kunstwahns, in den sie sich schon als junge Leute geflüchtet hatten, niederreißen, um endlich wieder atmen zu können. Karl erschien mir jetzt plötzlich wie die brachiale Kehrseite Maschas, sie hat diesen Karl in sich, dieser Karl ist das andere, das ungestüme und aufbrausende, das rabiate Gesicht Maschas, dachte ich plötzlich.

Karl war kein Mensch, sagte ich, du hast dir Karl ausgedacht.

Da stand Mascha auf, sie blieb still stehen und streckte ihre Hände, die Handflächen nach oben weisend, wie um eine lebensrettende Gabe bittend, in meine Richtung, und sah mich mit weinenden Augen an. Ich stand auf und tat den Schritt auf sie zu und nahm sie in die Arme, ich umarmte sie fest und sicher, und Mascha weinte, ihren Kopf an meiner Schulter, jetzt weinte sie sich aus, ich streichelte sanft ihren Kopf, ich gab ihr einen Kuß auf die Stirn und sagte, meine Mascha, meine Mascha. Sie wandte mir ihr Gesicht zu, sie wollte etwas sagen, aber es ging noch nicht, und ich trocknete ihre Tränen mit meinen Lippen, nicht mit meiner Zunge, nur ganz zart mit meinen Lippen, dann legte sie ihren Kopf wieder an meine Brust und ich hielt sie fest in meinen Armen.

Schließlich, als sie sich beruhigt hatte, sagte sie, noch immer in meinen Armen, Karl *war* ein Mensch, und doch hast du recht, ich habe ihn mir ausgedacht. Ich habe ihn mir gemacht, wie du dir deine Papageien machst, die Tauben rupfen. Und doch war er aus Fleisch und Blut, ich habe ihn geliebt, ganz menschlich geliebt, mit Haut und Haaren, wie man sagt, seinen Körper, seinen Geruch, alles an ihm, selbst seinen Größenwahn. Er war aus Fleisch und Blut, und ich habe ihn mir doch selbst gemacht, ja, das stimmt, jetzt hier mit dir ist es mir klar, jetzt nachdem ich alles wieder zusammengesetzt habe, jetzt kommt es mir vor, ich habe ihn mir gemacht, oder, ich habe ihn mir gestohlen, bei Tschechow, und mich selbst mit dazu, ich heiße schon Mascha, ich sollte Karl tatsächlich nur noch Kostja nennen, alles nur ausgedacht.

Ich habe mir meine Carla auch ausgedacht, dachte ich, sagte es aber nicht, ich hatte Carla Mascha gegenüber mit keinem Wort erwähnt, redete nur im stillen mit mir selbst, ich habe sie auch geliebt, mit Haut und Haaren, wie man sagt, ihren Körper, ihren Geruch, alles an ihr, selbst ihren pubertären rebellischen Unfug, ihre Bullenfallen. Sie war aus Fleisch und Blut, und ich habe sie mir doch selbst gemacht, ja, das stimmt.

Ich sagte, Menschen machen sich immer alles selbst und sind deshalb auch immer an allem selbst schuld, trinken wir darauf, und wir stießen miteinander an.

Heft X

Es ist hell draußen, die Schneepflüge rattern durch die Straße, hoffentlich wecken sie mir Mascha nicht, Mascha muß sich gründlich ausschlafen, so lange hat sie nicht mehr richtig geschlafen, seit der Steininsel immer nur ein paar kurze Stunden, jetzt soll sie tief und fest und lange schlafen, und ich überlege, wie ich die Lärmmaschinen aus meiner Straße vertreiben könnte, diese gewalttätigen Ungeheuer, die mir meinen schönen Schnee verwüsten und Maschas Schlaf stören, aber wenn ich auf sie schieße, kommt die Polizei und nimmt mich mit, und ich kann nicht mit Mascha frühstücken, und sie ist wieder ganz allein, verlassen hier in meiner Wohnung, und wenn ich hinuntergehe und mir den erstbesten Schneepflugfahrer greife und ihn aus seinem monströsen Fahrzeug zerre und ihn auf der Straße verprügle, werden schnell die anderen Schneepflugfahrer herbeieilen und sich auf mich stürzen und mich ihrerseits verprügeln, und ich werde ein Bild des Jammers abgeben, völlig verbeult und zerkratzt, Mascha wird sich zu Tode erschrecken, und die Schneepflüge werden doch nicht verschwinden, ich kann also nur hoffen, daß diese rohen Rabauken bald genug von meiner Straße haben und von selbst verschwinden, bevor Mascha von ihrem Lärm aufwacht.

Ich werde uns nachher, wenn ich mit meinen Aufzeichnungen fertig bin, ein fürstliches Frühstück zubereiten, dann werde ich ganz leise in mein Studierzimmer schlüpfen und Mascha vorsichtig und zärtlich wecken, mit einem sanften Kuß auf die Stirn, nicht auf den Mund, einen schlafenden Menschen darf man nicht auf den Mund küssen, er erschrickt sonst furchtbar und ist den ganzen Tag ganz verstimmt, außerdem riecht mein Atem nach Alkohol, fürchte ich, und einem frisch erwachten Menschen mit einer Alkoholfahne ins Gesicht zu schlagen, ist eine Ungehörigkeit ersten Ranges, die ich mir meiner Mascha gegenüber niemals gestatten würde. Ich werde ihr vorsichtig das Haar aus dem Gesicht streichen, Mascha, werde ich ganz leise sagen, Mascha, es gibt Frühstück. Und wenn sie sich dann zur Seite dreht und sich die Decke über den Kopf zieht und verschlafen sagt, nein, noch nicht, ich bin noch nicht fertig, dann sage ich, ist schon recht, schlaf weiter, schlaf so lange du willst, und ich ziehe ihr sorgsam die Decke vom Kopf, damit sie Luft kriegt, und schleiche so leise, wie ich gekommen bin, wieder hinaus, und wenn sie sich auf meine Seite dreht und langsam die Augen öffnet, dann sage ich, guten Tag, wie geht's, möchtest du einen Kaffee ans Bett, einen Saft, ein Glas Wasser, nein, ich sage zuerst, ich darf dir nicht zu nahe kommen, ich stinke wie eine üble Kneipe am frühen Morgen, und ich vergrabe mein Gesicht unter ihrer Decke und betrinke mich jetzt an ihrem Geruch, Maschas Schlafgeruch, ja, das würde ich gerne machen. Ich weiß nicht, ob ich mich traue, aber jetzt in diesem Moment könnte ich mir nichts Verlockenderes vorstellen, als Maschas warmen Schlafgeruch in mich hineinzusaugen, erst, wenn sie noch schläft, behutsam an ihrem Kopf entlang schnuppern, hinter ihrem Ohr, hinunter an ihrem Hals, dann vorsichtig, ganz vorsichtig wieder hinauf zu ihrem Mund, ihren Atem trinken, in tiefen Zügen ihren Atem in mich hineinströmen lassen, an ihren Mundwinkeln verharrend, meiner Lieblingsstelle, Maschas fein gezeichneten Mundwinkeln, mondsichelförmig eingefaßt von zarten Fältchen, dann erst langsam weiter mit meiner unersättlichen Nase über ihr Gesicht wandern und ihr schließlich einen Kuß auf die Stirn geben und sagen, ich darf dir nicht zu nahe kommen, ich stinke wie eine üble Kneipe am frühen Morgen, und unter diesem Vorwand unter ihre Decke abtauchen, mein Gesicht dort in ihrer dunklen Höhle vergraben und mich an ihrem Schlafgeruch berauschen.

Als ich Mascha nach ihrem Karlbericht in meinen Armen hielt, sie weinend an meiner Schulter, an meiner Brust, habe ich mich schon fleißig an ihrem Geruch bedient, ich hielt sie in meinen Armen und streichelte sie und tröstete sie und nutzte ganz unverfroren die Gelegenheit, mit meiner Nase durch ihr Haar zu streifen und ihren Geruch, den Geruch ihrer Haare zu genießen, sie wird es nicht bemerkt haben, sie wird gedacht haben, meine zarten Küsse auf ihren Kopf dienten einzig dem Zweck, sie zu trösten, dabei habe ich nicht ganz uneigennützig gehandelt, ich habe, wie man sagt, das Nützliche mit dem Angenehmen verbunden und sie bei meinen tröstenden Liebkosungen mit meiner Nase erkundet, ausgiebig und zu meinem großen Vergnügen, es war mir sogar für einen kurzen Moment gelungen, meine Nase hinter ihr Ohr zu bugsieren, wo es immer einen ganz speziellen Duft gibt, eine besondere Delikatesse bei einem Menschen, den man liebt, ich habe Mascha also mißbraucht, das gebe ich zu und ich werde es auch ihr gestehen, ich werde sagen, Mascha, ich habe, ohne dein Einverständnis einzuholen, schamlos an dir herumgeschnuppert, als ich dich in den Armen hielt, ich habe mich privat mit dir und deinem Geruch vergnügt, während du geweint hast. Sie wird es mir nachsehen, die Liebe bringt so etwas mit sich, sie treibt einen gelegentlich noch zu ganz anderen Übergriffen, gegen die sich verstohlene Geruchserkundungen ganz harmlos ausnehmen.

Und ich liebe sie, ich liebe meine Mascha, ich wollte es ihr in der Nacht noch sagen, aber die Wörter waren mir im Hals steckengeblieben. Ich hatte sie zugedeckt und mich neben sie auf meine Studierzimmerliege gelegt, ich hatte ihr eine flugs ausgedachte Gutenachtgeschichte erzählt, wie sie es gefordert hatte, sie hatte nicht eher Ruhe geben wollen, bis ich ihr eine meiner Geschichten, wie sie gesagt hatte, vorgelesen haben würde, ich hatte mich erst gesträubt, vergeblich, sie hatte gesagt, wenn ich ihr nicht freiwillig eine meiner Geschichten als Gutenachtgeschichte vorläse, würde sie sich selbst bedienen und noch in dieser Nacht alle meine Geschichten lesen, von denen sie ja jetzt wüßte, daß sie in diesem Zimmer in großer Zahl vorrätig wären, also hatte ich schließlich nachgegeben und mir schnell eine Geschichte ausgedacht, nicht weil ich vor ihr etwas zu verbergen hätte, von mir aus kann sie heute meine Wohnung auf den Kopf stellen, nein, ich wollte, daß sie schläft, endlich wieder gut schläft, nach dieser schrecklichen Zeit, ich wollte nicht, daß sie die Nacht mit nutzlosen, notgedrungen ganz und gar vergeblichen Durchsuchungen verbringt, ich wollte, daß sie schläft, also schüttelte ich mir die Geschichte von dem Salto schlagenden Schaf aus dem Ärmel und gab ihr dann einen letzten Kuß, nachdem wir uns vorher schon so ausgiebig und dabei doch so vorsichtig geküßt hatten, gab ihr einen Gutenachtkuß, und als sie mich dann so glücklich, so warm und zufrieden, so liebevoll mit ihren unvergleichlichen Augen ansah, wollte ich sagen, Mascha, ich liebe dich, aber sie kam mir zuvor und sagte, schreib die Schafsgeschichte auch auf, sie gehört zu unserem Abend, das ist dann deine erste aufgeschriebene Geschichte, wenn du die Wahrheit gesagt hast, was ich nicht glaube. Ich konnte da nicht mehr sagen, ich liebe dich, ich hätte es sagen können, natürlich, aber es ging nicht, es hätte nicht gepaßt, ich flüsterte ihr statt dessen eine Lüge ins Ohr und sagte, ich habe einen ganzen Schuhkarton voll kleiner Geschichten.

Nach Maschas Karlbericht standen wir noch eine Weile in enger Umarmung dicht beim Ofen, wir hatten miteinander auf die Schuld der Menschen angestoßen, zuvor hatte ich ihr ihre Tränen weggeküßt, auch das eine als Liebkosung getarnte Vergnügung meiner Person, was bin ich nur für ein Mensch, begierig sammelte ich mit meinen Lippen ihre salzigen Tränen auf, und vielleicht hat irgendeiner meiner persönlichen Teufel dabei obszön geschmatzt und gehechelt, ja, wein du nur, wein ruhig noch ein paar Tränen, ich lasse sie mir schmecken, entschuldige, Mascha, es ist die Liebe, ich kann nichts dafür, dann ließ sich Mascha wieder auf ihren Stuhl sinken, sie wirkte erschöpft.

Wenn es stimme, was ich über die Halluzinationen gesagt hätte, sagte sie, dann sei es doch gleich, ob sie sich Karl ausgedacht oder ausgeliehen oder gestohlen, oder ob er tatsächlich genauso existiert habe, wie sie ihn erinnere, das mache doch keinen Unterschied. Nein, sagte ich, das macht keinen Unterschied für die Vergangenheit, aber wir wollen doch weitermachen, nicht wahr, wir wollen es doch bei diesem Tag, bei diesem Abend nicht bewenden lassen, und wenn wir weitermachen wollen, zusammen, können wir uns Halluzinationen nicht mehr leisten, es sei denn, wir halluzinierten beide wortwörtlich das gleiche, und das ist sehr unwahrscheinlich, wenn nicht unmöglich. Für die Vergangenheit könne man sich beliebig viele Geschichten zurechtlegen, alles Erlebte präge den Organismus, sagten die Biologen zwar und hätten damit natürlich auch recht, was aber einen Menschen zu dem gemacht habe, was er sei, lasse sich niemals an ihm, an seiner Prägung ablesen, deshalb könne jeder Mensch beliebig viele Vergangenheiten für sich reklamieren, habe er die behaupteten Erlebnisse nun tatsächlich erlebt oder nur halluziniert oder sich ausgedacht, erstunken und erlogen, das spiele überhaupt keine Rolle, wichtig sei nur zu wissen, daß zwei Halluzinierende nie miteinander das gleiche halluzinierten, der Halluzinierende sei doch ausschließlich mit sich selbst beschäftigt.

Das heißt, wir beide, wie wir hier jetzt sitzen und miteinander sprechen, sagte sie, wir beide sind nicht halluziniert, du nicht von mir, ich nicht von dir, ist das sicher?

Das ist sicher, sagte ich, ich habe dich in meine Arme genommen, ich habe dich gespürt, ich habe dich gerochen, ich mag deinen Geruch, ich habe mit dir viele Stunden gesprochen, ich habe gefragt, du hast geantwortet, du hast gefragt, ich habe geantwortet, wir haben miteinander gelacht und uns gründlich verstanden, du hast geweint, und ich habe dich verstanden, wir haben zusammen gegessen und getrunken, es hat uns geschmeckt, wir standen nebeneinander am offenen

Fenster und haben die frische Luft genossen, und du bist Gast in meiner heruntergekommenen Bude, solchen Dreck halluziniert man nicht gerne, man halluziniert Oasen, keine verdreckten Bruchbuden.

Dein Tischtuch, sagte Mascha.

Ja, ja, mein Tischtuch, sagte ich, dieses Tischtuch gibt es gar nicht, ich habe es mir ausgedacht und du hast es dir eingebildet, das Tischtuch war die einzige gemeinschaftliche Halluzination in der Geschichte der Menschheit, wie du siehst, gibt es hier kein Tischtuch, das Tischtuch war eine Täuschung, alles andere war, alles andere ist wirklich.

Morgen hole ich das Tischtuch hervor, sagte sie, ich weiß, in welche Schublade du es gestopft hast. Ich will es mir noch einmal bei Tageslicht besehen.

Dann gähnte sie, sie war müde, und erst dachte ich, wie reizend sie doch ist, wie reizend ist ihr Gähnen, herzhaft und unverdeckt, mir die Pracht ihrer gesunden Zähne vorführend, alles an Mascha ist so appetitlich, dachte ich, so verlockend und verführerisch, selbst ihr Gähnen, hat mich schon einmal ein Gähnen so erfreut, so bezaubert, ich glaube nicht, ich kann mich nicht erinnern, dachte ich und dann sofort, ich werde sie nicht gehen lassen, wenn sie jetzt aufsteht und sagt, sie sei müde, sie wolle heimgehen, werde ich es nicht erlauben, ich werde sagen, Mascha, das kommt gar nicht in Frage, du gehst mir nicht in diese Nacht hinaus, ich werde lügen und sagen, die Nacht in meinem Viertel sei von Unholden und Strolchen bevölkert, sie würde noch in meiner Straße in einen dunklen Hauseingang gezerrt und übel zugerichtet werden, nein, Mascha, du bleibst hübsch hier, werde ich sagen, Taxi, nein, jetzt bei den glatten Straßen scheidet das Taxi natürlich aus, außerdem sitzen um diese Zeit auch hinter den Taxilenkrädern nur Unholde und Strolche, ich kenne mich aus, ich bin vom Fach, du bleibst hier, und keine Widerrede, ich richte dir ein Bett her, und noch während ich mit dieser inneren Predigt beschäftigt war, sagte sie: Darf ich über Nacht bei dir bleiben?

Wie gut sie mich schon kennt, dachte ich erfreut, sie hat mir meine Gedanken an der Nasenspitze angesehen, und ich sagte, natürlich, was denkst du denn, ich würde dich doch unter keinen Umständen in diese kalte schwarze Nacht hinausschicken, ich richte dir ein Bett her. Nicht eine Sekunde habe ich daran gedacht, denke ich jetzt, sie zu bitten, mein Bett mit mir zu teilen, dieser Gedanke streifte mich nicht im entferntesten, die Bitte, mein Bett mit mir zu teilen, wäre eine Grobheit gewesen, der Zartheit unserer so jungen Verbindung völlig unangemessen, und Mascha hätte ein solches Ansinnen auch sicher abgelehnt, es hätte sie vor den Kopf gestoßen, und sie hätte denken müssen, sie habe sich gründlich in mir getäuscht. Aber sie hat sich nicht in mir getäuscht, ich sagte, ich richte dir ein Bett her, du bist müde.

Ja, sie sei müde, zum erstenmal seit der Steininsel sei sie richtig und auf gesunde Weise müde, sie glaube, sie werde gut schlafen können, hier bei dir konnte ich zum erstenmal seit der Steininsel gut essen, heute hatte ich zum erstenmal wieder Appetit, sagte sie, und jetzt werde ich hier bei dir gut schlafen können, ganz bestimmt, und sie streckte sich und gähnte genüßlich.

Komm, sagte ich und nahm sie bei der Hand und führte sie in die Küche. Das ist mein Badezimmer, sagte ich und zeigte auf das Küchenwaschbecken. Ich suchte ihr eine Zahnbürste aus meiner Sammlung unbenutzter Hotel- und Fluglinienzahnbürsten heraus, eine raffinierte kleine Klappzahnbürste aus Korea, gerade richtig für Mascha, dachte ich, gab ihr ein frisches Handtuch und ließ sie allein. Mein bestes Kopfkissen soll sie haben und meine beste Decke, sagte ich zu mir, nicht die Gästedecke, nicht das Gästekopfkissen, und ich zog geschwind mein Bett ab und richtete ihr die Studierzimmerliege mit meiner Decke und meinem Kissen frisch her, ich machte ein warmes gemütliches Bett aus meiner Liege, und ich legte Mascha mein Lieblings-T-Shirt aufs Bett, in diesem T-Shirt soll sie schlafen, hatte ich mir ausgedacht, ich werde dann morgen, wenn sie ihrer Wege gegangen ist, hineinschlüpfen und es lange nicht mehr ausziehen, das war mein Plan.

Ich war gerade mit dem Bett fertig, als sie aus der Küche und ins Studierzimmer kam. Hier, sagte ich und zeigte auf das T-Shirt, hier hast du ein Schlafhemd, schlüpf hinein und unter die Decke, in fünf Minuten komme ich und sage dir gute Nacht. In zwei Minuten, sagte sie. Ich ließ sie allein und ging ins Wohnzimmer. Wie glücklich ich war! Ich ließ mich in mein Sofa sinken und dachte, was für ein Tag, sie bleibt bei mir, es ist nicht zu glauben, es ist wie ein wunderbarer Traum, diese Begegnung, Mascha, diese unwirklich schöne Frau mit dieser merkwürdigen Geschichte, unsere beglückenden Gespräche, unsere unglaubliche Geistesverwandtschaft, ich schreibe jetzt alles auf, dachte ich, ja, ich schreibe jetzt und noch heute nacht alles auf, nichts davon soll mir verlorengehen, jeder Moment dieses einzigartigen Tages soll mir für alle Zeiten erhalten bleiben, mir und

Mascha, ich schreibe alles auf und schenke es Mascha, wenn sie verspricht, mir eine Kopie anzufertigen. Und sollte der Rest meines Lebens auch ein trübes Jammertal sein, dachte ich ganz feierlich, dieser Tag war es wert, allein für diesen Tag hat es sich gelohnt, und ich werde keine Sekunde von ihm der Vergessenheit preisgeben. Und als ich so dalag und den Tag lobte, klopfte es an der Wand, Mascha bestellte mich zum Gutenachtsagen, und ich sprang auf und ging hinüber.

Da lag sie gut eingepackt auf meiner Liege und blinzelte frech aus ihrem Kissen und sagte, das waren mindestens vier Minuten. Papperlapapp, sagte ich, kniete mich auf den Boden und legte meine rechte Hand auf ihren Kopf, beugte mich über sie und gab ihr einen Kuß auf die Stirn, und noch einen und noch einen, ein sachter Kuß auf ihre Nasenwurzel, und sie ließ es sich gefallen, ihre Augen geschlossen, ein Lächeln auf ihren Lippen, und als ich kurz innehielt mit meinen Gutenachtküssen, um sie zu betrachten, streckte sie ihren Kopf, die Augen immer noch geschlossen, in meine Richtung, weitermachen, sagte sie mir damit, mehr Gutenachtküsse, es ist noch nicht genug, und ich ließ meine küssenden Lippen langsam ihre Augenbrauen entlang tasten, erst die eine, dann die andere entlang und wieder zurück, gab ihr auf jedes ihrer geschlossenen Augen einen ganz besonders behutsamen Kuß, küßte mich ihre schmale gerade Nase hinab und setzte einen Extrakuß auf ihre Nasenspitze, ich bedeckte ihre Wangen mit vielen kleinen leichten Küssen, dann sahen wir uns an, ich streichelte ihren Kopf und wir sahen uns an, und sie sagte leise, und jetzt den Mund, schloß die Augen wieder, und ich berührte ihre Lippen zart mit den meinen, küßte erst ihre Mundwinkel, legte dann meine Lippen auf die ihren, die sich öffneten, und da spürte ich ihre Zungenspitze leicht an meine Lippen tupfen, ganz kurz und dann wieder, mutiger geworden, frecher, und ich begrüßte ihre Zungenspitze mit der meinen, auch erst ganz vorsichtig, dann langsam forscher, und schließlich spielten unsere Zungen ganz ungeniert miteinander, munter, aber nicht hastig, nicht schnell, nicht stürmisch, langsam tief liebkosend, vorwärts tastend schmeckend uns erkundend, ein langer inniger Kuß.

Ich legte mich neben sie auf die Liege, sie nahm mich unter ihre Decke, ja, sie hatte mein Lieblings-T-Shirt an, mein Plan war aufgegangen, ich freute mich, und jetzt lagen wir einander zugewandt und küßten uns, küßten uns mit zarten kleinen Küssen, küßten uns mit tiefen, langen, mit den lustvollsten Küssen, meine Zunge fand ihre schönen Zähne, die feine Ritze zwischen ihren Schneidezähnen, befühlte ihre Lippen, alles ohne jede Hast, aufmerksam und neugierig, ruhig und doch in höchster Erregung, und dann nahm ich Mascha in die Arme und drückte sie fest an mich. Meine Mascha, sagte ich, wo warst du nur so lange.

Vor Jahren noch wäre ich angesichts einer so schönen Frau neben mir in einem Bett, die mich küßt und sich von mir küssen läßt, außer Kontrolle geraten, ich hätte mir augenblicklich die Kleider abgestreift und wäre über Mascha hergefallen, hätte ganz von ihr Besitz ergriffen, ihren Körper von Kopf bis Fuß erkundet, gierig erst meine Finger, dann schon gleich meine Nase, meinen Mund, meine Zunge in ihre geheimsten Winkel gedrängt, hätte sie sofort überall schmecken wollen, all ihre Salze probieren, mich an ihnen laben. Schon immer war es mir das größte Vergnügen, den Körper einer von mir begehrten Frau ausgiebigst zu erkunden, ausdauernd und gründlich, bis zur Erschöpfung, und wenn mir meine Begehrte oder Geliebte einen besonderen Gefallen tun will, läßt sie mich gewähren, so lange ich will, bewegt sich nur nach meinen Wünschen, zappelt nicht, kratzt nicht, stöhnt nicht übertrieben herum, schreit vor allem nicht in vorgetäuschter Ekstase, das mag ich gar nicht, liegt nur still da und gehorcht mir und öffnet sich, wo meine Finger es verlangen, wo meine Zunge sich hinein drängt, läßt sich riechen und schmecken und trinken und genießen, läßt es sich gefallen, von meiner Zunge bis zur äußersten Erregung getrieben und dann doch wieder, kurz vor dem Höhepunkt, verlassen zu werden, über Stunden dehne ich diese süßen Torturen aus, wenn sie es mir erlaubt, und wenn sie es nicht mehr aushält und sich mit der eigenen Hand den ihr so grausam vorenthaltenen Höhepunkt stehlen will, lasse ich sie eine Weile gewähren und packe dann, rechtzeitig kurz vor ihrem Ziel, ihre Hand und zwinge sie mit festem Griff beiseite und halte sie fest und lasse wieder meine Zunge spielen, meine flinken kundigen Finger, und wenn sie bittet und bettelt, ich möge doch endlich ein Einsehen haben und sie nicht länger hinhalten, sage ich, oh nein, meine Liebe, du gehörst jetzt mir, und wir sind noch lange nicht fertig, ich habe noch nicht genug, und ich trinke weiter begierig ihre berauschenden Säfte, bis sie sich windet und wimmert, und ich höre nicht auf mit meiner Folter und quäle sie weiter, halte sie mir über lange Zeit im Zustand höchster Erregung und weide mich an ihrer Qual und labe mich an ihrer Quelle, das war schon immer mein Lieblingsspiel, bis ich schließlich doch genug habe und sie erlöse und mit meinem Mund, mit meinen Händen und Fingern über die Schwelle treibe, in eine gewaltige beglückende Explosion, und wenn sie dann erschöpft und ganz weich und satt und zufrieden ist, bediene ich mich ihrer nach Herzenslust in langsamen, tiefen Stößen und erlöse mich selbst von meiner Qual, welch ein Vergnügen. So hatte ich es schon immer am liebsten, keinen hastigen ruppigen Sex mit einer in gespielter Leidenschaft um sich schlagenden Wildkatze, die spitze Schreie gefälschter Entzückung ausstößt und dabei so trocken ist wie meine Lippen nach einem zweistündigen Spaziergang in trockener Winterluft, am liebsten war mir schon immer das bis zur Unerträglichkeit in die Länge gezogene Liebesspiel, am besten nachmittags. Es geht nichts über eine träge Nachmittagsorgie mit einer begehrten Frau, die sich mit Haut und Haaren ausliefert und sich genießen läßt und keinen Winkel ihres Körpers versperrt, nirgends den Zugang verweigert, und wenn ich jetzt an Mascha denke, wie sie mich geküßt hat, ja, ich glaube, sie wird mir den Zugang gewähren, sie wird mir die Freude machen und sich gründlich vernaschen lassen, von Kopf bis Fuß, so lange ich will, ich glaube, das würde sie sich gefallen lassen, mir zuliebe, ich werde sie bald darum bitten, ich werde ihr sagen, laß mich mit dir spielen eine Weile, eine Stunde, nur ein klitzekleines Stündchen, dann darfst du dir etwas wünschen, und ich erfülle dir jeden, aber auch jeden Wunsch, ich stehle für dich die Kronjuwelen, ich verprügle dir den Boxweltmeister nach Strich und Faden, bis er um Gnade winselt, ich fange den Papst und bilde ihn dir zur Küchenhilfe aus, eine Schürze hat er ja schon um, nein, das ist kein schönes

Geschenk, wer will schon diesen hinfälligen Papst in seiner Küche haben, da vergeht einem ja gleich der Appetit, nein, ich stürze die Regierung, die deutsche, die russische, ich ertränke den russischen Präsidenten in seinem Wodka, dann rufe ich dich, meine Mascha, zur Zarin aus, ich hole dir das Blaue vom Himmel herunter, ich schenke dir meine blaue Katze, nur laß mich eine Weile deine Köstlichkeiten kosten, laß mich dich schmecken. Und jetzt hat Mascha meine Bitte sogar schriftlich. Wie gut, daß ich soviel Wein getrunken habe, ich hätte sonst das Geheimnis meiner sexuellen Vorlieben nicht preisgegeben, niemals, dazu bin ich doch viel zu schüchtern. Es ist der Liebe geschuldet, daß ich dich riechen und schmecken, daß ich dich trinken will, daß ich dich ganz und gar in mich aufnehmen, daß ich dich verschlingen will mit all meinen Sinnen, und es ist dem Wein geschuldet, daß ich es dir verrate, sieh es mir nach, Mascha, ich bin nicht mehr bei mir.

Vor Jahren, als ungestümer junger Mann, hätte ich mich vielleicht nicht beherrschen können und hätte mich nicht mit unseren Küssen begnügt, hätte meine Hände über ihren Körper wandern lassen, rasch hinab zwischen ihre Beine, zu meinem Lieblingsplatz, wäre an ihr hinab getaucht und hätte mit unablässigen Küssen ihre Schenkel um Einlaß gebeten, ich weiß es nicht, vielleicht hätte ich mich aber auch einer solchen besonderen Frau, Mascha, nach einer solch einzigartigen Begegnung nicht so stürmisch bemächtigt, ich weiß es nicht, vielleicht hätte ich auch damals schon gedacht, wie ich jetzt dachte, da neben Mascha auf meiner Studierzimmerliege, nicht alles auf einmal, nichts überstürzen, behutsam wollen wir sein, nichts aufs Spiel setzen, nicht durch ungezügelte Gier etwas verpatzen und unseren so gelungenen Anfang beschädigen. Hier liegt nicht nur einfach eine schöne Frau neben dir, nicht einfach nur eine ganz außergewöhnlich schöne, eine wunderschöne Frau, hätte ich mir vielleicht auch damals schon gesagt, wie ich es mir jetzt sagte, hier liegt Mascha, deine Lebensliebe, geh achtsam mit ihr um, sorgsam und behutsam, riskiere sie nicht, verletze sie nicht, verstöre sie nicht, nimm sie nur einfach bei dir auf und laß dir Zeit, ihr habt Zeit, nur nichts überstürzen, nichts erzwingen. Mascha lag ganz ruhig in meinen Armen, ich spürte ihren warmen Atem an meinem Hals. Wir waren in perfektem Einklang miteinander, wir hatten alles richtig gemacht, so kam es mir da vor, wir machen alles richtig, wir haben uns mit unserem küssenden Liebesspiel eine vielversprechende Kostprobe künftiger Köstlichkeiten gegeben, das war das richtige Maß, ja, wir werden viel Zeit füreinander haben, wir haben keine Eile.

Schlaf gut, sagte ich und gab ihr einen letzten, wie ich dachte, Gutenachtkuß auf die Stirn. Was ich vorhätte, fragte sie, und ich sagte, ich mache dir ein Geschenk, ich schreibe alles auf, alles was du mir über dich erzählt hast, alles, all deine Erinnerungen, alles über die Steininsel, deinen Mann, Karl, über deine Arbeit, das schreibe ich jetzt alles auf und schenke es dir. Mascha richtete sich auf, eine Hand auf meiner Brust, und sagte, das ist ein wundervolles Geschenk, und dann, aber schreib nicht einfach auf, was ich gesagt habe, schreib aus *deinem* Kopf, deine Gedanken, alles vollständig von dir, von Anfang an, deine ganze Spaziergangsrunde mit allen Einzelheiten deines Weges, mit allem, was in dir vorging, mit allem, was du sahst und dachtest, mit allem, was du im nachhinein denkst, schreib auf, was dir in den Sinn kommt, während du schreibst, rücksichtslos, schonungslos, das wäre mir das größte Geschenk. Das ist aber unbescheiden, sagte ich und zupfte sie am Ohr. Das ist unbescheiden, sagte sie, ich weiß, aber du bist ja ein geübter Schreiber, das wirst du leicht bewältigen, und sie gab mir einen Kuß auf die Nasenspitze. Ich bin der ungeübteste Schreiber, der sich denken läßt, sagte ich, aber gut, ich werde es versuchen, unter der Bedingung, daß du mir eine Kopie machst, ich brauche eine Kopie für mich, ich möchte mir selbst nämlich dasselbe Geschenk machen, und du sollst es mir überreichen, du mußt die Kopie machen und sie mir geben. Da sagte sie, ich weiß, wie wir es machen: Deine Kopie sollst du haben, und ich schenke dir dazu meine Fassung, gleich morgen setze ich mich hin und schreibe auch alles auf, dann haben wir zwei schöne Geschenke für uns, dann haben wir unsere Begegnung verdoppelt, nein verdreifacht, erst unsere Begegnung, von uns beiden gleichzeitig und zusammen erlebt, dann unsere Begegnung aus deinem Kopf, dann unsere Begegnung aus meinem Kopf. Was für eine Schlemmerei, dachte ich, was für ein Festmahl.

Wie freue ich mich auf Maschas Geschenk, ich kann es kaum erwarten. Morgen abend werde ich sie mit allem Notwendigen ausstatten und sie hier an diesen Tisch setzen, denke ich jetzt, vielleicht auch an meinen Schreibtisch im Studierzimmer, das darf sie sich aussuchen, dann muß sie ihren Bericht schreiben und darf nicht eher aufhören, als bis sie fertig ist, ich werde von Zeit zu Zeit nach ihr sehen und sie mit Erfrischungen versorgen, Unsinn, natürlich darf sie aufhören, wann immer es ihr beliebt, aber ich werde ihr sagen, ich würde sie nicht fortlassen, bevor sie nicht alles bis ins Kleinste aufgeschrieben hätte, und sie wird mir einen ihrer frechen, herausfordernden Blicke zuwerfen und sagen, dann laß ich mir extra viel Zeit, ist mir gerade recht, stelle ich mir jetzt vor.

Warum ich das machen wolle, fragte sie, neben mir in ihrem Bett, auf der Studierzimmerliege, warum ich mir die Mühe dieser Aufzeichnungen machen wolle, es sei ein wunderbares Geschenk, das ich ihr da angekündigt hätte, das schönste Geschenk ihres Lebens, aber es sei doch eine große Anstrengung jetzt in der Nacht, ich könne es doch verschieben, ob ich nicht müde sei. Nein, sagte ich, ich sei nicht müde und verschieben könne ich es nicht, manche Dinge duldeten keinen Aufschub, und diese von mir beabsichtigten Notizen seien von dieser Sorte Ding. Mein Vorhaben sei zwar durchaus mit Mühen und Anstrengungen verbunden, zumal für einen so beschämend Schreibungeübten wie mich, aber ich stellte es mir auch als Genuß vor, alles würde ich noch einmal an mir vorüberziehen lassen, alles noch einmal durchleben, sagte ich, unseren schönen Tag, unsere schöne Nacht, ich werde da an meinem Wohnzimmertisch sitzen und durch die Wand hindurch deinen Schlaf behüten und alles noch einmal Augenblick für Augenblick erleben und genießen, so stelle ich es mir vor, und dachte, und ich werde künftig diesen von mir festgehaltenen Tag, meinen Glückstag, aus meiner Geheimschublade hervorholen und mich an ihm erfreuen können, wann immer mir danach ist.

Wir lagen still nebeneinander, ich auf dem Rücken,

Maschas Kopf an meiner Schulter, meine Finger spielten leicht und ruhig in ihrem Haar, und ihr Atem wurde tief und regelmäßig. Sie schläft, dachte ich und wollte mich vorsichtig von ihr lösen, und kaum hatte sich mein Arm ein winziges Stückchen bewegt, sagte Mascha, und jetzt noch eine Gutenachtgeschichte, jetzt mußt du mir noch eine deiner Geschichten vorlesen, nur eine ganz kleine. Ich hätte doch gar keine Geschichten, sagte ich, sie wisse ganz genau, daß ich keine selbstverfaßten Geschichten hätte. Ihren Kopf weiter auf meiner Schulter gebettet, kitzelte sie mich mit der Nasenspitze am Hals und sagte, mein lieber Tom, diese Platte hat einen Sprung, die immer gleiche Leier wird langsam ermüdend, heben wir endlich die Nadel aus der Rille. Lies mir jetzt eine deiner Geschichten vor. Denk dran, ich schlafe in deinem Geschichtenarchiv, und ich werde es noch heute nacht rücksichtslos plündern und alle deine Geschichten durchlesen, von vorne bis hinten, alle, alle, alle, keine werde ich auslassen, und wenn es mich die ganze Nacht und dazu noch den nächsten Tag kostet. Ich seufzte und nannte sie einen Plagegeist und gab schließlich nach, ich hätte eine kleine Geschichte im Kopf, die würde ich ihr jetzt erzählen, aber dann sei Schluß, und ich fabulierte etwas zusammen, etwas von einem Schaf auf einem Elbdeich im Norden, ich weiß nicht mehr, was genau ich mir da zusammenreimte. Mascha wird nicht erfreut sein, ich hatte versprochen, die einfältige Schafsgeschichte in meine Aufzeichnungen aufzunehmen, und jetzt weiß ich sie nicht mehr genau, ich hatte mir in meiner Not schnell ein dürftiges norddeutsches Märchen ausgedacht, meine letzte Reise hatte mich dorthin an die Elbe geführt, nordwestlich von Hamburg, das war mir wohl eingefallen, und ich sagte, na gut, Mascha, damit du endlich Ruhe gibst, erzähle ich dir eine Geschichte aus deiner Heimat, von Hamburg aus ein Stück die Elbe hinab Richtung Meer, dort hat sie sich zugetragen, auf dem Deich, so in etwa fing ich an, glaube ich. Ich sagte, ich sei auf dem Deich entlangspaziert und habe dort eine merkwürdige Begegnung mit einem Schaf gehabt. Das Schaf habe, von mir durch einen geringfügigen Geldbetrag angestiftet, einen Salto geschlagen, ich weiß nicht mehr, wie ich meinen Wunsch, das Schaf möge einen Salto schlagen, in meinem Märchen begründet habe, was genau ich Mascha darüber sagte, ist mir entfallen, irgendwie war es mir aber gelungen, meinen Wunsch nach einem Schafssalto plausibel zu machen, mein Geist muß sich in einem abenteuerlichen Zustand befunden haben. Das Schaf habe dann auf mein Verlangen, wiederum mit einer, diesmal etwas größeren Summe Geldes bestochen, ein Gedicht aufgesagt, ein kleines, dummes Schafsgedicht, das ich vergessen habe, leider, es muß leise lustig gewesen sein, Mascha hat leise an meinem Hals gelacht, ich weiß nur noch, daß das Schafsgedicht eine Beleidigung meiner Person enthielt, weshalb ich dem Schaf das vereinbarte Honorar verweigerte. Ich erzählte ganz langsam, ich mußte mir die Geschichte ja während meines Vortrags erst ausdenken, ich machte meine Stimme tief und warm und sanft und ich empfand mein zögerliches, langsam vorwärts tastendes Erzählen wie eine passende Begleitmusik zu meinen zarten und langsamen streichelnden Fingerspaziergängen in Maschas Haar, eine doppelte Liebkosung wollte ich ihr mit meinen Fingern und mit meiner Stimme schenken, sanft und beruhigend

Mascha in den Schlaf wiegen. Ich werde Mascha nach dem Schafsgedicht fragen müssen, wenn sie darauf besteht, daß es in diesen Notizen steht, ich werde dann einen Nachtrag vornehmen, nein, ich werde ihr sagen, Mascha, wenn du so großen Wert auf das kleine, dumme Schafsgedicht legst, mußt du es selbst in deinen Bericht schreiben, ich habe es vergessen, die ganze kleine, dumme Schafsgeschichte habe ich mehr oder weniger vergessen. Ich hätte dem Schaf das Gedichtemachen verboten, erzählte ich Mascha, ja, ich erinnere mich, ich habe dem Schaf mit der Forderung nach einem Gedicht eine Falle gestellt, in die es prompt hineingetappt ist, warum und in welcher Art es eine Falle war, weiß ich nicht mehr, das Schaf stand nach seinem dreisten Gedichtvortrag jedenfalls ziemlich dumm da, und ich habe ihm für alle Zeiten das Gedichtemachen verboten, und es hat sich gefügt, widerwillig zwar und unwirsch blökend, und ich mußte eine massive Drohung aussprechen, um es in seine Schranken zu weisen, ich drohte ihm, ich würde es bei dem geringsten Verstoß gegen das Gedichtverbot sofort von seinem Deich zerren und in die Stadt verfrachten, wo ich es an einen mir wohlbekannten türkischen Imbiß ausliefern würde, und dort würde man gewiß nicht viel Federlesens machen, es solle sich mal lieber keinen falschen Hoffnungen hingeben, in der Küche meines türkischen Freundes würden keine umständlichen Gerichtsverfahren abgehalten, der Koch würde bereits die Messer wetzen. Die natürliche Ordnung sei wiederhergestellt gewesen, und ich sei zufrieden meines Weges gegangen, so, glaube ich, endete meine rasch aus dem Hut gezauberte Schafsgeschichte.

Ich hob Maschas Kopf vorsichtig von meiner Schulter, richtete mich ein wenig auf, strich ihr ein paar Strähnen aus der Stirn und sah in ihre schläfrigen und doch so glücklichen Augen, glücklich und zufrieden und tief entspannt sah sie mich aus ihren märchenhaften Augen an, eine ganz unangemessene, viel zu große Belohnung für meine kümmerliche Schafsgeschichte war mir ihr warmer, zutiefst freundlicher, ihr liebender Blick, und als hätte sie mit ihren Augen nicht schon alles gesagt, viel mehr gesagt, als ich verdiente, sagte sie, danke. Ich war ganz überwältigt, ich war durchströmt von Liebe, von ungeheurer gewaltiger Liebe, meine Augen wurden feucht, ich hätte vor Glück weinen mögen, und ich wollte sagen, Mascha, ich liebe dich, mein Hals war wie verschnürt, ich fürchtete, wenn ich auch nur ein Wort über die Lippen brächte, es würde sofort meinen inneren Damm brechen, und ich würde schrecklich weinen und schluchzen vor lauter Glück und meine Mascha aufschrecken, die ich doch gerade in den Schlaf begleiten wollte, und doch versuchte ich es hervorzubringen und aus mir heraus, sagen, Mascha, ich liebe dich, und wenn ich auch weinte, es sollte mir gleich sein, dachte ich jetzt, ich will es ihr sagen, ich muß es ihr sagen, und da sagte sie, nimm die Schafsgeschichte in deine Aufzeichnung auf, das ist dann deine erste aufgeschriebene Geschichte, wenn du die Wahrheit gesagt hast, was ich nicht glaube. Vielleicht hat Mascha mir meine seelischen Ringkämpfe mit meiner Liebeserklärung, mit meinen Glückstränen angesehen und wollte mich befreien, ich weiß es nicht, jedenfalls war ich erleichtert, die Sache war vorerst vom Tisch, jetzt konnte ich meine Liebeserklärung nicht mehr abgeben, das konnte niemand, selbst ich nicht, von mir verlangen, Mascha hat diese Last von mir genommen. Wenn einer etwas von Schafen sagt, kann der andere nicht antworten, ich liebe dich, das ist unmöglich, und so ließ ich mich wieder neben sie auf die Liege sinken, und bettete meinen Kopf neben dem ihren auf ihrem Kissen, mein Mund ganz nah bei ihrem Ohr. Und als sich meine inneren Gefühlsstürme etwas gelegt hatten, flüsterte ich ihr ins Ohr, du hast recht, ich habe geschwindelt, ich habe einen ganzen Schuhkarton voll kleiner Geschichten. Ich weiß, sagte sie.

Ich lag noch eine kurze Weile neben ihr, mein Gesicht an ihrer Schläfe, ihren Duft in mich aufnehmend, schließlich richtete ich mich auf, jetzt wollte ich sie endlich schlafen lassen. Die Augen geschlossen, lag Mascha ruhig atmend da, ich strich ihr noch einmal kurz und sacht durchs Haar und sagte, schlaf gut, ruf mich oder klopf an die Wand, wenn du etwas brauchst, wenn ich kommen soll, ich bin nebenan, da sagte sie ganz leise, schon halb im Schlaf, und was machen wir morgen? Sie will bei mir bleiben, das sagte sie mir mit dieser Frage, und jetzt konnte ich nicht anders, ich weinte still vor Glück, und sie ließ mich weinen, sie hat mich verstanden, so gründlich, wie man einen Menschen nur verstehen kann, sie öffnete ihre Augen nicht, und ihre rechte Hand suchte mein Gesicht und strich mir über die Wangen, liebevoll meine Tränen einsammelnd, ganz ruhig, ganz langsam, mit dem tiefsten Verständnis strich sie mir meine Tränen aus dem Gesicht, ich küßte ihre liebe Hand, als sie über meine Lippen strich, und sagte, nur mühsam meine Stimme gerade haltend, wenn du willst, können wir morgen Mäuse füttern gehen. Sie lächelte ohne die Augen zu öffnen, Mäuse füttern, sagte sie leise, mit tiefer tröstender Wärme in der Stimme, ohne dabei die Liebkosungen, die mir ihre Hand in meinem Gesicht tat, zu unterbrechen, Mäuse füttern, das geht doch gar nicht. Oh doch, sagte ich, meiner Stimme immer weniger Herr, und weinte neue Tränen in ihre Hand, ich weiß, wie das geht, ich bin ein Mäuseexperte. Ich legte meinen Kopf wieder neben sie auf ihr Kopfkissen und ließ mich weiter von ihrer Hand trösten, die jetzt warm und sicher meinen Hinterkopf beschützte. Und als ich mich beruhigt hatte, flüsterte ich ihr ins Ohr, ich habe noch leckeren spanischen Schinken, wir haben etwas übriggelassen, davon kriegen die Mäuse das Weiße, und weiter, Fett von feinstem luftgetrocknetem spanischen Schinken gilt unter den Berliner Friedhofsmäusen als ausgesuchte Delikatesse, und wenn man, wie ich, die besten Mäuseplätze kennt und ein bißchen Geduld hat, kann man die Mäuse damit auch im Winter aus ihren unterirdischen Palästen locken und sie bei ihrem Festmahl beobachten. Man muß nur ganz still sein und natürlich muß man darauf achten, daß die Friedhofskatze anderweitig beschäftigt ist, aber das ist kein Problem, sagte ich, ich bin jederzeit genauestens über die Absichten der Friedhofskatze informiert, die Friedhofskatze habe ich längst durchschaut, sie kann mich nicht hinters Licht führen. Maschas Atem wurde tiefer und war jetzt sehr gleichmäßig und doch glaubte ich noch ein leises Lächeln auf ihren Lippen zu erkennen, also erzählte ich ihr, immer noch neben ihr liegend, als zweite Gutenachtgeschichte, als Dreingabe, noch von dem opulenten Staatsbegräbnis, das ich als Kind einmal für eine in meiner Obhut verstorbene Maus ausgerichtet hatte, ich glaube, sie war mir verdurstet, und wie mir meine Mutter eine hölzerne Teeschachtel als Mäusesarg gegeben hatte, ein richtiger Luxussarg, in den eine ganze Mäusesippe hineingepaßt hätte, und wie ich die Maus darin fürstlich auf üppige Wattebäusche gebettet und mit standesgemäßen Grabbeigaben, Blättern von Walderdbeeren, Käse und Speck, Nüssen, Körnern, Haferflocken und allerlei anderen Mäuseleckerbissen ausgestattet und dann im Garten bestattet hatte. Mascha schlief. Ich küßte sie noch einmal vorsichtig auf die Stirn und löschte das Licht und ließ sie allein.

In meinem Wohnzimmer stand ich lange Minuten am Fenster und sah in die Nacht hinaus. Ich erfreute mich an dem stetigen Treiben der Schneeflocken, alles schien mir in diesem Moment so perfekt eingerichtet, alles schien mir vor Schönheit zu strahlen, und ich dachte an mein unfaßliches Glück. Ohne mein Zutun ist dieser himmlische Komet in die Eintönigkeit meines Lebens eingeschlagen und hat einen tiefen Krater gerissen und Platz geschaffen für eine fruchtbare, abwechslungsreiche Landschaft, dachte ich, welch ein willkommenes Beben, ich bin ganz durchgeschüttelt, ich taumle vor Glück. Mascha wird mein Leben tüchtig aufwirbeln, jetzt geht es erst richtig los, wir sind erst ganz am Anfang, und ich werde sie nicht mehr hergeben, unter gar keinen Umständen, dachte ich, stellte den Tschechow, mit dem ich am Fenster gestanden war, zurück ins Regal und setzte mich hin und machte mich an meine Notizen.

Mascha wird bald aufwachen, denke ich, sie wird gut geschlafen haben, während der ganzen Nacht war kein Laut von ihr zu mir herüber gedrungen, sie wird ausgeruht erwachen und wir werden ein fürstliches Frühstück haben. Ich denke, ich werde jetzt zu ihr hinübergehen, ich habe alles aufgeschrieben, alles, wie ich es ihr versprochen habe, meine Notizen sind fertig, nichts kann mir mehr verlorengehen, ich werde leise zu ihr ins Zimmer schlüpfen und mich an ihrem Schlafgeruch laben, wie ich es mir vorgenommen habe, aber erst sollte ich vielleicht frische knusprige Brötchen für unser Frühstück holen, denke ich jetzt, das Beste will ich für Mascha auf unserem Frühstückstisch, ich werde hinunter in die Markthalle gehen, denke ich, und jetzt, halt, was passiert jetzt mit mir, plötzlich steigt eine ganz schwarze eisige Angst in mir auf, ich denke plötzlich, was mache ich, wenn ich mit meinen Brötchen heimkomme und Mascha ist nicht mehr da, könnte es sein, daß Mascha aufwacht und aufsteht und sich allein in meiner Wohnung vorfindet und einfach verschwindet, wäre das möglich, wäre es möglich, daß sie mir nur eine knappe Notiz auf einem Kneipenzettel hinterläßt und fortgeht, für immer fortgeht, und ich suche sie Tage und Wochen und Jahre überall, in der ganzen Stadt, ich frage nach ihr, und niemand kennt sie, ich suche nach einem Phantom mit einem falschen Namen, ich suche und suche und suche und werde verrückt, stelle ich mir plötzlich vor, wie schrecklich, ich reise nach Hamburg und suche monatelang nach ihr, ich reise nach Bonn und versuche, ihren Mann ausfindig zu machen, von dem ich nur weiß, daß er im Wirtschaftsministerium arbeitet und wahrscheinlich Dieter heißt, hoffnungslos, ich finde ihren Mann natürlich nicht, und von Mascha keine Spur, und ich sitze völlig verzweifelt am Straßenrand und weine mir die Augen aus dem Kopf, ich verliere den Verstand, ich komme um vor Sehnsucht und Trauer, ich lege mich hin und sterbe vor Gram, sie hat mir nur einen kleinen flüchtigen Gruß auf einem Kneipenzettel hinterlassen, stelle ich mir plötzlich vor, und mein Herz rast vor Angst, danke, es war schön bei dir, steht auf dem Zettel, mach's gut, deine Mascha, wäre das möglich, allein diese Vorstellung macht mich verrückt, und jetzt denke ich plötzlich, ich bin schon verrückt, ich habe so eine schreckliche, tödliche Angst, was ist mit mir los, was geht in mir vor, mein Kopf zerplatzt, ich muß mich festhalten, ich muß mich zusammenreißen, ich denke mit einemmal, was ist, wenn sie gar nicht da ist, ich gehe hinüber und das Zimmer ist leer, kahl und leer steht da meine Liege, kein Laken, keine Decke, kein Kissen, keine Mascha, keine Spur von ihr, kann das denn sein, ich würde tot umfallen, und ich kann diesen entsetzlichen Gedanken nicht vertreiben, er läßt sich nicht abschütteln, so sehr ich mich anstrenge, warum quält er mich so, ich lege den Stift weg und öffne das Fenster, ich zünde mir eine Zigarette an, ich versuche, mich zu beruhigen, Unfug, versuche ich mir zu sagen, bilde dir doch nicht so einen entsetzlichen Unfug ein, und ich schaffe es nicht, ich kann diese grausame Angst nicht besiegen, sie schnürt mir die Luft ab, Einbildung! Einbildung! alles nur Einbildung! rufe ich mir zu, aber es wird nur noch schlimmer, jetzt denke ich plötzlich, wenn ich mir einbilden kann, Mascha sei nicht da, dann kann ich mir durchaus auch Mascha selbst eingebildet haben, ja, dann *muß* ich sie mir eingebildet haben, ich habe schon auf dem Friedhof meinen Verstand verloren und bin verrückt geworden, denke ich plötzlich, wäre das möglich, ich bin gar nicht hier, Mascha nicht, alles hat sich nur in meinem Kopf abgespielt, wäre das wirklich möglich, bin ich verrückt, ich halte es nicht mehr aus, mir wird schwindlig, ein Summen und Brummen und Pfeifen und Dröhnen in meinem Kopf, mein Herz stolpert und zuckt, meine Hände zittern, ich kann den Stift kaum halten, ich habe mein Weinglas umgestoßen, was ist nur auf einmal mit mir passiert, ich werde hinübergehen und nach ihr sehen, ich stehe auf und setze mich wieder, ich habe so schreckliche Angst, ich wage es nicht, die Studierzimmertür zu öffnen, ich würde es nicht überleben, das Studierzimmer leer vorzufinden, denke ich, aber es bleibt mir nichts übrig, was ist nur in meinem Kopf passiert, ich denke an frische Brötchen und bin mit einem Schlag verrückt geworden, kann das denn sein, reiß dich zusammen, du bist betrunken, reiß dich zusammen, denk nach.

Da steht Maschas Glas!, sehe ich plötzlich, hier vor mir auf dem Tisch, ach, bin ich erleichtert, und da bröckelt auch schon der Trost wie alter Zwieback vor meinen Augen, die Freude gefriert in sekundenschnellem Schock zu eisigem Grauen, das Glas ist doch kein Beweis, du blauäugiger Dummkopf, kein Lippenstift, nicht die geringste Spur einer Mascha an diesem Glas, das Glas kannst du ohne weiteres selbst dort hingestellt haben, sagt dieser garstige Teufel zu mir. Ich springe auf, ich will in den Flur, nach Maschas Mantel sehen, nach ihren Stiefeln, und ich setze mich wieder und denke, wenn Mantel und Stiefel im Flur sind, hast du Glück gehabt, bist du noch einmal davongekommen, was aber, wenn sie nicht da sind? Dann trifft dich der Schlag, oder du rettest dich in die schüttere und ganz wacklige Hoffnung, sie habe die Sachen zu sich ins Studierzimmer geholt, und dir bleibt doch nichts anderes übrig, als all deinen Mut zusammenzukratzen und die Tür zum Studierzimmer zu öffnen, und wenn es leer ist, bist du verloren. Dann bist du verloren! dröhnt es mit Höllengetöse in meinem Kopf, du bist verloren und das Stück ist vorbei. Warum bedrängen mich diese grausamen Vorstellungen so unbarmherzig, ich bin nicht mehr Herr meiner Sinne, alles entgleitet mir, ich weiß nicht, wo mir der Kopf steht, ich habe so schreckliche Angst, was ist nur mit mir, ich habe so schreckliche Angst.

Ich kann nicht mehr. Ich halte es nicht mehr aus. Ich habe keine Wahl. Ich gehe hinüber und sehe nach ihr

Epilog

Der vorstehende Bericht ist das letzte Lebenszeichen meines Freundes Tom Weinreich, über dessen weiteres Schicksal ich bis heute nichts in Erfahrung habe bringen können. Ich habe diese Aufzeichnungen vorgefunden, als ich kurz nach Weihnachten Weinreichs Wohnung öffnete, um nach ihm zu sehen. Ich hatte mich um ihn gesorgt, weil er seit Wochen nichts von sich hatte hören lassen. Das war ungewöhnlich, zumal es seit vielen Jahren zu unseren Gewohnheiten gehörte, Heiligabend zusammenzukommen, um uns erst die Bäuche mit einem koscheren Osterlamm vollzuschlagen, uns zu betrinken und anschließend in die Glockenkirche zu gehen, um während der Christmette Bier trinkend herumzupöbeln und Ungehörigkeiten nach vorne zu grölen, das hatte sich Weinreich in den letzten Jahren nie nehmen lassen. Jedes Jahr sind wir schon einige Tage vor Weihnachten in einer Kneipe zusammengekommen, um die Einzelheiten unseres bevorstehenden Auftritts zu besprechen.

Ich hatte mich dieses Mal besonders gut vorbereitet, ich hatte uns Heiligenscheine aus nagelneuen Ofenrohrdichtringen gebastelt, unsere alten, von uns bei früheren Auftritten in der Glockenkirche stets getragenen Heiligenscheine waren schon ganz matt und arg verbeult, hatte man uns doch jedesmal recht grob und ohne die geringste Rücksichtnahme auf unsere Heiligenscheine aus der Kirche entfernt, und ich hatte Zettel mit der Aufschrift *Der Pfarrer hat unter seinem Talar nichts an* angefertigt, die ich während der Predigt durch die Bänke zu reichen gedachte.

Ich rief mehrmals bei Weinreich an, erfolglos, ich schrieb ihm einen Brief, ich suchte in den Kneipen nach ihm, vergeblich, und auch sein Jugendfreund Kunze, von Weinreich immer nur *Weinheim* genannt, wußte nichts über Weinreichs Verbleib.

So öffnete ich schließlich Weinreichs Wohnung. Ich fand sie unbewohnt und ausgekühlt vor, alter, abgestandener Tabakrauch hing in der Luft. Auf dem Wohnzimmertisch lag neben mehreren leeren Weinflaschen und zwei Gläsern, eines davon umgekippt, ein Stapel alter Schulhefte, das Papier vergilbt und brüchig, und zehn dieser Hefte, auf ihren Etiketten in römischen Ziffern durchnumeriert, waren von der ersten bis zur letzten Seite in Weinreichs säuberlicher Handschrift eng beschrieben, wenn sich auch in den letzten Heften zusehends erkennen läßt, daß die Niederschrift unter unausgesetztem Weingenuß stattgefunden haben muß. Die letzten Seiten des zehnten Heftes konnte ich nur sehr mühsam entziffern.

Neben dem Heftstapel lag ein aufgeschlagener Band von Robert Walser, ein Satz darin war dick angestrichen, ein Satz über das *Gehen und Denken*.

Auf das erste der zehn Hefte hatte Weinreich unter die römische Ziffer I in schwungvoller Schrift die Wörter *Jetzt stillen wir unseren Hunger* geschrieben, darunter konnte ich, mühsam nur, weil durchgestrichen, *Ein Rekurs* entziffern und darunter wiederum stand *Eine Rekursion*. Auf der letzten Zeile des Etikettes war in fetter Blockschrift zu lesen: FÜR MASCHA.

Die Arbeit an diesem Roman wurde von der Akademie der Künste, Berlin, mit dem Alfred-Döblin-Stipendium gefördert und damit überhaupt erst ermöglicht. Dafür möchte ich meinen tief empfundenen Dank aussprechen.
Danken möchte ich auch Anette Selg, die mir die entscheidenden Türen geöffnet hat, und, ganz besonders innig, Martina Reuter für die vielen mir so nützlichen, mich immer wieder anspornenden Gespräche.